Ein Rollstuhl auf Rabenflügeln

WIDMUNG

Für meine Mutter, Ernestine U.
Danke! Du hast die Sicht meines Lebens
verändert, indem du mich von Anfang an bei
deinen Praktika und als langjährige Lehrerin für
»Schwerstbehinderte«
(körperlich und geistig behinderte Kinder)
teilhaben hast lassen.

Deine
Mary Artecus

Mary Artecus

Ein Rollstuhl auf Rabenflügeln

Bibliografische Information der Deutschen Nationalbibliothek:
Die Deutsche Nationalbibliothek verzeichnet diese Publikation
in der Deutschen Nationalbibliografie; detaillierte bibliografische
Daten sind im Internet über http://dnb.dnb.de abrufbar.

Satz, Herstellung und Verlag:
BoD - Books on Demand, Norderstedt

ISBN: 978-3-7481-6118-9

I. Teil

MOLLY

I

Mol«, ein hektischer Ruf in der Ferne, dazu das Sirren, das wie der Flügelschlag eines Jagdfalken anmutet.

Das Hecheln eines großen Tieres kommt näher.

»Molly! Stopp!«, dann sehe ich beide Köpfe zwischen den Spaziergängern auftauchen, die zügig die lange Allee entlangschreiten.

An der Hektik des riesigen Hundes kann man erkennen, dass ihm etwas große Angst macht. Seine weißen Hängeohren flattern ums Gesicht, es wirkt wie bei aufgescheuchten Fledermäusen.

Etwas treibt ihn voran und versetzt ihn in Panik. Die großen schwarzen Augen sind aufgerissen, als er einen bettelnden Blick in meine Richtung wirft.

Ich stehe am Einfahrtstor meines Hauses, schiebe es ein wenig auf, nur so viel, dass das ängstliche Tier dahinter verschwinden kann.

Jetzt kommt ein Mann in einem dunklen Rollstuhl.

Er flitzt schnell, ist mit der Kraft seiner Arme unterwegs, da ist kein Motor zu hören.

Es wäre fast komisch. Ein Hund, der um sein Leben rennt, dahinter ein Mann, der ihm mit den sirrenden Rädern eines Rollstuhls folgt.

Der Hund rutscht um die Ecke und bleibt zitternd vor mir stehen.

Es ist ein wunderschöner Dogo Argentino, groß, mit weißem Fell und dicken Pfoten.

Wie bei einer Einladung, habe ich das schmiedeeiserne Tor offen stehen lassen und sehe jetzt, dass der Mann die enge Kurve taxiert, sich ein bisschen mehr ins Zeug legt als notwendig und vor uns mit gekonnter Geste abbremst.

Das große Tier versteckt sich schwer atmend hinter meinem Rücken.

»Danke«, sagt der Mann und schiebt die dunkle Sonnenbrille ins kurze Haar.

»Wofür?«, frage ich ein wenig ratlos, ich kenne weder den Hund noch den Mann.

»Sie haben doch das Tor für sie aufgemacht.«

Er wirkt ein wenig verwirrt, genauso fühle ich mich auch.

»Ich habe das Tor geöffnet. Stimmt. Denn offensichtlich hat sie Angst vor Ihnen.«

»Sie hat nicht Angst vor mir«, gibt der Mann mit ruhiger Stimme zu bedenken, »sie scheint Angst vor meinem Rollstuhl zu haben.«

Bei diesen Worten drängelt sie sich, noch immer leicht zitternd, dicht an mich.

»Verstehe ich jetzt nicht!« Vorsichtig halte ich ihr die Hand hin, damit sie meinen Geruch aufnehmen kann.

Sie wedelt zaghaft, stupst mich mit ihrer feuchten schwarzen Nase an meinem Handrücken an.

»Sie ist nicht mein Hund«, sagt der Mann und wirkt mit den schwarzen Augen und der leicht verkrampften Haltung leicht düster.

Dieses Gespräch ist ihm unangenehm, die ganze Aktion scheint ihm nicht zu behagen.

Der Hund, der vor ihm davonrennt.

»Molly gehört meiner Schwester«, erklärt er achselzuckend, »die ist für ein Sabbatical mit ihrem Mann in Australien. Solange passe ich auf Molly und unser altes Elternhaus auf.«

Er schiebt vorsichtig seinen rechten Arm in ihre Richtung.

Die Hündin kommt neugierig aus ihrer geschützten Position hinter meinem Rücken hervor.

Er gibt seinem Rollstuhl einen leichten Schubs, die Hündin presst sich sofort an mein Knie, sobald sie das sirrende Geräusch hört.

»Sehen Sie, sie hat Angst vor diesem Ton.«

Ich drehe mich zu Molly und kraule sie beruhigend zwischen den Ohren. Wie Samt, denke ich verwundert, und zwirble noch einmal prüfend das Ohr. »Ihr Fell ist noch ganz weich«, sage ich freundlich, »sie ist noch ziemlich jung.«

»Ganze 18 Monate«, sagt er bestimmt und legt seine Hände zurück auf die Lehnen des Rollstuhls. »Im Haus hat sie keine Angst, wenn ich fahre, sie kennt das Geräusch schon seit sie bei meiner Schwester ist. Auch der Boden im Garten irritiert sie nicht. Aber wir waren noch nie gemeinsam auf der Allee. Auf knirschendem Kies.« Er wirft mir einen bedeutsamen Blick zu.

Seine Augen sind schmal geschnitten und dunkel wie Rabenflügel.

»Können Sie mir helfen?«

»Ja«, sage ich vorsichtig, »woran denken Sie?«

»Ich wohne dort drüben«, er deutet über das Feld.

Natürlich kenne ich die Gegend, ich bin hier geboren und aufgewachsen, »dort drüben« besteht aus einer kleinen Ansammlung von Häusern. Rechts ist das Altersheim der Nonnen, ein früheres Jagdschloss der Erzbischöfe und links grenzt ein alter Bauernhof an die Häusergruppe.

»Wie stellen Sie sich das vor, wie ich jetzt helfen kann?«, er hat keine Hundeleine dabei, einfach so geht sie doch nicht mit mir mit.

»Ich hole mein Auto, plus Leine, sie bugsieren sie auf den Rücksitz und wir fahren nach Hause. Dort nehme ich sie beim Ausseigen an die Leine, sonst ist sie vielleicht gleich wieder weg. Auf den Wegplatten vor dem Haus hatte sie zwar noch nie Probleme, die kennt sie, aber das Knirschen, wenn ich mit dem Rollstuhl über den Kies der Allee fahre, das hat ihr vermutlich Angst gemacht«, wiederholt er.

»Na, mein Mädchen«, er tätschelt liebevoll den riesigen Hundekopf, »das werden wir noch üben müssen. Geht das klar für Sie?«

Ich nicke und streichle den großen Hund. Ich werde mich auf die Stufen vor mein Haus setzen, dann sehen wir ihn gleich, wenn er zurückkommt. So könnte es funktionieren. Ich hole seine Hundeleine und bringe Molly dann zum Auto.

Sie hechelt ein bisschen schnell, er fährt langsam von uns weg.

Er macht das kraftvoll, fast, als würde ihm das Fahren keine Mühe bereiten.

Mol und ich beobachten, wie er zügig die lange Allee entlangsurrt. Sie wirft ihm einen kurzen Blick hinterher und schnüffelt am Boden. Vielleicht riecht sie die Feldhasen, die regelmäßig durch meinen Garten hoppeln.

Ich öffne meine Haustüre und lasse sie geöffnet stehen, vielleicht mag sie Wasser trinken, es ist warm draußen.

Sie ist mir vorsichtig bis in die Küche gefolgt, späht suchend um die Ecke.

Ich hole eine große Plastikschüssel aus dem Schrank, fülle sie mit Leitungswasser und stelle sie vor dem großen Hund ab.

Begeisterndes Wedeln, ein tiefer Hundeblick, sie senkt sofort die große Schnauze in einen kleinen Eimer. Es klingt einem kleinen Ferkel nicht unähnlich, als sie geräuschvoll schlabbert.

Ich hocke mich neben sie und sehe ihr zu.

Ich finde es nett, sie bei mir zu haben.

Sie ist nicht nur schön, sie hat etwas Zärtliches an sich, wenn sie die langen Wimpern über den mandelförmigen Augen senkt und mich anlächelt.

Sie wirkt erwachsen, aber sie ist noch immer ein sehr junger, verspielter Hund.

Dogo Argentino werden in ihrem Heimatland als Familienhunde gehalten, aber auch für die Jagd trainiert.

Es gibt dort Pumas. Große Rinderherden, die von den Wildkatzen bedroht werden.

Dann kommen diese kräftigen Hunde ins Spiel. Sie sind stark, klug und tapfer und stellen sich dem Puma in den Weg.

Ich gehe mit ihr wieder nach draußen. Das Einfahrtstor habe ich sicherheitshalber mit der Fernsteuerung verschlossen und die umliegende Steinmauer, die das große Grundstück umfriedet, ist hoch.

Sie wittert im Garten den Geruch der Tiere vom nahe gelegenen Zoo.

Ab und zu hören wir den Ruf einer Hyäne, diesen lauten Schrei aus der Savanne Afrikas.

Ich wohne tatsächlich nur einen Steinwurf

vom Schloss Hellbrunn entfernt. Dort bei dem kleinen Hügel liegen die großzügigen Gehege des Tierparks.

Molly bewegt sich so frei in meinem Garten, als ob sie ihn schon lange kennt. Sie ist noch nie da gewesen, obwohl wir fast schon Nachbarn sind. Wenn ich es recht überlege, kann ich vom ersten Stock meines Hauses quasi über ihren Gartenzaun spähen, obwohl die dick belaubten Alleebäume viel von der Sicht verschlucken.

Mein Anwesen stammt aus der Zeit meiner Vorfahren.

Es ist alter Familienbesitz und wird bis zu meinem Tod auch mein Besitz bleiben.

Ich werde es meinen Kindern vermachen, wer weiß, vielleicht führen sie die Tradition, hier mit ihren Familien zu leben, weiter.

Aber bis dahin hat Mol beschlossen, dass das jetzt hier alles ihr gehört.

Man sieht das darin, dass sie jeden einzelnen Stein markiert, ab und zu einen Kontrollblick zu mir zurückwirft und dann interessiert schnüffelnd weiterzieht.

So gesehen erledigt sie einen guten Job. Hier gibt es Spuren von meinen Nachbarkatzen, kleinen Feldhasen, Mäusen und den roten Eichhörnchen.

Ich sehe auf die Uhr.

Er müsste schon längst wieder auf dem Weg zu uns sein. Ich rechne nach. Fünf Minuten die Allee entlang nach Hause und ein paar Minuten mit dem Auto zu uns zurück.

In der Küche läutet das Smartphone.

»Es hat etwas gedauert«, sagt Mr. Unbekannt lachend, »ich habe mir von einem Kollegen ihre Kontaktdaten geben lassen.«

Na super, denke ich, der gute, alte Datenschutz!

Ein Auto rollt ins Blickfeld der Kamera meines Smartphones.

Ich beende seinen Monolog und lege auf. Ich gehe ihm entgegen und sehe Mol, die hinter dem schmiedeeisernen Zaun durch die Stäbe späht. Sie wedelt, weil sie das Auto und Mr. Unbekannt am Geruch erkennt.

»Ich bin Polizist«, ruft er mir entgegen und winkt mit einer dicht beschriebenen Briefmarke.

»Mein Name ist Noah Ben Haller. Hier sind meine Kontaktdaten. Können Sie bitte Mollys Leine holen, dann muss ich nicht aussteigen, denn das ist für mich immer ein bisschen zeit-intensiv.«

Ich bin sprachlos über seine intensive Art, schlüpfte aber durch mein Tor, nehme ihm Hundeleine und Papierfetzen ab, binde Mol hastig am Halsband fest und spaziere mit ihr zu ihm zurück.

Die hintere Schiebetür öffnet sich automatisch.

»Sie wird alleine hineinspringen«, sagt Herr Haller und deutet auf den Hundegurt, »können Sie sie daran befestigen? Einfach die Leine doppelt verkürzen und im Gurt einrasten lassen.«

Sie müssen das geübt haben, denn die Hündin springt sofort in den Wagen und setzt sich gehorsam neben den zusammengeklappten Rollstuhl.

Ich befestige ihre Leine am Sicherheitsgurt, streiche ihr sanft über den Kopf und trete hastig zurück, damit er die Türe wieder schließen kann.

Er sucht meinen Blick, deutet mit zwei Fingern salutierend auf die Stirn, ich nicke ihm schweigend zu und weg sind sie.

Sie rollen langsam den Alleeweg entlang.

Bei der Kurve werden sie von den Bäumen verschluckt, ich gehe zum Haus zurück.

2

In dem Moment, als die Haustüre hinter mir ins Schloss fällt, werde ich von der ständigen tiefen Einsamkeit überrollt.

Was soll ich jetzt mit mir anfangen?

Ich war vorhin dabei, die Laden der Kommoden im oberen Stockwerk zu sichten. Alles ist voller Erinnerungskram meiner Großeltern und Eltern. Seit meine Mutter nicht mehr lebt, hat hier niemand mehr die vielen Dinge prüfend in die Hand genommen.

Das will ich jetzt nicht. Keine Erinnerungsstücke. Keine Gedanken daran, was ich aufheben soll, wegwerfen will.

Nicht mit dieser tiefen Traurigkeit in meinem Herzen.

Vorhin, als ich Herrn Haller zum ersten Mal sah, ist es mir tatsächlich gelungen, wenigstens einen Teil der depressiven Gedanken über Bord zu werfen.

Das muss man sich mal vorstellen: Ein kurzes Intermezzo mit einem wildfremden Mann schafft es, dass ich aufhöre, so traurig zu sein.

Ich wedle unschlüssig mit seinem Zettel vor meiner Nase, entziffere Name, Adresse, überfliege diverse Telefonnummern und verschiedene Social-Media-Sites. Warum das Ganze?

Was weiß er über mich?

Ich bin 49 Jahre, lebe alleine, geschieden, Mutter von zwei Söhnen. Das kann man über mich im Netz finden. Nichts über eine Schlammschlacht! Einen Ehekrieg! Gesperrte Konten. Sein Anspruch auf unsere Häuser

Als ich herausfand, dass mich mein Mann betrügt, als ich das Auflösen jeglicher gewohnter Strukturen, beruflicher und privater Natur, in absolute Tatenlosigkeit münzte, zog es mir den Boden unter den Füßen weg.

Scheidung, Arbeitslosigkeit, das Ende von Konzertauftritten.

Nicht wie bei meiner Großmutter, meiner Mutter, die wirklich bis zum Schluss ihrer Karriere erfolgreich waren. Einer Zeitspanne meines Lebens gehörte mir das Gefühl, in meinem Job erfolgreich zu sein.

Als es aus war, stand ich plötzlich alleine da. Alt. Müde. Verbraucht. Hoffnungslos.

Ganz ehrlich? Ich wusste einfach nicht, was ich mit dem Rest meines Lebens noch anfangen sollte.

»Geh irgendwas arbeiten«, eine Freundin aus Kindertagen, berufstätig, verheiratet, ein paar Kinder, die sie noch immer brauchen, verkauft in der Stadt Schuhe.

Wunderschöne Markenschuhe, aber eben Schuhwerk. So kniet sie Tag für Tag vor ihren reichen Kundinnen, steckt Schuhlöffel hinter verschwitzte Fersen, bleibt nett, geduldig und freundlich, bis der Abend kommt, und sie den Laden schließt, nach Hause kann.

Jahraus, jahrein, für Heinz, die Kinder, das Haus, sogar für Garfield, den dicken roten Kater, geht sie ihrem Job nach. Kocht zu Hause, kümmert sich um die Familie. Was macht der zweite Teil des Teams? Heinz!

Hobbypilot, schlank, sportlich in seiner speckigen Pilotenkluft, Betreiber einer ererbten Tischlerei.

Unschlagbar in seiner Eitelkeit. Seiner Ich-Bezogenheit.

Luise im Gegensatz zu ihm ist klein, rundlich und besitzt die schönsten Augen, die man sich nur vorstellen kann.

Große, sanfte Augen, die sprühen und blitzen, vor Vergnügen und guter Laune.

Sie hat Haare, die aussehen wie reife Haselnüsse, glänzen wie frisch polierte Kastanien im Herbst.

Ihr volles, völlig faltenfreies Gesicht ist der pralle Apfel des Sommers.

Heinz liebt seine Frau sicher sehr, aber was Heinz noch mehr liebt, ist der Kerl, der ihn jeden Morgen, gleich nach dem Duschen, aus dem beschlagenen Spiegel angrinst: »Hallo, ich bin der schöne Heinz!«

Salzburg ist eine kleine Stadt, in der man fast alle Leute kennt.

Und so ist es ein offenes Geheimnis, dass Heinz seine Affären nicht einmal versteckt.

Luise weiß davon nichts und wir sagen es ihr nicht.

Ich mache mir keine Vorwürfe, dass ich sie nie nach ihrer Ehe gefragt habe, denn für Luise ist sie heilig, unantastbar und wahrhaftig.

Bei meinem letzten Besuch zeigte sie mir das neue, zweite Schlafzimmer.

Mein fragender Blick wird mit großem Gelächter belohnt.

»Der Heinz fühlt sich schon lange davon gestört, dass ich wegen der Arbeit um fünf Uhr aufstehen muss. Mit seinem eigenen Zimmer kann er länger schlafen und ich kann abends noch lesen. Jeder hat, was er braucht!«

All ihr guten Geister, seht zu, dass mein untreuer Exmann und der untreue Heinz bald in der Hölle schmoren.

Ein unbedeutender Vorschlag meinerseits, am besten – für immer!

Was bedeutet Einsamkeit? Es ist nicht das Alleinsein, denn das war ich durch den Beruf meines Mannes gewohnt.

Es ist die Tatsache, dass ich keinen Menschen mehr habe, der mich in meiner geistigen Not auffangen kann.

Freunde wollen als genau das behandelt werden, eben als gute Freunde. Nicht als Seelentröster oder Lückenbüßer, von Pflegediensten während einer Krankheit gar nicht zu reden.

Meine Großmutter hat nach dem Tod ihres Mannes noch immer meine Eltern bei sich gehabt.

Meine Mutter lebte, atmete für ihre Musik, für volle Konzertsäle, für ihre Karriere. Da blieb kein Platz für Einsamkeit.

Oder ein Kind. Nicht halb so begabt wie sie. Nicht annähernd so schön wie sie.

Sie war der Geist in der Flasche, einmal geöffnet, fliegt der Geist als Nebelbild dahin, nicht fassbar, nicht greifbar.

Meine Mutter hat das nie böse gemeint, und sie konnte es sich auch nie vorstellen, dass ich sie als Kind gebraucht hätte.

Mein Vater war ja da, wenn er nicht gerade meiner Mutter hinterhergereist ist. Im Grunde genommen hatten beide nicht wirklich Zeit für mich.

Ich habe mir beide Söhne gewünscht. Mein Mann war nur an seiner Karriere interessiert. Ich fand, dass eine Mutter, wenn möglich, für ihre Kinder da sein sollte. In allumfassender, bedingungsloser Liebe. Als Trösterin, als Freundin. Meine beiden Söhne hätten in Bonn studieren können, aber es war schon fast beleidigend, wie eilig sie es hatten, das Weite zu suchen.

Ja, ja, der Lauf der Dinge, sie müssen erwachsen werden, so viel zum Rat unserer superklugen Psychologen. Und wenn sie tausend Mal Recht haben, ich hätte meine Kinder gerne bei mir in der Nähe gehabt.

Und jetzt haben sie sich hinter ihren Berufen in der Welt verschanzt.

Wir skypen natürlich, aber das ist doch nicht dasselbe, als sich real zu sehen.

Wissen Sie, was es bedeutet, müde zu sein?

Ich bin keineswegs klinisch depressiv, ich bin überlebensmüde.

Ich überlege mir oft, wie es wäre, ein paar Tabletten zu viel zu nehmen.

Harter Alkohol ist keine Option, weil ich ihn nicht vertrage, mir wird darauf hundeelend.

Es gibt Tage, da ist das Ende aller Dinge, das Ende meiner Einsamkeit, das Ende von dieser sinnlosen Zeit ohne Perspektive, so verlockend, dass ich den Tod fast spüren kann.

Ich schmecke ihn auf der Zunge wie guten, gehaltvollen Wein.

Was würde wohl dieser Noah Ben Haller sagen, wenn ich ihn teilhaben ließe an meinem Wunsch nach dem Tod?

Würde er mahnend auf die Lehnen seines Rollstuhl klopfen?

Mir Vorhaltungen machen, dass man mit zwei gesunden Beinen ja wohl nicht so verrückt sein kann, alles hinzuwerfen?

Oder würde er Verständnis haben für die Tragik meines Seins?

Das werde ich wohl nie erfahren.

Noah Ben Haller ist ein fremder Mensch für mich, warum sollte er umgekehrt für mich und meine Belange Interesse zeigen.

Ich weiß nicht, warum er im Rollstuhl sitzt, und wie lange schon, ob er als Kind Kinderlähmung hatte oder einen Unfall, eine Viruserkrankung im Erwachsenenstadium. Im Grunde genommen kommt es auf dasselbe hinaus.

Noah Ben Haller ist ein mutiger Mann, kein gebrochenes Individuum.

Er ist voller Tatendrang, lebt sein Leben, sieht sogar glücklich aus und so, wie er mir begegnet ist, sehe ich in ihm einfach einen vollwertigen Menschen. In dieser kurzen Zeit, die wir miteinander teilten, ließ er mich an seinem Mut teilhaben. Das macht Mut, das macht mir Mut.

Keine Ahnung, wie lange er schon kämpft. Ob er Familie hat, die ihn aufgefangen hat, als er sie am Nötigsten brauchte.

Alleinsein in dieser Notlage stelle ich mir unmöglich vor.

Ohne Liebe muss es unmöglich sein, nicht aufzugeben.

Ich gehe nackt nach unten ins Hallenbad, schwimme, tauche so lange, bis ich keine Luft mehr bekomme, bis ich mich so ausgepowert habe, dass ich nicht mehr hier und jetzt aufgeben will.

Ich ziehe mir einen Bademantel über und spaziere in meinen Garten hinaus.

Es ist abends und die letzten Besucher des Parks werden schon längst gegangen sein, mich kann also niemand so underdressed erkennen.

Ich erschrecke, als ich den kleinen weißen Geist vor dem Einfahrtstor stehen sehe.

Molly!

Sie steht ganz still da. Regungslos späht sie zu mir herein.

Ich öffne das Tor für sie und begrüße die Hündin so fröhlich wie einen alten Freund.

Sie biegt und dreht sich, tänzelt mit den Vorderfüßen, ich streichle sie zart.

Wenn sie doch nur mir gehören würde.

»Kommst du auf eine Tasse Tee zu mir herein?«, flüstere ich sanft.

Wedel, wedel!

»Gerne«, tönt es aus dem Hintergrund.

Noah Ben Haller biegt langsam um die Ecke. Sie schielt ein wenig misstrauisch auf die glänzenden Räder seines schwarzen Rollstuhls.

Das Lachen tief in mir drinnen bricht heraus.

Wie befreiend es sein kann, zu lachen.

Ich kann mich überhaupt nicht mehr beruhigen, das Lachen kommt von ganz unten, steckt tief in mir drinnen und hat nur gewartet, bis es herausbrechen darf.

»Freut mich«, sagt Noah Ben Haller ein wenig ungehalten, »dass ich zu Ihrem Amüsement beitragen kann. Ich nehme gerne einen Tee. Wenn Sie haben, mit einem winzig kleinen Schlückchen Rum.«

»Ich gehe vor«, sage ich glucksend, »die Terrasse ist barrierefrei. Sie stammt noch aus der Zeit, als mein Großvater durch seinen Schlaganfall auf einen Rollstuhl angewiesen war. Meine Großmutter ließ das Erdgeschoss für ihn umbauen Und so ist es heute noch.«

Wir gehen in die Küche. Mol, die ja schon hier war, wirft sich ächzend unter den Küchentisch.

»Tatsächlich Tee?«, frage ich lachend, »nicht doch ein kalter Bier, oder ein Glas Wein?«

»Für mich keine Umstände«, Noah Ben Haller sieht sich neugierig um. »Nett haben Sie es hier. Alt, aber gemütlich.«

Er fährt bis zu den geöffneten Bogenfenstern, fächelt sich kühle Luft zu.

»Wunderschön«, er deutet nach draußen, zu meinem Garten.

Die Dunkelheit rückt näher, lässt die Blätter im Abendlicht tanzen.

Ich mache kleine Kerzenstumpen an, das Wachs klebt an einem Teller fest. Das Licht flackert so stark, dass ich die Bogenfenster schließe, die Vorhänge aber offen stehen lasse.

»Ist es okay für Sie, wenn wir ohne Licht hier sitzen bleiben, ich mache uns rasch das Wasser in der Mikrowelle heiß, dann können wir auch Tee trinken.«

Ich hole alles aus dem Küchenschrank. Zucker, Tassen stehen eigentlich immer am Tisch, ich muss noch rasch zwei Löffel holen.

»Ich war der größte Fan Ihrer Großmutter, von alten Schallplatten meiner Eltern«, sagt Noah Ben Haller in die Stille, »Ihre Mutter habe ich auf der Bühne erlebt, aber Sie nicht ein einziges Mal.«

Ich zucke die Achseln.

»Ich war auch nie berühmt. Eine recht gute Pianistin, aber ich habe meine Karriere zurückgestellt. Ich hatte zwei Kinder.«

Noah Ben Haller wirft mir ein verschmitztes Lächeln zu.

»Ich habe sie gegoogelt«, sagt er achselzuckend, »ich habe dafür nicht einmal einen Gefallen einzufordern brauchen.«

»Ja«, sage ich und deute auf ihn, »von mir gibt es auch nicht viel zu erfahren.«

Ich bringe die Box mit den Teebeuteln, das heiße Wasser und wähle für mich einen sanften First Flush aus China. Abgepackt in Hamburg.

Noah fischt sich Earl Grey aus dem Holzkästchen und wirft ihn in den Becher mit heißem Wasser.

»Gemütlich«, sagt er leise, »es gefällt mir hier bei Ihnen.«

Plötzlich hören wir Molly schnarchen und lachen gleichzeitig.

»Sie sollte eigentlich nicht so laut sein«, Noah Ben Haller lässt seinen Teebeutel im

Becher kreisen, »ich bin sehr froh, Ihnen begegnet zu sein.«

Wir nippen fast gleichzeitig und werfen einander neugierige Blicke zu.

Was sieht er, denke ich, wie sieht er mich?

Ein Gesicht in einer Herzform, weißes Haar, in der Farbe von gefallenem Schnee, in sanften Wellen über die kleinen Ohren fallend.

Der dadurch freigelegte Hals, eigenartigerweise völlig faltenfrei. Mein Gott, ich bin 49 Jahre.

Die Nase ist ein wenig zu klein für dieses Gesicht, dagegen die Augen viel zu groß.

Üppiger Mund, glatte Stirn, sehr helle, feine Augenbrauen.

Lange, fast dunkle Wimpern, im natürlichen Schwung nach oben.

Ich bin wieder viel zu dünn, aber in dem leicht abgetragenen Frotteemantel erkennt man das nicht, und das ist auch gut so. Wenn ich schon im Bademantel vor meinem Gast herumhocke, muss ich nicht auch noch unbedingt ungepflegt aussehen, so ungeschminkt und farblos. Ich überlege weiter und betrachte meine Hände und Finger. Ich habe sie von meiner Mutter und meiner Großmutter geerbt. Die feingliedrigen Finger lang, mit schmalen, ovalen Nägeln. Oder ist doch das katzenartig schräge Augenpaar an meinem Gesicht am schönsten? In der Farbe von hellem Grün.

Er sieht aus wie ein wilder Tatar. Schwarzes Haar, militärisch kurz geschnitten. Ein dunkler Bartschatten bedeckt seine Gesichtszüge. Augen wie glänzende Rabenflügel. Leicht gebräunte, starke Hände. Der Oberkörper zeichnet sich kräftig unter seinem nebelgrauen Kapuzenpulli ab. Muskulöse Beine, in engen schwarzen Jeans.

Er trommelt leicht auf den Tisch, hebt jetzt den Blick zu mir.

»Warum fragen Sie nicht?«

»Was soll ich Sie fragen?«

»Warum ich Paraplegiker bin.«

»Es geht mich nichts an, Herr Haller. Und ich habe eine Freundin verloren, weil sie es im Rollstuhl nicht mehr ausgehalten hat.«

Er zuckt mit den Achseln, trinkt jetzt seinen kalt gewordenen Tee.

»Sie haben mir nicht einmal einen Fingerhut Rum angeboten.«

»Das liegt daran«, sage ich leise, »weil ich

keinen Fingerhut Rum zu Hause habe. Whiskey? Den habe ich noch irgendwo hier stehen.«

Er schüttelt den Kopf, nimmt seine leere Tasse und rollt damit zur Spüle. Er kommt langsam zu mir zurück, nimmt meine Hand, haucht einen gekonnt angedeuteten Handkuss an.

»Gräfin«, sagt er sanft, »der Adel ist in Österreich seit 1919 abgeschafft. Trotzdem nehme ich mir die Freiheit, sie mit ihrem Familiennamen zu titulieren.« Bevor es peinlich wird, schiebt sich eine Mol gähnend unter dem Tisch hervor.

Noah rollt zur Terrassentür.

»Ich habe Frühdienst«, er unterdrückt ein Gähnen, »ich muss in einer paar Stunden aus den Federn. Aber ich will Ihre Geschichte hören. Was also soll ich machen? Wenn ich bleibe, komme ich nicht aus dem Bett, und wenn ich gehe, kann es passieren, dass Sie mir nichts mehr erzählen.«

Ich tätschle beruhigend seinen Arm.

»Bis morgen jetzt!«, sage ich aufmunternd und öffne einladend die Terrassentür.

Molly wetzt fröhlich an mir vorbei und

Noah folgt ihr ein bisschen unwillig. Ich gehe ihnen langsam nach, ich muss noch das Tor hinter den beiden abschließen.

»Bis morgen«, ruft Noah leise, denn es ist völlig still auf der Allee.

Wie sie so dahinflitzen, lassen sie mich an Geister denken, die bereitwillig ihre dunklen Schatten zurücklassen.

3

Das alte Haus weckt mich mit lautem Gezwitscher von vielen verschiedenen Vogelgesängen, aus vielen verschiedenen Ecken des Gartens.

Eine Amsel sitzt auf meinem Dach und pfeift eine kurze Strophe, sie spitzt die Ohren und bekommt von einem nahe gelegenen Gebüsch die Antwort. Jetzt setzt der laute Chor von vielen Stimmen ein, übertönt in ihrer Gewalt das kleine Lied der Amseln.

Ich bin froh, dass der Lärm von draußen mein Ächzen und Stöhnen vom Wohnzimmer hier geräuschvoll übertönt.

So klingt es, wenn ich auf dem Sofa eingeschlafen bin und versuche, auf die Beine zu kommen.

Ich habe das Gefühl, ein altes Walross zu sein, müde und verbraucht.

Komm Süße, mach dich nicht schlechter als du bist. Steh auf, beginne den Tag.

Wäre schön, wenn ich ehrlich sagen könnte, dass meine schlanken Beine beschwingt das erste Stockwerk erreichen, dass ich fröhlich singend in der großen Dusche im Dunst des heißen Sprühnebels verschwinde, mich danach der lässigen Eleganz einer ausgebleichten Jeans hingebe und meinen faltenfreien, straffen Körper in einem fließenden jadegrünen Oberteil zur absoluten Geltung bringe.

Wenn ich ehrlich bin, schleiche ich hoch, mache mich sauber, bürste die Zähne, frisiere mein weißes Haar und ziehe mich an.

Im kleinen Schlafzimmer hat man einen hervorragenden Blick auf den Herbst in meinem Garten, meine Bäume, die Blätter der Allee, und gefühlte zwei Meter bis zu Noahs Haus.

Lächerlich, wenn ich sagen würde, mein Blick ist trübe, denn es stimmt nicht, ich erkenne da unten, vor meinem Eingangstor einen Mann. Er sitzt im Rollstuhl und führt einen weißen großen Hund an der langen Leine spazieren.

Auf seinem Schoß transportiert er eine Tüte aus braunem Papier.

Er blickt zufällig zu mir hoch, oder er hat mit seinem feinen Gehör durch all diesen Vogeltribut an den frühen Morgen vernommen, dass das schöne Bogenfenster in seinen Angeln beim Öffnen geknirscht hat.

Mol setzt sich ungern auf dieses kleine Kiesbett aus harten Steinchen, sie zappelt ein wenig herum, will zu mir rein, Wasser trinken, frühstücken.

Noah wedelt auffordernd mit der Tüte und rollt zur Bekräftigung dicht ans Eingangstor.

Er späht durch die Metallstäbe.

Sie begrenzen die Vorderseite des Gartens, werden an drei Seiten von der umlaufenden Steinmauer umfangen.

»Gefangen im eigenen Park«, sagt Noah lachend, »Sie sind hinter Gittern.«

»Sie sollten Frühschicht haben.«

Ich schiebe das Eisentor für die beiden auf.

Noah lässt Mol von der Leine und drückt

mir statt einer Begrüßung die Papiertüte in die Hand.

»Brezeln«, wirft er mir über die Schulter zu.

Mol verschwindet hinter dem Haus. Gestern habe ich noch ein paar sehr kleine Kaninchen übers Feld hoppeln sehen, vermutlich kann Mol sie noch riechen.

Noah lässt die Terrassentüre für sie offen stehen und strebt meinen Küchentisch an.

»Brezeln«, sage ich erstaunt, »zum Frühstück. Ich dachte, dass der gute, alte Österreicher nie auf sein Marmeladenbrot verzichtet.«

»Das mögen Sie?« Noah wirft der Kaffeemaschine einen sehnsüchtigen Blick zu.

»Das Teil ist immer für sieben Uhr eingestellt«, sage ich zur Kanne nickend.

»Sie sind mir ja eine«, er verschränkt die Arme vor der Brust. »Arbeitslose Künstlerin. Trödelt vermutlich den ganzen Tag nur herum. Aber mit den Hühnern aus den Federn hüpfen. Zwecks Aufnahme einer suchtmachenden Substanz.«

»Stopp«, ich patsche Noah auf den Oberarm. »Sind Sie heute Morgen nur müde oder generell frech? Freundlich bleiben!«

»Das war freundlich!«

»Ich werde Sie jetzt nicht danach fragen, wie es aussieht, wenn Sie noch unhöflicher sind.«

»Das war Spaß. Sorry!«

»Echt jetzt. So also sieht Noah Ben Hallers Spaß aus.«

Ich gebe dem Rollstuhl einen leichten Schubs.

»Bitte, liebe, beste Sylvie. Erlauben Sie einem armen, kranken Mann, dass er mit dem öden ›Sie‹ aufhören darf.«

Noah hält mir aufmunternd die langen Finger zum Gruß entgegen.

Ein »Wuff« von Mol rettet uns vor der Peinlichkeit, die solche Situationen oft mit sich bringen.

Hier in Österreich ist es nur ein kleiner Kuss oder ein Glaserl Wein, um Bruderschaft zu trinken. In Frankreich gibt es Bussi rechts, Bussi links, Bussi rechts. Winnetou und Old Shatterhand haben sich tiefe Blicke zugeworfen und ihr Blut in ritueller Geste getauscht.

Ich finde, Noah und ich kommen ganz gut dabei weg, Händeschütteln!

»Kannst du bitte nach deinem Hund schauen?« Ich deute aufmunternd zum Küchenfenster, hinter dem Mol verschwunden ist, und reiße die Tüte mit den Brezeln auf.

»Die Kekse, die du noch findest, sind echte, selbst gebackene Haferkekse«, wirft mir Noah über die Schulter rasch zu.

Ich schnüffle an den staubtrockenen braunen Fragmenten.

Haferkekse, ach, so nennt man das, wenn einem der Teig misslungen ist.

»Ich verzichte auf diese schönen, gesunden Kekse«, sage ich freundlich, als er wieder zu seinem Platz am Tisch zurückkehrt, und breche mir ein Stück von einer Brezel ab.

»Eigentlich hat sie meine Nachbarin für Mol gebacken. Ich wollte nur nett sein.«

Mol wetzt um die Ecke, sie muss draußen das Wort »Keks« gehört haben, es scheint ein Trigger für sie zu sein.

»Frühstück?« Noahs Blick ist leicht glasig, als er die dampfende Kaffeemaschine betrachtet.

Ich deute auf die Küchentheke.

»Mein Haus ist dein Haus«, ich fische einen Keks für Molly heraus und werfe Noah einen aufmunternden Blick zu.

»Diese Arbeitsteilung gefällt mir«, ich füttere Mol und Noah bereitet unser Frühstück.

»Gut gemacht«, lobe ich Noah und werfe zwei Zuckerwürfel in meine Tasse, gieße etwas Sahne dazu, er hat sie neben dem Joghurt gefunden.

»Spar dir bitte die Erklärung, dass jetzt dieser Kaffee in meinem Magen zu geronnener Milch wird. Es ist mir schlicht und einfach egal. Das hat schon mein Großvater versucht, mich zur schwarzen Brühe zu bekehren.«

»Irgendwann, wenn du Zeit hast, komm in mein Büro, dann erkläre ich dir, was du alles versäumst, weil du richtig zubereiteten Kaffee nicht machen kannst.«

Er bestreicht ein Stück seiner Laugenbrezel mit Butter.

»Das ist dunkler Sud«, sagt er mampfend, »echter Kaffee ist ein Genuss.«

Mol liegt lauernd neben dem Küchentisch und hofft auf das Wunder von Salzburg, dass sich vor ihrem geistigen Auge eine Haferkeksfabrik manifestiert.

Ich werde meinen Kaffee nicht verteidigen, ich werde damit leben müssen.

»Was hast du sonst zum Frühstück?«, unterbricht Noah das Schweigen.

»Dunklen Sud«, sage ich lachend und fülle meine Tasse wieder auf. »Schon als Kind mochte ich am Morgen nichts in mich hineinstopfen wie andere Leute, egal was. Früher war es Kakao, heute ist es Kaffee.«

»Mir geht es genauso«, sagt Noah und sammelt das benutzte Geschirr ein. »Können diese Teller in die Spülmaschine? Es sieht nicht wie gutes Porzellan aus.«

»Mach nur«, sage ich und bleibe gemütlich sitzen. »Ich liebe Brezeln. Die kannst du gerne wieder mitbringen. Viele. Die friere ich ein und habe dann immer Vorrat.«

Während Noah den Geschirrspüler füllt, erzählte ich ihm von einem Erlebnis meiner Mutter als junge Ehefrau.

»Meine Eltern waren Weltbürger. Beide hatten Freunde aus aller Welt. Du musst wissen, meine Mutter hatte keine Ahnung von der Zubereitung eines Hühnereis, mein Vater sowieso nicht. Sie waren frisch verheiratet und empfingen ihren ersten Gast, Chen, ein Chinese aus Hawaii. Sie kochte Kaffee, und pass auf, was passiert ist. Da liegt das feine Service, silberne Kaffeelöffel, funkelnde Karaffen für Sherry und Quellwasser, glitzernde

Kelche für den Schampus und zartes Gebäck, das die Köchin vorbereitet hat. Meine Mutter schenkt also strahlend ihren ersten selbst zubereiteten Kaffee ein und der Gast ruft beim ersten Schluck sofort entsetzt: ›Is this a cup of water or a cup of tea?‹«

»Aber sie hat gespielt wie eine Göttin«, verteidigt Noah sofort meine Mutter.

Süß, denke ich und freue mich, weil er eine Frau, die er nur durch die Barriere eines Konzertsaals kennt, so heftig verteidigt.

»Stimmt«, sage ich nachdenklich, »aber kochen hat sie einfach nie interessiert.«

Was ich nicht erzähle, dass meine Eltern nach Hawaii auswandern sollten.

Chen besaß viele Hotels auf den Inseln, und da mein Vater fünf Sprachen fließend beherrschte, und sie eine berühmte europäische Pianistin war, wäre ich fast auf Hawaii geboren worden.

Meine Mutter konnte sich nicht von ihren Großeltern und Eltern trennen, so bin ich in Salzburg zur Welt gekommen.

Aber wen interessiert mein altes Leben.

Bestimmt keinen Fremden.

Es hat ja nicht einmal meinen Exmann tangiert. Er sagte nur, als er davon erfuhr, wie man eben so von seinen Eltern erzählte: »Na, wären sie mal in die USA ausgewandert, da war das echte Geld zu holen.«

Noah wischt die Küchentheke sauber und flitzt zum Küchentisch.

Er fängt die Brösel mit der Hand auf, richtet die kleine Blumenvase auf dem Tisch und legt den nassen Spüllappen in die Spüle.

Noah scheint sich hier wohlzufühlen, er hat die ganze Zeit eine Melodie gesummt.

Mol schnarcht laut.

»Deine Geschichte, Sylvie. Opa im Rollstuhl. Wer noch?«

»Ernsthaft?«

»Hätte ich dich sonst mit knusprigen, duftenden Brezeln überrascht?«

»Ja klar«, sage ich lachend, »im Austausch von Frühstückskaffee.«

Er rollt vor mich hin, nimmt meine rechte Hand in beide Hände.

»Ich höre dir gerne zu.«

Seine Augen, dunkel und glänzend, sind leicht umwölkt.

»Komm«, sage ich aufmunternd und stehe auf, »lass uns im Wohnzimmer weiterreden.

Mol kann es sich auf dem Teppich gemütlich machen.«

Noah rollt zum Bogenfenster und wartet, bis ich es mir gemütlich gemacht habe.

Er kommt zu mir, betrachtet aber mit leichter Neugierde die Antiquitäten im Raum.

Mol kommt zu uns und wirft sich vor mich auf den abgewetzten Teppich. Ihr weißer Hundeschwanz klopft auf meine Füße, die vor ihr liegen.

»Ich hör dir zu«, Noah streichelt aufmunternd meine Hand.

Ich werfe ihm einen raschen Blick zu und sehe nur sein ehrliches Gesicht. Es drückt keinerlei Neugierde aus, nur ehrliches Interesse.

»Wie es bei uns in Österreich zugeht, brauche ich dir als Wiener nicht zu erzählen, hier kennt doch fast jeder jeden.«

Ich beginne langsam, diese Geschichte belastet mich enorm.

Noch immer, obwohl schon so viele Jahre vergangen sind.

»Lass dir Zeit«, Noahs Stimme ist sanft, ermuntert mich aber auch.

»Long story short.«

Ich überlege, wie ich es am besten rüberbringe, aber es gibt keinen anderen Weg, nur den direkten.

»Wie meine ganze Kindheit auch«, sage ich leise, »bin ich in einem Reitverein gewesen, eigentlich bis zum Studium, dann hatte ich zu wenig Zeit dafür.

Alice, gleicher Jahrgang, gleiche Interessen, ähnliches Familienbild, hatte einen Reitunfall, kurz nachdem sie geheiratet hat.

Ich war noch bei ihrer Hochzeit.

Im Vergleich zu mir war sie wirklich eine gute, aufstrebende Turnierreiterin und dabei passierte es auch, ein böser Sturz, mit einem ihrer jungen Pferde über einen Oxer.

Sie liegt monatelang im apallischen Syndrom, als sie endlich wieder zu Bewusstsein kommt, das bittere Ergebnis, sie kann ihre Beine nicht mehr spüren, wird ihr Leben lang an einen Rollstuhl gebunden sein.«

Es ist schon so lange her, aber diese Gedanken an meine Freundin machen mich noch immer traurig.

»Wie ist ihre Familie damit umgegangen?«

Ja, wie sind ihre nächsten Angehörigen damit klargekommen? Ihre Freunde?

»Ich erinnere mich noch daran, dass sie alles herunterspielten, niemand wirklich darüber reden wollte.

Im Grunde genommen Alice auch nicht.

Noah, du musst wissen, dass Alice nie krank war bis zu ihrem Unfall.

Vital, jung, schön, sie bekam nicht einmal Schnupfen, sie war immer gesund.

Und dann das. Dann passiert ihr das Schlimmste, das ihr passieren konnte.

Querschnittslähmung. Rollstuhl. Abhängigkeit.

Einmal, ich kam gerade auf Besuch ins Krankenhaus, stand ihr Mann vor dem Bett.

Alice hatte die Augen geschlossen, entweder sie schlief oder sie wollte uns glauben machen, dass sie schlief.

Na, jedenfalls starrte Cornelius auf seine stumme junge Ehefrau, fuhr sich immer wieder durchs blonde durchgestylte Haar und schaute immer wieder auf seine rechte Hand, spielte gedankenverloren mit seinem Ehering.

›Gut‹, sagte er freundlich zu mir, ›Alice hat ja kurz vor dem Unfall eine Patientenverfügung unterschrieben. Wann immer ihr etwas passiert, ich würde sofort die Maschinen abstellen lassen.‹

Sie überlebte den Reitunfall, überlebte den inneren und äußeren Kampf, aber nicht ihre Ehe, nicht ihren Lebensmut.

Sie muss damals die Worte von Cornelius gehört haben, denn eines Tages, wir dachten alle, dass es mit ihr aufwärts geht, fuhr sie von zu Hause los, quälte sich mühsam auf den Mönchsberg und ganz oben, an der Stelle, an der sie freie Bahn hatte, stürzte sie sich in die Tiefe.

Ließ sich einfach runterrollen.

Noch heute habe ich Albträume, mache mir die bittersten Vorwürfe, ihre Qual nicht wahrgenommen zu haben.

Ich habe zu wenig für Alice getan. Ich habe mich mitschuldig gemacht, auch wenn ich nur ahnen konnte, was es heißt, immer von anderen Menschen abhängig zu sein.«

Noah und ich betrachten stumm unsere Hände.

Seine liegen, wie im Gebet versunken, auf seinen Knien.

Meine zittern einfach nur.

Noah sagt nicht: Du konntest nichts dagegen tun, oder du bist doch nicht schuldig an ihrem Suizid, sondern er greift nach meinen zitternden Händen.

»Danke. Sylvie!«

Ich entziehe ihm meine Hände und wische mir über die von Tränen feuchten Augen.

»Was hältst du davon«, seine Stimme ist ganz ruhig und gelassen, »wenn wir drei jetzt einen schönen Spaziergang machen?«

Ich nicke verhalten.

Ich will nicht über Alice reden und über mein Gefühlschaos.

Ich will auch seine Meinung dazu nicht hören, ich möchte einfach nur raus aus diesem Raum, aus meinem Haus, also hat Noah das Richtige gesagt.

»Wartest du draußen auf mich? Ich möchte mir nur das Gesicht waschen.«

»Komm, Molly«, Noah gibt ihr ein Zeichen und sie verlassen durch die Terrassentüre mein Haus.

Ich schließe hinter ihnen ab. Ich kühle mein Gesicht und mache mich frisch.

Draußen, auf der Allee lässt Noah die Hündin von der Leine.

»Schau«, sagt er lachend und freut sich, dass Mol sofort loswetzt.

Sie rennt vor und zurück. Sie schielt zwar immer wieder auf die sirrenden Räder von Noahs Rollstuhl, aber sie lernt, dass sie keine Angst zu haben braucht.

Die Hellbrunner Allee ist fast fünf Kilometer lang, bis zur Altstadt.

Bei der Hälfte bemerken Noah und ich, dass Mol leicht zu hecheln beginnt.

»Wir sollten zurückgehen«, schlage ich vor, »die Stadt läuft uns nicht davon. Mol hat Durst und wir haben ihr kein Wasser mitgenommen.«

»Einverstanden«, Noah bremst seinen Rollstuhl kurz ab. Molly setzt sich sofort.

»Komm doch mit zu uns. Meine Nachbarin hat so viel Salat im Garten, sie hat mir das Zeug in den Kühlschrank gepackt, ein frischer Laib Brot steht auch in der Küche, sie bäckt ihr Brot noch selber.«

Ich überlege nicht lange. Ich habe zu Hause nichts Wichtigeres zu tun, als endlich den Nachlass meiner verstorbenen Familie auszusortieren.

»Gerne«, sage ich und bin froh, für ein paar Stunden nicht allein zu sein.

Noahs Haus liegt im Schatten der hohen Nussbäume, die sich in einer leichten, warmen Brise bewegen.

Noah öffnet uns das Gartentor und rollt hinter Mol her ins Haus.

Drinnen ist es leicht dunkel und kühl. Noahs Smartphone läutet.

»Sorry«, ruft er mir über die Schulter zu, »komm rein, ich muss kurz rangehen.«

Ein bisschen verloren sehe ich mich in dem langen Flur um.

Molly säuft so laut, dass ich es bis hierher hören kann, und Noah spricht mit seiner ruhigen Stimme in sein Telefon.

Irgendwie habe ich das Gefühl, zu stören.

Vielleicht sollte ich lieber nach Hause gehen.

Ich werde nur noch warten, bis er sein Gespräch beendet hat.

»Sorry«, sagt er langsam, »ich muss leider weg. Aber warum bleibst du nicht bei Mol.

Im Kühlschrank ist wunderbarer Salat und du hast frisches Brot dazu. Was hältst du davon?«

Ich antworte mit Kopfschütteln. Molly hat sich ächzend auf den kalten Fliesenboden hingelegt, der Spaziergang an diesem heißen Tag war genug für sie.

»Wir verschieben das«, ich fahre behutsam über Noahs Oberarm und schicke mich an zu gehen.

»Warte«, sagt Noah und hält kurz meine Hand fest, »ich komme mit dir mit, ziehst du bitte die Türe hinter dir ins Schloss.«

Er rollt an mir vorbei, winkt mir kurz über die Schulter zu und fährt zu seinem Auto.

Ich beschließe, den Weg zurück zur Allee zu nehmen.

Ein Stadtbummel allein. Warum nicht!

Alte Kopfsteinpflaster stoßen nahtlos auf den gekiesten Weg der baumbestandenen Allee. Die Altstadt empfängt mich wie immer mit Furore. Dieses heitere Flanieren durch schmale Häuserzeilen lässt mich daran denken, dass sich hier in den letzten Jahrhunderten nichts verändert hat. Der Domplatz, beschattet durch das blaue Zelt eines wolkenlosen Himmelsbogens. Das Tschilpen der Spatzen beschwingt meine Schritte, sie pfeifen ihr Lied von den mit Grünspan bedeckten Dächern.

»Wenn du durch den Torbogen durch bist, gibt's Kuchen!«

Die Markise in fröhlichem Grün verschafft den Stühlen vor dem Haus vereinzelte Sonnenstreifen. Tische, wie kleine runde Inseln, laden ein, den Duft von Kaffee zu genießen. Man setzt sich, dort, wo noch Platz ist.

»Gnä' Frau, darfs ein Tasserl Kaffee sein? Einen guten Strudel dazu? Wie immer?«

Die Frage erübrigt sich, die Ober kennen mich. Während sie mit gezücktem Block ins kühle Haus verschwinden, scheuchen sie rechts und links ein paar pickende Tauben in die Flucht. Für eine Minute, dann ist das Gefieder wieder zurück. Pickend. Gurrend. Futter suchend.

Ich will das Ambiente genießen. Die Menschen beobachten. Den Sprachen lauschen. Hier sitzen wenig Salzburger.

Mir fällt auf, dass ich bis jetzt keinen einzigen Rollstuhl gesehen habe. Wo sind die alle? Es gibt keine Stufen, niedere Gehsteige, kaum befahrene Straßen. Also, alles easy going. Ich werde Noah fragen. Kaffee und Strudel kommen geschwind. Genauso schnell bin ich auch wieder fertig damit. Das liegt daran, dass ich alleine hier sitze. Außer mir gibt es nur Pärchen zu sehen. Also nicht, dass ich ein

Pärchen sein will, es ist nur so hart, verlassen worden zu sein. Er hat wieder flugs geheiratet, sie ist dem Klischee entsprechend jung und hübsch, und wenn sie ein Kaffeehaus besuchen, sind sie zu zweit.

Ich habe genug jetzt. Da mich die Ober kennen, kann ich das Geld einfach neben die Tasse legen und gehen.

Ein bisschen schneller als vorher spaziere ich zum alten Friedhof. Aber man betritt nicht die Bühne des Lebens, man wird vom Tod begrüßt. Verwitterte Grabsteine säumen Birken mit schmalen Wegen, lassen die berühmten Gebeine in ihren uralten Gräbern ruhen. Gruften, besetzt von Kaufleuten der Vergangenheit, schmiegen sich an die Bergwand. Trotzdem: Tot bleibt tot. Aber wie tröstlich, dass sie anständig bestattet wurden, nicht so wie unser Mozart, dessen Grab wir nicht einmal kennen.

Wer Brot will, muss das Friedhofstor passieren.

Duftendes, dunkles Roggenbrot. Gebacken von Mönchen, die es auch verkaufen, in dieser alten Bäckerei.

»Grüß Gott«, sage ich freundlich zu dem alten Mann mit seiner frischen Tonsur und der mehligen Schürze. Das Glöckchen hallt ein wenig nach, leiser als seine gemurmelte Begrüßung. Meine Augen gewöhnen sich rasch an den dunklen Verkaufsraum. Ich werde umfangen von Duft. Vom Duft meiner Kindheit. Kein Samstag ohne Friedhofsbäckerei. Die Woche über dieses Brot. An diesen Rhythmus war ich gewohnt.

Der alte Mönch, der hinter einem wurmstichigen Tisch lehnt, nickt mir zu. Er hat wohlwollend den Gottesgruß zur Kenntnis genommen, er hat in dieser Stadt nichts anderes erwartet.

Neben ihm öffnet ein junger Mönch die schwarze schwere Ofentür, verkohlt vom langjährigen Gebrauch. Leichter Rauch strömt bis zu mir her. Er versenkt einen langen Spatel aus dunklem Holz im rußigen Backofen und zieht mit Geschwindigkeit die fertigen Brote heraus. Sie landen in einem Binsenkorb.

Der junge Mann lächelt mir zu, wischt sich mit ruhigen Strichen etwas Mehl an der blauen Schürze ab. Wie ein gläubiger Dschinn verschwindet er lautlos aus der Backstube.

Ich deute auf den Berg mit Roggenbrot, hebe schweigend den Zeigfinger und streue die Kaufsumme auf einem verbogenen Blechteller ab.

Der alte Mönch nickt lächelnd, er hat mich sofort verstanden. Wer tagein, tagaus nichts anderes macht, als Brot in braunes Papier zu wickeln, der weiß, dass die Menschen hier selten mehr als einen großen Laib mit nach Hause nehmen. Dann streicht er das Geld behutsam ein, verstaut es in einer Geldkassette aus Eisen und winkt mir freundlich zu.

Wir sprechen die gläubige Zauberformel zum Abschied, lauschen dem kleinen Bimmeln der Türglocke, draußen werde ich empfangen vom hellen Licht des Nachmittags.

Die Kirchturmuhren in der Umgebung läuten zur vollen Stunde.

Ich spaziere, den duftenden Brotlaib unter den Arm geklemmt, über den großen Domplatz, scheuche vorsichtig Tauben auf. Sie laufen mir ziellos vor die Füße, picken wahllos herum, beäugen liegen gebliebene Pferdeäpfel. Während ich den langsamen Droschken ausweiche, steuere ich dem Heimweg zu.

Sogar der Anblick des alten Gebäudes des

Landesgerichts stört mich heute wenig, erstens liegt die Scheidung schon einige Jahre zurück und zweitens sehe ich meinen Bus um die Ecke der Straße schwingen.

Ich zeige meine Karte vor, setze mich auf einen leeren Platz und halte mich an meinem Brot fest. Das geruhsame Schaukeln des Busses lässt mich fast in ein Schläfchen sinken.

Das Ayabad ist ein altes Freibad mit einer Haltestelle für den Bus. Zuerst der Geruch von Chlor, dann das Kreischen und Platschen von Kindern, solange die Bustüren offen stehen. Der Fahrer kontrolliert die Fahrzeit auf seiner Armbanduhr, fährt weiter, als niemand mehr zusteigt.

Wir düsen die lange Schnur der Alpenstraße entlang. Ich bin neugierig, ob Noah schon zu Hause ist, ob ich sein Auto in der Einfahrt stehen sehe.

Mit fällt auf, dass ich mich bei ihm nicht einmal vorgestellt habe.

Keinerlei Informationen, nur das, was er auf meinem Klingelbrett vor dem Haus gesehen hat.

Sylvie de Bolongé. Mein Mädchenname.

Alles andere ist mit ein paar Klicks übers Internet herauszufinden.

Was man nicht über mich erfährt, dass ich meinen geschiedenen Mann noch immer abgrundtief hasse.

Trotz Therapeutin, trotz guter Ratschläge meiner Mutter, trotz aller Logik.

Meine Söhne habe ich damals aus diesem Ehedrama herausgehalten. Ich finde immer, dass solche Zerwürfnisse nicht Sache der Kinder sind, im Sinne von Belastung, Hass, Wut. Wie sollen Kinder beide Elternteile lieben können mit so einer Erbschaft an Gefühlen.

Mein Ex hat wieder geheiratet. Sogar ich muss zugeben, dass sie entzückend ist. Nett und freundlich, schön und herzlich.

Er ist auch wieder Papa geworden. Er hat mir dieses Geschenk genau an meinem 49. Geburtstag gemacht.

Sie hat ihre Halbbrüder sofort um den winzigen Finger gewickelt, was nicht weiter verwunderlich ist.

Schade, ich hätte sie gerne gehabt. Und mit einem anderen Mann als meinem, da wären bestimmt noch mehr Kinder gekommen.

Leider ist es so, dass eine geschiedene Frau von 49 Jahren einfach zu alt ist für eine Schwangerschaft, aber ein Mann dieses Alters hat kein Problem damit.

Allerdings ist die Zukunft dieses Babys nicht vorbehaltlos rosig. In sechs Jahren ist mein Ex schon Großvater und ihm sind der Alterungsprozess und damit seine tiefen Furchen ins Gesicht gemeißelt.

»Ist das dein Opa?«, werden ihre Freundinnen fragen, sofern er Zeit hat, sie in die Schule zu bringen.

Das Kind und seine Mutter werden meinen Mann kaum zu Gesicht bekommen. Ich kann beide trösten, man gewöhnt sich daran.

Darum bin ich nicht wütend. Es liegt daran, dass er mich und meine Familie getäuscht hat.

Damals war es ihm wichtig, eine Frau mit einem alten Namen, der noch immer Einfluss in jeder Form garantierte, zu heiraten.

Als er auf mich und meine Familie verzichten konnte, verließ er mich.

Seine zweite Frau ist eine junge Lehrerin, ohne große Ambitionen. Aber wenn sie will, kann sie auf ihren Verwandten zurückgreifen, einem Hofmaler, den man in der Residenzgalerie ausgestellt hat.

Fast vergesse ich, dass ich gleich aussteigen muss.

Den Laib Brot fest an mich gepresst, spaziere ich an den Feldern vorbei.

Vorne im Schloss wohnen alte Nonnen. Pensionierte, alte, singende Nonnen. Sie haben sich diesen Lebensabend verdient. Sie haben auf Gott vertraut. Ihr Leben dem Gebet gewidmet. Dem Glauben an ein höheres Ziel.

Der leise Gesang ist wie ein flüchtiger Lufthauch, der mich weiterträgt, die Allee entlang, der Stille zu, knirschende Schritte bis dahin.

Außer mir gibt es um diese Tageszeit nur ein paar alte Damen, die kleine bunte Pudel spazieren führen.

Ich bin bei Noahs Ecke angelangt und sehe, dass seine Einfahrt leer ist. Er ist noch nicht daheim.

Ein paar Minuten später stehe ich vor meinem breiten Einfahrtstor.

Ich schiebe die schwere Türe nur soweit auf, dass ich bequem hindurchschlüpfen kann.

Auch hier wieder geharkter Kies, vorbei an gestutzten Büschen und gepflegten Blumenrabatten. Ich sperre die Haustüre auf und merke, wie kühl es im Inneren dieses alten Hauses ist.

Ich streife die Schuhe ab, lege die Schlüssel auf ein niedriges Tischchen im Flur, deponiere das Brot auf dem Küchentisch und werfe mich müde auf einen bequemen Küchenstuhl aus Holz.

Mein Smartphone läutet.

Noah Ben Haller.

»Hi, liebe Nachbarin. Ich brauche deine Hilfe.«

»Erzähl.«

»Mol ist alleine. Ich komme heute Nacht nicht nach Hause. Kannst du sie bitte zu dir holen?«

»Kein Problem. Ich füttere sie aber zuerst, bevor ich zu mir rübergehe. Ich werde sie auch nicht frei laufen lassen, das fehlt mir gerade noch, dass sie losrennt, um dich zu suchen. Glaubst du, dass sie ohne dich fressen wird?«

Noahs Bild ist leicht verwackelt, er lacht. Im Hintergrund kann ich eine junge Frau sitzen sehen. Im Rollstuhl. Ihr Gesicht ist purer Alabaster. Wie eine Skulptur. Rose Beuret. Rodins Muse.

Noah verströmt positiven Aktionismus.

»Mol? Nicht fressen? Bevor Molly jemals eine volle Futterschüssel stehen lässt, tritt der Fluss über die Ufer und teilt sich, wie bei Moses. Nein, keine Sorge, gib ihr zwei Becher voll. Da steht ein Sack Trockenfutter. Erschrick nicht, sie ist auf Diät gesetzt. Näpfe, Hundekeks, das alles findest du in einem Vorratsraum, gleich neben der Küchentür. Ihre Leinen hast du schon im Flur gesehen. Ein Moment, bitte!« Er schaut nach hinten zu dem Mädchen, das etwas leise einwirft.

Noah nickt.

»Eva hat eine gute Idee aufgebracht. Warum schläfst du nicht in meinem Haus? Da kennt sich Mol aus, da haut sie dir auch sicher nicht ab.«

Ich überlege kurz. Warum eigentlich nicht. Wenn ich sowieso schon drüben bin, kann ich auch gleich bleiben.

Mol und ich werden uns schon die Zeit vertreiben. Ich kann ja ein Buch mitnehmen. Vielleicht gibt es TV. Wir könnten gemeinsam einen Krimi sehen.

»Gute Idee«, ich bin begeistert. »Auf dem Sofa kann man schlafen?«

Noah lacht.

»Klar. Ich weiß aber nicht, wie lange ich hierbleibe. Ist das für dich in Ordnung?«

»Molly passt auf mich auf. Habt viel Spaß ihr beide. Bis morgen dann.«

Wir beenden gleichzeitig unser Gespräch.

Plötzlich bin ich – ich weiß nicht was. Was eigentlich? Fröhlich? Geht das überhaupt?

Nur weil ich heute nicht hier alleine schlafen muss? Weil ich eine Aufgabe bekommen habe?

Vielleicht sogar einen Freund fürs Leben? Es ist egal, warum ich so happy bin. Es geht mir gut. Und es ist ein unbeschreibliches, neues Gefühl.

Voller Elan flitze ich ins Schlafzimmer, packe eine kleine Tasche. Werfe unkontrolliert Haarbürste, Zahnbürste, ein wenig Make-up, ein Shirt für die Nacht, einen Slip und dicke Frotteesocken, einfach alles hinein.

Molly. Ich komme. Ich werde heute einmal nicht alleine sein. Gut, dass mich niemand grinsen sieht, man könnte meinen, ich bin verrückt.

Ich lasse im Schlafzimmer ein kleines Licht brennen. Im Flur. Stecke die große Küche, das Wohnzimmer, die riesige Diele in diffuse Lichtstreifen. Was ist das? Angst vor imaginären Einbrechern. Dass jemand hier vorbeispaziert, in der Dunkelheit in den Garten späht und denkt: Oh, oh, da ist wenig Licht im Haus.

Da muss man einbrechen.

Vielleicht sollte ich mich besser daran erinnern, dass in Omis Haus noch nie jemand versucht hat, ein Verbrechen auszuüben.

Es sieht zwar von außen nicht schäbig aus, aber es ist auch nichts Besonderes. Ein jahrhundertealter Kasten.

Die Kirchenglocken beginnen zu läuten. Zur Andacht, glaube ich, da kenne ich mich nicht aus.

Ein paar Autos werfen schon Lichtschatten bis zu mir her.

Der Kies knirscht leise, trotzdem heben die Leute in Noahs Nachbarschaft die Köpfe nach mir.

Es ist schon spät, sodass man fremden Wesen mit Vorsicht begegnet.

Obwohl hier nie etwas passiert, ist es immer ratsam, ein Auge auf die Umgebung zu haben.

Man darf vor allem nicht vergessen, dass es keine Straßenlampen in der Allee gibt, Dafür, wie der Name schon sagt, Bäume.

Die Anwohner hier machen alle das Gleiche.

Vor dem Schlafengehen spähen wir aus den Fenstern, zur Sicherheit.

Das ist eine alte Gegend, die Häuser werden eigentlich immer an die nächste Generation vererbt. So kennt jeder jeden. Bei Tag, aber nicht bei Nacht, wenn man nicht einmal die Hand vor Augen sieht.

Nach meiner Mutters Tod brachte ich es monatelang nicht fertig, längere Zeit in diesem Haus allein zu sein.

An eine Übernachtung war überhaupt nicht zu denken. Ich habe keine Angst vor Geistern, aber meine tote Mutter spukte noch immer in meinem Kopf herum.

Die erste Nacht hier schlief ich im Wohnzimmer. Auf dem Sofa. Ich lag da, völlig ratlos. Ein Waisenkind. So starrte ich zur Zimmerdecke, ließ in der Küche ein Feuer im alten Ofen brennen.

Ich musste kurz eingenickt sein, denn es quakte draußen, erschreckte mich. Bebend sprang ich auf, griff nach dem erstbesten Gegenstand, der mir unterkam, und presste mich an die Eingangstüre.

»Machen Sie bitte die Türe auf!«

Ich bin doch nicht blöd, dachte ich und wog den Schürhaken probeweise in meiner Hand, dabei rieselte Staub auf den Boden.

Einen Teufel werde ich tun. Fremden Menschen meine Türe zu öffnen.

Aber nachdem ich um die Ecke gelinst und erkannt hatte, dass tatsächlich ein beleuchteter Streifenwagen in der Höhe der Einfahrt stand, fragte ich, was los sei.

Eine Frau stellte sich mit Namen und Rang vor, erklärte, dass die Nachbarn hier Einbrecher vermuteten, und bat mich, mich auszuweisen.

Wir klärten das Missverständnis auf. Besorgte Nachbarn wurden informiert.

Am nächsten Tag begrüßte ich alle meine Nachbarn und bedankte mich für ihre Aufmerksamkeit.

Aber bei Noah lasse ich es drauf ankommen. Vorhänge zu und das wars.

Wenn ich Mol richtig einschätze, wird sie mich auf Schritt und Tritt begleiten.

Sie ist neugierig. Nach dem Essen werden wir Mols Domizil begutachten. Mich interessiert weniger, wie ihre Besitzer eingerichtet sind, sondern mehr, was sie aus diesem alten Anwesen architektonisch gemacht haben.

Dieser Abendspaziergang macht Spaß. Im Grunde genommen wohnen Noah und Molly wirklich nicht weit weg von mir. Und trotzdem habe ich die beiden vorher noch nie gesehen.

Das Haus ist von außen altrosa. Nicht untypisch für diese Gegend und ich finde es sanfter als das Kaisergelb von Schloss Hellbrunn.

Es ist so still hier, obwohl die Straße noch gut sichtbar ist.

»Molly«, rufe ich ihr vom Gartentor aus zu. Sie könnte sonst erschrecken, wenn ich plötzlich im Flur stehe.

Sie ist sehr sanft zu Menschen, aber trotzdem bin ich noch immer fremd für sie, obwohl sie mich natürlich schon am Geruch erkennt.

Zur Sicherheit klopfe ich noch auf die Haustüre, warte eine Minute, rufe noch einmal nach der Hündin und trete ein.

Sie biegt sofort zielstrebig um die Ecke, erkennt mich natürlich und führt ein Freudentänzchen auf.

Ich lasse meine Übernachtungstasche einfach fallen. Vor dem Schlafen ist noch Zeit genug, dass ich sie ins Wohnzimmer hole.

Mol setzt sich vor mich. Ich merke, dass sie Hunger hat, denn sie leckt sich ständig über die Schnauze.

Noah sagte, dass ihr Futter im Vorratsraum neben der Küche zu finden ist.

Seine Schwester war so klug, dass sie an seinen Rollstuhl gedacht hat, und daran, dass er sich nicht gut bücken kann. Der 12-Kilo-Sack mit Trockenfutter steht auf einem kleinen Campingtisch. Daneben Näpfe aus verschiedenfarbigem Plastik, groß genug für Elefanten.

Während ich eine Schüssel fülle, beobachtet sie mich neugierig.

Typisch Hund, fängt sie an zu sabbern, mit den Vorderpfoten leicht zu tänzeln, wie eine Ballerina beim Aufwärmen.

Sie ist riesig und in ihrer Heimat Argentinien als Jagdhund ausgebildet. Sie ist kein verspielter Pudel. So große, mitunter gefährliche Hunde müssen absolut gehorchen. Immer.

Von ihrer Gehorsamsausbildung weiß ich rein gar nichts, also spare ich mir, irgendwelche Befehle in den Raum zu werfen.

Bevor ich dazukomme, ihren hellblauen Napf vor sie abzustellen, setzt sie sich unaufgefordert und fixiert mich achtsam.

Sie wartet, bis die Futterschüssel vor ihr steht, dann haut sie rein.

So ganz nebenbei erinnert sie mich an ein kleines Schwein vor dem Trog.

Das sollte ich bei Noah besser nicht erwähnen, sie sind so stolz auf ihre Argentinierin.

Das Futter riecht wie leicht getoastetes Brot. Nicht unangenehm, sogar für Menschen mit empfindlichen Nasen.

Sie ist sofort fertig.

Ich lege die benutzte Serviette neben das Besteck und trinke ein Gläschen Sherry zum Nachtisch.

»Komm mit, Bein heben.«

Na, oder was Hundemädchen eben so heben.

Wir verfolgen einen imaginären Kreuzgang, stapfen zielstrebig den gesamten Bauerngarten ab, drehen eine Runde und nähern uns erfolgreich der offenen Haustüre.

Molly trabt entschlossen ins Wohnzimmer, zeigt mir ihren großen Hundekorb und ringelt sich zum Verdauungsschlaf zusammen.

Zuerst schalte ich überall das Licht an.

Später, wenn Mol wieder munter ist, können wir gemeinsam das erste Stockwerk besuchen.

Ich finde ein langes blaues Sofa.

Ich streife die Schuhe ab und mache es mir gemütlich.

Eine Flasche Wein würde die Krönung dieser Nacht darstellen.

Ich bin heute nicht alleine.

Molly ist da. Sie schnauft ein bisschen.

Draußen vor dem Fenster kriecht die Nacht heran.

Eine Katze schreit, eine andere antwortet.

Mol setzt sich, sie grummelt ein bisschen, die Katzen haben sie geweckt.

Es gibt eigentlich nichts zu tun für mich, also beschließe ich, durch die leeren Räume zu stromern.

Im ersten Stock sind alle Türen offen, ich sehe von draußen, dass es Schlafräume sind, ein großes Badezimmer liegt dazwischen.

Viele Fenster, geöffnete Vorhänge.

Molly spaziert mit mir zurück nach unten.

Ganz hinten, am Flurende ist Noahs Zimmer. Ich erkenne es daran, weil er seine Pullis über einen Sessel gestapelt hat.

Das Bett ist aufgeschlagen.

Daneben ein Tisch mit einem verkehrt liegenden, aufgeklappten Buch.

Den Titel kann ich von hier aus nicht erkennen.

Fremde Häuser haben etwas Geheimnisvolles an sich.

Es interessiert mich nicht, welchen Einrichtungsstil dieses Haus birgt, mehr die verschiedene Anordnung der Räumlichkeiten.

Die Küche zieht meine Aufmerksamkeit auf sich.

Ein gut durchdachter Raum. Offene Holzfronten in einem hellen Honigton.

Es wirkt wie zufällig, aber hier war ein Architekt am Werk. Man erkennt es an der Art der Konstruktion.

Und was darf in einer alten Bauernküche nie fehlen?

Ein alter Ofen für Holz.

Die Fenster sind klein, mit gevierteltem Fensterglas. Sie passen in ein Bauernhaus von damals, als die Bauweise sehr schlicht gehalten war.

Die Töpfe, die von der Decke hängen, erinnern mich an französische Domizile.

Büschel mit getrockneten Kräutern: Salbei, Thymian, Lavendel.

Schade, dass unser französisches Haus aus gemauertem Vierkantstein verkauft werden musste.

Wir konnten uns einfach nicht einigen, wer es behält. Meine finanziellen Mittel waren ja begrenzt, der Unterhalt in der Auvergne relativ teuer, und die Anfahrt von Paris aus zeitintensiv.

Als ich so durch dieses Haus spaziere, fällt mir auf, dass es mir psychisch besser geht denn je. Es hängt sicher damit zusammen, dass ich Zeit habe. Für mich alleine. Aber ohne das Gefühl der unendlichen Leere.

Molly schlägt vor, dass ich zuerst meinen Wein zum Essen hole.

Ich würde ihn im Raum mit den Vorräten lagern. In jedem Fall kühl, vor Sonnenlicht geschützt.

Wir sprechen jetzt von Wein, ganz allgemein, normalen Rot- oder Weißwein.

Wir unterhalten uns jetzt nicht über speziell gelagerte Kostbarkeiten, wie sie von meinem Vater gesammelt wurden.

Hinter Mols Futtertüte stehen tatsächlich ein paar verstaubte Flaschen, in einem an die Mauer gelehnten Regal deponiert. Ich sehe ein buntes Beet an verschiedenen Sorten. Bardolino, Chianti, Beaujolais, dazu Weißweine unbekannter Herkunft.

»Hast du eine Idee?« Molly stupst auf einen Franzosen.

»Dann nehmen wir den Beaujolais. Gute Wahl, Mol. Dazu wird der Salat hervorragend passen.«

Das Grünzeug im Kühlschrank stellt sich als knackige Spinatblätter heraus. Ein gelbliches Dressing schwimmt in einem Schraubglas daneben, ich tippe auf fruchtigen Senf mit Mangostückchen. In Folie eingewickelte Brotscheiben. Ciabatta und Bauernbrot.

Im Gemüsefach liegt eine große ungeschälte

Karotte. Es steht zwar nicht »Mol« drauf, aber ich vermute, dass sie sie fressen darf.

Das Gemüse ist zu kalt, es braucht ein Wärmebad. Tiere lieben es, zimmerwarmes Essen auf den Tisch zu bekommen.

Während ich mein Dressing über den Spinat kippe, im Küchenschrank nach einem Teller suche, hat die große Karotte Fresstemperatur. Ich halte sie Molly vor die Nase, ernte einen freudigen Begeisterungssturm und beobachte, wie ihr Hinterteil auf den Steinboden plumpst.

Elegant wie ein Sack Zement. Wir spielen.

Ich halte das Gemüse fest. Ihr Kopf schraubt sich langsam immer näher, weiße Vorderzähne werden sichtbar und ziehen leicht an der Karotte. Sie trabt damit voller Freude ins Wohnzimmer, wirft sich in ihren Korb und beginnt geräuschvoll zu raspeln.

Mich würde schon ein Flaschenöffner glücklich machen, aber fremde Schubläden sind mir immer suspekt.

Mein Smartphone kündigt Noah an.

Ich drücke auf »annehmen«.

»Wo verwahrst du deinen Flaschenöffner?«, frage ich sofort. Hinterher vergesse ich das sicher.

»Zeig ich dir gleich, wenn ich wieder zu Hause bin.« Er droht einer lachenden Evi mit dem Finger.

Sie kabbeln sich ein bisschen, ich höre ihn lachen und irgendwas sagen.

»Sie bekommt gleich Besuch von ihren Freundinnen. Da fühle ich mich total überflüssig. Die haben vor, einen reinen Mädelsabend zu machen. Komische Filme gucken, Popcorn futtern und viel Gekreische. Nix für mich.«

Er lacht, damit man auch sieht, dass er es nett meint und nicht etwa sauer ist.

»Schade«, sage ich ein bisschen bekümmert, »Mol und ich haben uns auch auf einen Abend zu zweit gefreut.«

»Meine Güte, was ihr immer habt. Ich werde euch nicht stören. Ich mache mich unsichtbar.«

»Natürlich«, sage ich lachend, »du und unsichtbar.«

Molly durchbricht die Schallmauer beim Mampfen. Es gibt tatsächlich einen Knall, bevor sie das letzte Stück Karotte in die Backen schiebt.

»Du bleibst doch, oder? Wir machen uns

einen netten Abend. Bitte, ohne Filme, Popcorn und Gekreische. Und«, er zeigt mit dem rechten Finger in die Höhe, wie ein Schüler der ersten Klasse, »keine Freundinnen.«

Seine Augenbrauen tanzen.

Evi hat sich mit ihrem Rollstuhl von rückwärts angeschlichen. Sie zupft an seinem kurzen Haar.

»Au«, brüllt Noah lachend, »du siehst, wie schlecht es mir hier geht. Ich fahre jetzt.«

Ich werde nicht bleiben. Schlafen kann ich auch in meinem Bett.

Ich streichle der sanften Hündin über die Schnauze, setze mich zu ihr auf den Teppich.

Wir summen gemeinsam ein Lied, ich summe, Mol brummt.

Von draußen stoßen plötzlich Scheinwerfer durch die Finsternis vor.

Türen schlagen. Räder surren.

Molly erhebt sich neugierig, sie weiß genau, dass es Noah ist. Es gibt für sie keinen Grund, den eifrigen Bewacher zu spielen. Die Haustüre öffnet sich leicht. Molly saust in den Flur.

»Hi Mädels«, ruft er ins Wohnzimmer, wirft die Schlüssel aufs Bord und rollt, mit Mol an seiner Seite, zu mir ins Wohnzimmer.

»Du kannst dir das Gekicher der Mädels einfach nicht vorstellen«, er schüttelt mit gespieltem Entsetzen den Kopf, »an der Tür bin ich dann noch mit Max und ihrem Freund zusammengetroffen.«

Er schaut mich erwartungsvoll an.

»Ich lasse auch jetzt beide alleine, du bist ja jetzt bei Molly.«

Ich zucke die Achseln, bin jetzt froh, dass meine Übernachtungstasche noch im Flur ist. Gepackt.

Molly sieht total verwirrt aus, als sie bemerkt, dass ich gehe.

Sie löst sich von Noah, trabt wie ein kleines Zirkuspferd mit nickendem Kopf hinter mir nach.

»Molly«, ruft Noah, um sie davon abzuhalten, mit mir durch die Türe zu verschwinden.

Draußen ist es düster, aber die Nachtluft weht mir milde entgegen.

Plötzlich weiß ich, dass Noah etwas erzählen wollte, dass mein Abschied zu abrupt für ihn kam.

Es ist zu spät, um noch einen Rückzieher zu machen und umzudrehen.

Meine Schritte knirschen auf dem Kies.

Da höre ich leichtes Atmen. Es ist Molly, die meine Spur in der Dunkelheit aufgenommen hat, das eilige Surren von Noahs Rollstuhl folgt ihr nach.

Sie sind schnell neben mir. Noah schnappt sich meine Tasche, seine Augen funkeln vor Vergnügen, Mol schmiegt sich beim Gehen dicht an mich. Das Licht der Straße wird bis zu uns geworfen, wir sind auch gleich bei meinem Haus.

»Du warst so schnell weg«, sagt Noah mit leichter Stimme, »wir mussten dich einholen.«

Ich habe das schwere Schmiedeeisentor offen gelassen. Jetzt ziehe ich es hinter uns zu. Gut, dass das Haus von innen beleuchtet ist, der Garten liegt in völliger Dunkelheit, bis auf ein paar Lichtstreifen vor den hohen Fenstern.

Wir gehen gemeinsam zur Terrasse zurück, ich habe nicht abgeschlossen.

»Du hast wohl nie Angst vor Einbrechern«, sagt Noah spöttisch.

»Was sollen sie klauen?«, frage ich schnippisch zurück, »den alten Müll, den ich gerade entsorge?«

Molly steuert zielstrebig die Küche an. Sie bekommt von mir ihren Haferkeks, Noah setzt sich an den Tisch und lässt meine Tasche einfach fallen.

»Erzähl«, sage ich leichthin, um ihn zum Reden zu ermutigen.

Erst als ich mich ihm gegenübergesetzt habe, fängt er an.

»Zuerst musst du wissen, wir sind alle im Rollstuhl. Wir leben mit Behinderung. Wir sind wie eine Familie, zur Familie, sofern wir eine haben. Wir sind kein Verein, kein Club, es gibt weder Statuten noch Treffen. Du hast ein Problem? Du rufst jemand aus unserer Gruppe an. Tag und Nacht. Freud oder Leid, wir sind immer füreinander da.«

Er macht kurz Pause, nimmt Mollys Kopf, zieht sie zu sich her, drückt ihr einen Kuss auf den Scheitel. Molly schüttelt sich, legt sich neben Noahs Rollstuhl. Kein Keks, kein Kuss. Molly ist nicht bestechlich.

»Es begann mit einem Anruf meines Therapeuten«, fährt Noah fort, »Frank bat mich um Hilfe. Sein Sohn war nach einem schweren Bergunfall querschnittgelähmt, ich erspare dir jetzt Details seiner Krankengeschichte.

Nur so viel, sein Sohn wollte sterben. Gab sich einfach auf.

Wichtig ist, dass du weißt, oder besser gesagt, begreifst, dass wir fast alle im Moment der Erkenntnis das Gleiche empfinden.

Es ist keine spektrale Entwicklung, es ist einfach da.

Ich habe nach der OP erfahren, dass ich nie wieder alleine werde gehen können, dass ich mein Leben lang auf Hilfe fremder Menschen angewiesen bin.

Nicht sein werde, sondern tatsächlich, ohne Für und Wider.

Es dauerte lange, bis ich wieder leben wollte. Und zwar genau so.

Im Rollstuhl, ohne meinen Beruf, keine Normalität mehr.«

»Du arbeitest doch bei der Polizei. Was hast du da vorher gemacht?«

Mir ist auch klar, dass er nicht mehr einem Einbrecher hinterherlaufen kann.

»Kripo. Gewaltverbrechen. Verdecktes Ermitteln, damals noch in Wien. Ich habe mich nach Salzburg versetzen lassen und arbeite im Innendienst. Jetzt für dich etwas Persönliches.« Er ergreift meine beiden Hände.

»Ich bin geschieden, lebe seit einer Therapie in einer für mich umgebauten Wohnung, alleine.

Meine Frau hat seit der Scheidung jeden Kontakt zu mir abgebrochen. Sie ist im Übrigen wieder verheiratet. Sie hat mir letztes Jahr ihre Hochzeitsanzeige geschickt.«

Noah zuckt die Achseln, aber man muss nicht Einstein sein, um zu sehen, wie tief verletzt er ist.

»Die vielen Kilometer zwischen uns, wir sind beide sehr froh darüber. Lidwin ist vier Jahre älter als ich, meine Jungs, Zwillinge, werden im Dezember 20. Sie hat ihren neuen Mann in einem Fachgeschäft für Sportrollstühle kennengelernt, die Jungs arbeiten dort als Lehrlinge.«

Es fällt ihm sichtlich schwer, über seine Familie zu sprechen. Das kann ich gut nachvollziehen. Zuerst war die Familie eine Einheit, vertraut, jetzt ist es ein zerrissenes Netz an Vergangenheit.

Neue Erkenntnisse sind immer ein Neuanfang. Gut für diejenigen, die dabei auch Geborgenheit gefunden hatten.

Mol stupst Noahs Hand an, fordert ihn auf, sich wieder mit ihr zu beschäftigen.

»Hast du noch einen Haferkeks für sie?«

»Ja«, sage ich ruhig, »die Büchse steht noch dort drüben.«

»Darf ich?«

»Klar, so viel sie will.«

Noah rollt zum Küchenschrank. Ohne dass ich mir Gedanken darüber gemacht habe, steht die Büchse in Noahs Reichweite.

Er lächelt, als er nach einem Keks angelt, nimmt sie alle einfach mit.

Mollys große Zunge fährt begeistert über die tropfenden Lefzen.

Sie plumpst zu Boden, schnappt sich vorsichtig die Leckerei.

»Kann Eva morgen bei dir übernachten?« Ein Paukenschlag! Das war es also, was er mir die ganze Zeit über sagen wollte.

Ich fühle mich nicht einmal überrumpelt. Ich bin einfach nur froh, sie dann bei mir zu haben, obwohl sie eine Fremde ist.

Ich weiß, dass ich sehr einsam bin.

Ich hasse es, alleine zu sein.

Meine Selbstgespräche.

Ich passe auf, nicht zu begeistert zu wirken, aber weniger, um hilflos dazustehen, eher aus dem Gefühl der Bedürftigkeit.

»Klar, gerne. Aber ist das Gästezimmer richtig für deine Freundin. Muss ich auf irgendetwas achten? Sie sah so krank aus vorhin.«

Noahs schwarzes Kohlepaar verschmilzt mit meinem grünen Katzenblick.

Er schüttelt den Kopf, bestich Molly mit etwas Haferkeks.

»Wir schauen uns gemeinsam das Zimmer an. Einverstanden.«

Er dreht den Rollstuhl neben mich, nimmt mit einer Hand meine rechte in seine Hand.

»Danke!«

Ich schmettere seine Dankbarkeit nicht ab.

Man muss auch zulassen, in der Schuld jemandes zu stehen.

Ich lasse seine Hand los, schlängle mich an Mol vorbei, übernehme die Führung.

Ganz am Ende, gleich hinter dem Anbau zum Wintergarten ist ein kleiner Raum versteckt.

Da alles hier sehr alt ist, weiß ich, dass meine Großmutter als kleines Mädchen dieses Zimmer für ihre Puppen benutzt hat. Eine Seite des Raumes bestand schon immer aus Glas, da es ursprünglich ein Teil des Wintergartens war.

Es liegt im Osten, ist hell, freundlich, aber auch im Sommer nie zu heiß. Bodenlange Seidenvorhänge im vergilbten changierenden Rosé.

Wenn ich mich nicht täusche, hat meine Oma diese Vorhänge schon als Kind an dem deckenhohen Glas gehabt.

Warum auch nicht. Kein Mensch kam in diesem Haus jemals auf die Idee, Beständigkeit gegen Flexibilität auszutauschen.

Ein Bett, für die damalige Zeit relativ groß.

Bei meinen Freunden in den USA ist es eine Selbstverständlichkeit, dass sogar Kinder große Betten besitzen. Hier, in Europa, wird mehr darauf geachtet, die Größe eines Kinderbettes der jeweiligen Größe des Kindes anzupassen.

Ich habe gelernt, dass man Kindern damit hilft, sich geborgen zu fühlen, weil man sich nicht in der Weite einer überdimensionierten Matratze verliert. Ich hatte kein Problem damit. Das Gartenzimmer war auch mein Kinderzimmer, wenn ich bei meinen Großeltern schlief.

Sogar ohne Lichtquelle lässt der Vollmond Noahs Gestalt erstrahlen. Er fährt bis zum

Fenster. Späht in den Garten. Klopft auf das alte Glas.

»Da also hast du dich vor den Erwachsenen versteckt.«

Er lacht. Wie ein Junge, der hinter das Geheimnis der Keksdose gekommen ist.

»Ja«, sage ich leise, so als ob ich Angst davor hätte, die Geister zu stören.

»Das Zimmer gehörte in erster Linie den kleinen Mädchen der Familie.«

»Du bist zu beneiden«, sagt Noah, »diese Geschichte um deine Familie kann dir niemand mehr wegnehmen.«

Draußen vor dem Fenster frischt der Westwind auf.

Die hohen Fliederbüsche, die am Ende der Mauer wachsen, bewegen sich wie schwankende Seeleute, wenn sie nach langer Zeit wieder an Land kommen.

Der Wind schüttelt die Blütendolden, wie eine Frau ihre Puderquaste.

Na ja, wie Frauen vor hundert Jahren. Heute benutzt doch niemand mehr Quasten.

»Weißt du«, sagt Noah ernst, »Eva ist gegen Tierhaare allergisch. Sie hat das einmal erlebt, als meine Schwester ihren 30. Geburtstag feierte. Mol war noch ganz klein. Evis Nase fängt an zu jucken, sie niest erbärmlich, die Augen werden vom Weinen rot und ihre Atemnot ist lebensbedrohlich. Mein Schwager hat Evi seelenruhig eine Spritze mit Cortison gegeben und in die Runde gefragt, wer noch alles ein Glas Whiskey möchte. Da mein Schwager und meine Schwester für ein Sabbatical in Perth sind, kann Evi nicht bei mir übernachten.«

Noah küsst flüchtig meine Hand.

Seine Gedanken sind schneller als diese gehauchte Berührung.

Noah springt von dieser Zeitebene in die nächste, in die vergangene, in die kommende.

Er faltet seine Hände, senkt den Kopf. Jemand, der ihn überhaupt nicht kennt, könnte glauben, dass jetzt ein Gebet entsteht.

»Freunde haben mir damals das Leben gerettet. Heute versuche ich, Menschen unter diesen Gesichtspunkten beizustehen.«

Er fesselt meinen Blick.

Es steht keine Frage in seinen Augen. Es ist eine Feststellung. Sehr klar. Sehr dominant.

Er streicht kurz über den Flaum meiner rechten Wange, lächelt sanft.

»Bis morgen.«

Er rollt durch den Gang zur Küche.

Mol, die es sich unter dem Küchentisch bequem gemacht hat, rappelt sich jetzt hoch.

»Du Schlafmütze«, flüstere ich in ihr Hängeohr und drücke sie behutsam an mich.

Ihre dunklen Augen leuchten, als sie die Keksdose stehen sieht.

»Nix da«, sagt Noah zu ihr, hebt seine Hand winkend, zwinkert mir kurz zu und rollt durch die Terrassentür. Molly trabt hinter ihm her.

Ich sehe beiden dunklen Gestalten nach, bis sie um die Hausecke verschwunden sind.

Draußen hört man das Surren des Rollstuhls leiser werden, das Quietschen meines Gartentores.

Ich mache es mir auf dem Sofa bequem, stopfe mir die Zierkissen in den Rücken und rufe Edith an.

Sie ist in Berlin. Bei ihrer Tochter und den Enkeln.

»Schnupfen oder Husten?«

Zur Antwort bekomme ich ein lautes Niesen, ihre Nase sieht aus wie ein kleiner Leuchtturm. Sie lacht ins Telefon. Edith bekommt jedes Mal eine Erkältung, angesteckt von den beiden Kleinen.

Wenn sie zwei Wochen später nach Salzburg zurückfliegt, ist sie noch immer erkältet, während die Kinder schon längst wieder gesund sind.

Im Winter wird sich das regelmäßig wiederholen.

Ich weiß nicht sofort, wo ich mit meiner Erzählung beginnen soll, sie hört mir einfach nur zu, dann bekomme ich einen guten Gedankenfaden und fange an.

Noah Ben Haller. Molly. Wie wir uns kennengelernt haben.

Plötzlich zwei kleine Gesichter im Bildschirm.

Sie winken ins Telefon, erzählen von der Katze der Nachbarin, Cosima hält einen schiefen Kuchen ins Licht.

Ihre Mama ruft die Kinder ins Badezimmer. Während sie aus der Küche laufen, überlegen sie, welche Geschichte es heute noch im Bett geben soll. Sie entscheiden sich für »Der sausende Schnuller« und dass Omi sie vorlesen darf.

»Noah Ben Haller?«, sagt Edith jetzt ein wenig nachdenklich, »den Namen kenne ich.

War ja lange genug in der Presse. Er hat sich im Dienst vor seinen Partner geworfen, für den der Schuss bestimmt war. Ich meine mich zu erinnern, dass sein Kollege ein Familienvater mit vier kleinen Kindern ist. Na ja, jedenfalls konntest du diese Story wochenlang lesen, denn schließlich hat der Held querschnittgelähmt überlebt.«

Wenn Edith wieder in Salzburg ist, werde ich ihr meinen Held vorstellen.

4

Evi stürzte sich orkanartig in meine Freundschaft.

Würde ich eine SMS-Nachricht schreiben, käme nur ein Smiley in Frage.

Plötzlich steht sie vor dem Eingangstor. Ein simpler Rucksack auf dem Schoß, sie ist ein wenig unwillig im Blick, da ich nicht schnell genug auf ihr Läuten reagiere.

Sie sieht mich an, als will sie sagen: Zwei gesunde Beine und so langsam.

Natürlich sagt sie keinen Ton, nur ihre Augen verraten ihre Gedanken.

Evi ist ein Buch. Lesbar, nicht nur ihre kugelrunden Kinderaugen verraten ihre Gefühle.

Aber ihr Lächeln ist umwerfend.

»Noah hat mich angekündigt?«

»Ja, gestern Abend.«

Ich sperre das Eingangstor auf, schiebe es so weit zur Seite, dass sie mit ihrem Rollstuhl durchrollen kann.

»Er bringt mir später meine Malutensilien vorbei. Wo geht's lang?«, fragt sie und flitzt an mir vorbei, nachdem sie gesehen hat, dass ich mit dem Kinn auf die linke Seite deute.

Sie umrollt die Hausecke messerscharf und – weg ist sie.

Ich trete in meinen Flur ein, aber sie ist schon in der Küche und sieht sich um.

»Urig«, sagt sie staunend, so als ob sie eigentlich einen Trakt des Altersheimes erwartet hatte. Miefiges Suppenküchenaroma und so.

Sie bedankt sich auch nicht, dass sie hier schlafen kann oder bei mir wohnt.

Ein Wirbelwind, der wie ein übereifriger Lufthauch durch die Gänge huscht.

Ich habe das Zimmer am Ende des Hauses gleich am Morgen geöffnet, das erspart mir jetzt lange Erklärungen.

Natürlich findet sie das Mädchenzimmer sofort bezaubernd.

Sie quietscht nicht, bricht auch nicht in Begeisterungsstürme aus, aber sie strahlt und sie hält inne, um sich gründlich umzusehen.

Ich habe die zart schimmernden Seidenvorhänge offen gelassen, betone damit den Blickfang. Garten. Mauer. Fliederbüsche. Das Feld grenzt hier an. Man umschließt mit einem Blick den Gaisberg, hört Rauschen wie ein entferntes Meer, die Alpenstraße.

»Der Duft von Flieder«, sagt Evi verträumt.

»Kann ich ein Fenster öffnen?« Sie rollt dicht ans Glas, wartet mein Nicken nicht ab, ist behutsam mit dem deckenhohen Fenster, sie streckt sich, um den Kopf hinauszuhalten.

Sie ist ganz still, während sie den hereinströmenden Duft genießt.

»Und alles gehört dir«, stellt sie leise fest. Dann rollt sie los, zieht auf dem glänzenden Parkettboden einen Kreis, sie beginnt zu summen, es kommt ein Lied, zuerst ist es nur in ihren Gedanken, in ihrem Kopf, ich kann es schon hören.

Musik, die schon immer da war, die meine

Großmutter spielte, dann meine Mutter, zuletzt ich.

Dann rauscht sie wieder los, bremst in der Küche.

Wir treffen uns in meinem Lieblingsraum. Ich schiebe mich vor den Herd, deute auf die Kanne mit Kaffee.

»Ich mag dieses düstere Gebräu nicht. Niemand pflegt wirklich gute Kaffeebohnen zu kaufen, die nicht nur unvergleichlich riechen, sondern auch schmecken.

Mit Tee ist das nicht anders. Was hast du noch? Außer das gute, alte Quellwasser?«

Ich muss lachen.

»Tatsächlich nur die Frische der Natur. Mit oder ohne Sprudel?«

Sie schüttelt den Kopf.

»Weißt du, was ich wirklich gerne machen würde?«

»Erzähl.«

»Mit dir nach Schloss Hellbrunn fahren. Ein bisschen malen. Im Park sitzen. Vielleicht zum Tierpark.«

»Du kannst von hier bis dort spucken, so nah ist das. Verrat mir ein Geheimnis. Wieso bist du von zu Hause abgehauen?«

»Es gab Streit. Ich musste da einfach raus. Noah war meine erste Wahl, aber er hat Mol. Er hat mir von dir vorgeschwärmt.«

Sie zuckt die Achseln, rollt nervös vor und zurück. Hin und her, so als ob sie mir schon zu viel verraten hätte.

»Du machst das Richtige«, sage ich und trommle auf meinen Küchentisch. »Einfach mal raus. Einfach mal abhauen.«

Sie rollt langsam zu mir her, währenddessen ich brennende Löcher in die Falten der Tischdecke starre.

Sanft greift sie meinen Arm.

»Na, du bist mir eine«, sagt sie jetzt sanft, »ich dachte, du musst mich trösten, dabei geht's dir auch nicht so gut.«

Auch nicht so gut, die Untertreibung des Jahrhunderts.

»Wenn ich traurig bin«, sagt sie ruhig, »brauche ich einen Eimer Eis. Am besten einen großen Becher ›Tom & Jerry‹. Das von Häagen Dasz. Gibt's hier nicht, oder?«

»Nein«, sage ich und wische mir über die Augen, »aber da drüben ist der Kiosk vom Hellbrunner Park und der hat jede Menge Süßigkeiten.«

»Ich glaube, das rettet uns jetzt.« Sie lächelt schon wieder.

Ohne ein überflüssiges Wort zu verlieren, rollt sie zur Terrassentür. Ich schließe hinter ihr ab, schnappe mir das Smartphone, Geld und die Schlüssel.

Evi hat schon das Gartentor erreicht und unterhält sich mit Noah.

»Er kommt mit«, ruft sie mir entgegen.

Ich klopfe ihm zur Begrüßung auf die Schulter, sehe mich um.

»Dein Schatten? Wo steckt sie?«

»Im Körbchen. Da, wo sie hingehört.«

»Körbchen.« Klingt gut. Sie ist ein argentinisches Schlachtross. Warum wird immer alles verniedlicht!

»Ach Evilein«, Noah rollt ein bisschen näher an mich heran, tut schutzbedürftig, »hör auf zu streiten.«

Sie droht ihm grinsend mit der Faust.

Er wirft ihr einen kleinen Rucksack zu.

Natürlich ist sie geschickt im Fangen.

»Auf eins«, Noah rast los, ohne abzuwarten, ob wir ihn verfolgen.

Zugegebenermaßen, er ist schnell. Man sieht, dass er sehr viel Kraft in den Armen hat.

Evi fährt gemächlich neben mir her.

»So ein Spinner«, sie schüttelt lächelnd den Kopf.

»Lassen wir ihn besser den Sieg einstreichen.«

Sie kichert listig. »Dann muss er die drei Eistüten bezahlen.«

»Du bist ein kluges Mädchen«, ich trete hinter sie, halte mich an den Griffen ihres Rollstuhls fest.

»Ich lege mal einen Zahn zu, sonst kauft er noch das falsche Eis.«

Bevor Evi nicken kann, verfalle ich in einen kleinen Laufschritt.

Ein bisschen verwirrt legt sie die Hände auf den zerknitterten Rucksack, hat aber anscheinend kein Problem mit meiner Eigenmächtigkeit, dass ich sie fahre.

Noah wartet beim Kiosk auf uns. Er steht alleine vor einer großen Tafel.

»Nix los heute«, sagt er und deutet auf die Tafel, auf der man die Angebote ins Auge fassen kann.

Wir sprechen uns ab und wollen ein Hörnchen mit Schokoeis haben.

Noah bezahlt, bekommt eine große Papiertüte von der netten Verkäuferin und wir machen uns auf den Weg über den gekiesten Schlossplatz.

»Wir sind mitten unter der Woche, da ist kein Mensch außer uns.« Evi rollt zügig an uns vorbei, nimmt den Weg durch den Torbogen und fährt hinter die Orangerie. Bei den Parkbänken wartet sie auf uns.

Wir lassen es gemächlicher angehen, genießen, den Park für uns alleine zu haben

»Du bekommst noch Geld«, sage ich und klopfe ihm leicht auf die Schulter.

Noah winkt ab.

»Dafür habe ich dir meine Freundin untergeschoben.«

Er grinst frech, gibt Gas und bleibt neben Evi stehen.

»Das vermisse ich«, sagt sie mit melancholischem Blick, deutet auf den Jagdhund aus Stein, gleich hinter dem Torbogen.

»Wir alle haben doch als Kinder drauf herumgerutscht.«

Wir nicken, wickeln unsere Hörnchen aus, ich sammle Papier ein und werfe es in den Mülleimer, der neben jeder Bank steht.

»Wir benehmen uns wie eine nette kleine Familie.«

Sie deutet mit der Eistüte auf Noah.

»Du meinst: Vater, Mutter, Kind?« Er zwinkert mir zu, verkneift sich aber ein Grinsen.

»Mutter kann hinkommen«, sage ich, passe aber auf, dass das tropfende Eis nicht auf meine Jeans kommt.

»Hallo«, sagt sie und schiebt den letzten Bissen der Eiswaffel in den Mund, »ich sitze neben euch.«

Noah holt sich ein Papiertaschentuch aus der Jeanstasche und wischt sich die klebrigen Finger damit ab.

»Ich bin froh, dass ich nicht der Vater dieser frechen Göre bin.«

Statt einer Antwort winkt sie einem Mann zu, der bei den hinteren Fischteichen zügig auf uns zukommt.

»Das ist doch Max«, sagt Noah und verschränkt die Hände entschlossen vor der Brust.

Man muss keine Ahnung von Psychologie haben, um zu erkennen, dass sich die beiden Männer offensichtlich nicht ausstehen können, denn Max würdigt ihn keines Blickes.

»Für welche Gangart trainiert er heute?« Noah schüttelt sichtbar genervt den Kopf.

»Marathon im Trabrennen? Oder will er uns irgendwann einholen? Ich meine: zwei Beine gegen einen Sportrollstuhl?«

»Du bist gehässig«, kopfschüttelnd wirft sie ihm einen bösen Blick zu. Ich halte mich da raus. Eigentlich hätte ich Noah für gelassener gehalten. Irgendwann wird er mir sicher erzählen, warum er diesen Mann nicht mag. Vielleicht, weil er wie ein Model von Calvin Klein ist.

Er wirft beim Näherkommen sein Scheinwerferlicht direkt auf mich.

Max der Schöne bremst elastisch vor meiner Bank.

»Wieso hast du mir nie erzählt«, er greift sich meine Rechte, haucht gekonnt einen Handkuss zwischen uns, schaut mir dabei tief in die Augen, »dass deine Mutter so schön ist.«

Noah applaudiert hämisch.

»Weil sie nicht meine Mutter ist?«

Maximilian lässt sich nicht davon beirren.

Er holt ein zart rosafarbenes Taschentuch aus seiner eleganten Stoffhose und wischt zügig über den Sitzplatz, setzt sich neben mich, für mein Gefühl viel zu dicht.

»Ich kenne Sie«, Maximilian betrachtet mich jetzt völlig ungeniert.

»Jeder kennt sie«, Evi verschränkt unwillig die Hände hinter dem Kopf.

»Gib mir einen kleinen Hinweis«, bettelt Maximilian und erntet Kopfschütteln.

»Ich habs gleich!« Er klemmt sich grüblerisch die Zunge zwischen die Zähne, sieht wie ein kleiner Schuljunge aus, der versucht, bis zehn zu zählen.

»Stephen Spielberg«, sagt Max beifallsheischend in die Runde.

»Einer der jüngeren Filme. ›Empire of the Sun‹. Sie sind Mary Graham, spielen die Mutter des jungen Christian Bale. Titelmusik ist Suo Gan. Mein absoluter Lieblingsfilm.«

Irritiert reagiere ich nicht gleich, Max der Schöne hält das für Zuspruch.

»Ja«, schreit er siegessicher und schlägt sich wie ein Boxer die Rechte in die hohle Linke.

»Wann haben Sie den Film gesehen?« Ich bin ehrlich gestanden ein wenig entsetzt. Sehe ich tatsächlich aus wie 69 Jahre?

»Vor kurzem erst.«

»Ich auch«, sage ich und bürste mir unsichtbare Staubfäden vom rechten Knie.

Ich habe keine Ahnung, wie ich ihm beibringen soll, dass Mathematik nicht zu seinen Stärken gehört.

»Der Film ist 1987 in die Kinos gekommen. Vor 30 Jahren. Emily Richard ist heute nicht mehr die Jüngste«, gebe ich zu bedenken.

»Ja und?«

Maximilian lässt in seiner Sturheit einfach nicht locker und zwingt mich fast dazu, ihn mit einem spitzen Unterton zu bedenken.

Noah und Evi sehen hin und her, wie bei einem Tennismatch.

Ich werfe Noah einen mahnenden Blick zu. »Wer freut sich nicht, für eine berühmte Schauspielerin gehalten zu werden.«

»Du meinst eine uralte Schauspielerin?«, Noahs Gelassenheit grenzt fast an Frechheit.

Max rechnet nach, begreift seinen Fehler.

»Sorry«, er wirkt verwirrt und betreten.«

»Kein Problem«, sage ich belustigt, »wieso haben Sie uns überhaupt gefunden?«

»Ach so, das.« Er deutet auf Evi. »Wir haben eine Tracking App. Soll ich dich später abholen? Ich brauche dich in der Galerie.«

»Ich melde mich«, sie wirft ihm einen kühlen Blick zu. Noah macht sich auch auf den

Weg, er winkt, zupft Max am Arm, der uns beiden einen Handkuss zuwirft.

Würde diese Szene jetzt in einer amerikanischen Sitcom enden, wäre das zugeschaltete Publikum dazu verdonnert, herzlich in gekünsteltes Gelächter auszubrechen.

So gibt die Szene nicht viel her.

»Ich habe den Film auch gesehen«, Evi sieht den beiden nach, wühlt dann in ihrem Rucksack, holt Papier und eine schmale Ledertasche heraus, wählt einen Bleistift mit weicher Mine und fängt an, mich zu porträtieren.

Meine Augen sind extrem schräg gestellt, mit japanischer Lidfalte, das dichte, dunkle Haar lässt den Blick auf einen schmalen Hals zu.

Sie wirft ein paar chinesische Zeichen auf das Ende des Blattes und reißt das Papier vom Block ab.

»Enjoy, dear!«

Sie hält mir stählend mein Porträt hin.

»Arigatuou!«

»Du sprichst Japanisch?«

»Ein paar Worte. Höflichkeitsformeln, ein paar Sätze zu Freunden.«

»Warst du schon einmal da?«

»Mein Mann arbeitet viel mit Japanern. Und Chinesen. Shanghai sieht heute völlig anders als damals, 1941.«

Wir lachen beide.

Sie zeichnet jetzt Fragmente des Parks. Ein dicker Karpfen. Grasbüschel um einen Torso aus Stein. Eine Parkbank mit abgesägten Beinen.

Wirft beim nächsten Blatt wieder chinesische Schriftzeichen in eine Ecke. Die Zeichen ranken übergroß auf der linken Seite eines Frauenkimonos, verlieren sich auf dem Boden.

Es mutet fast plakativ an, starr, der Augenblick während einer photographischen Aufnahme.

Sie ist fantastisch.

»Max«, sie betrachtet das unfertige Bild, »ist Galerist. So habe ich ihn kennengelernt. Mit meiner Mustermappe auf den Knien, im Rollstuhl. Er hat mir ins Gesicht gestarrt, nicht auf die Räder, meine Beine.

Ohne meiner Mappe Beachtung zu schenken, hat er mich gebeten, mich vertreten zu dürfen.

Und nein! Wir lieben einander nicht. Wir

achten, schätzen und berühren einander in unseren Seelen.«

Als wir aus dem Park rollen, über den Parkplatz schlendern, steht ein Porsche Cayenne in erster Reihe.

Die Ray Ban sitzt keck auf der Nase, er blättert im Wall Street Journal, bis ich mit der flachen Hand aufs Dach klopfe.

»Zu mir oder zu dir?«, der Schalk blitzt ihm durch die Brille.

»Haha«, sage ich frech, »mit kleinen Jungs gebe ich mich nicht ab.«

»Ach, so denkst du darüber! Kleine Jungs. Mit fast 30. Viel Erfahrung. Hätte ich besser den Jag vorfahren sollen?«

»Du meinst meinen Jaguar?« Evi grinst und rollt um ihn herum.

Ein Wunder, dass sie sich nicht »Give me 5« abschlagen.

Lachen ist ihnen im Gesicht stecken geblieben, aber sie wirken nicht frech, so nach dem Moto – diese Alte, was weiß die denn schon –, sondern einfach nur wie zwei total überdrehte Jugendliche.

Max deutet auf den Vordersitz. Ich schüttle lachend den Kopf.

»Frag Evi, wo ich wohne und gleich hingehe. Da drüben«, ich deute über den Parkplatz, »bin ich in einer Minute. Deine Galerie möchte ich aber wirklich gerne sehen. Schauen, ob du nur ein gut betuchter Angeber bist oder wirklich was draufhast.«

Ich lasse die Augenbrauen hüpfen, entlocke ihm tatsächlich ein herzhaftes Grinsen.

Ich drehe mich um und warte nicht einmal ab, wie er Evi in den Wagen hilft, winke den beiden stumm zu, keine Ahnung, ob sie mich gerade dabei gesehen haben.

Sie passen gut zusammen. Beides sind junge Menschen und anscheinend von der gleichen Besessenheit. Sie, mit der Macht der Gabe. Er, der ihre Gabe erkannt hat, sie weiter fördert, ihr dazu verhilft, sich in Kunst zu verlieren.

Er ist nichts anderes als ihr Transportmittel. Komischerweise sehen das alle. Nicht nur Max, nicht nur Noah, ich, Betrachter ihrer Generosität.

Vermutlich ist Noah deshalb eifersüchtig, nicht weil Mann und Frau einander gefunden haben. Nicht, weil er Angst hat, ihre Freundschaft zu verlieren.

Noah ist ein Soldat. Er begreift. Wortlos. Emotionslos.

Er erfühlt den Augenblick nicht, er begreift in jeder Sekunde das Sein des Lebens.

Fasst zu, packt hart an, ist ein Kämpfer. Verteidigt die Liebe bis zur Selbstaufgabe.

Max genießt das Leben, die Liebe, den Erfolg. Nicht, weil er dazugehören will, in der Szene, er ist die Szene, und die Menschen, egal ob männlich oder weiblich, scharen sich um ihn.

Der Schritt knirscht unter meinen Füßen. Erst als ich das Quietschen mehr höre als sehe, weiß ich, dass ich einem Fahrrad vor die Räder gelaufen bin. Der Stoß, den ich im Rücken spüre, ist nicht einmal schmerzhaft, vermutlich erlebe ich gerade einen Schock.

»Kannst du nicht aufpassen?«

Die Stimme plärrt mich an, wütend, wir fallen ja beide. Glücklicherweise werde ich behutsam hochgezogen.

»Alles okay?«

Noah ist der sanfte Retter, der den Blödmann anfunkelt.

»Du hast keine Augen im Kopf. Gib mir deinen Ausweis!«

»Warum sollte ich!«, der Mann ist aufgesprungen und steht vor mir und Noahs Rollstuhl.

Es ist ein Knurren zu hören.

Leise, wie ein sanfter Motor, aber unüberhörbar.

Ich sehe Molly, sie presst sich an mich, starrt mir tief in die Augen, wie ein Mensch, der wissen will, ob man okay ist.

»Es tut mir leid, Ihnen vor das Fahrrad gelaufen zu sein«, versuche ich freundlich und wische mir über die staubigen Knie, die vom Boden noch schmutzig sind.

Er zuckt irritiert die Achseln, hat nicht mit meiner Freundlichkeit gerechnet.

Erstens sieht er den riesigen Hund, und zweitens rechnet er mit Streit.

»Ich bin Polizist«, sagt Noah und fischt seinen Ausweis aus der Brusttasche, hält dem Fahrradfahrer das Bild vor die Augen.

»Warum brauchen Sie meinen Ausweis, es ist doch nichts passiert. Oder ist Ihnen etwas passiert?«

Er schiebt sein Fahrrad näher zu mir her, als es hinter uns hupt.

Wir hören ein Auto, das die Hellbrunner

Alle entlangfährt, drehen uns alle gleichzeitig um.

Sogar Molly.

Der Porsche bleibt stehen.

Sekunden später werden die Fenster des Wagens heruntergelassen.

»Bist du verletzt?«

Evi beugt sich besorgt heraus. Max hebt die Hände zur Frage hoch.

»Wir sind gerade vorbeigefahren und haben dich fallen sehen.

Sie können wohl nicht aufpassen, Sie Depp!«

Wütend sticht sie mit dem Finger auf ihn.

»Sorry«, sagt er zu Noah und ignoriert geflissentlich Evi, Max und den Cayenne, der im Leerlauf zittert.

»Ich habe keinen Ausweis dabei.«

»Geben Sie mir bitte Ihr Telefon, dann kann ich mir die Nummer notieren.«

Mir liegt schon auf der Zunge, dass viel zu viel Wind um die Sache gemacht wird, als der Fahrradfahrer voller Wut mit dem Fuß aufstampft.

Molly bellt einmal kurz, hält aber den Sicherheitsabstand, den ihr der Trainer beigebracht hat.

Kluges Tier. Es ist nicht so lange her, dass ein aufgeregter Mann eine Schäferhündin mit einem Butterfly erstochen hat, weil sie ihm auf die Füße getreten ist und er sich nicht anders zu helfen gewusst hat.

Noah notiert sich rasch die Nummer in seinem Smartphone.

»Sie kommen mit einer Warnung davon«, sagt er und greift bewusst betont nach meiner Hand, er will, dass man sieht, dass ich zu ihm gehöre.

»Es tut mir leid!«

Er steigt auf sein schmales Rennrad, nickt uns zu und fährt hastig die Allee entlang.

Fast wie ein Flüchtling, denke ich und streichle über Evis Hand.

»Ich hasse das«, sagt sie, »ein Mann, der nichts anderes in seiner Birne hat als Geschwindigkeit. Nicht rechts und links schauen. Dem ist es egal, ob er einen Hund, dich oder ein Kind anfährt. Wenn ich nicht im Auto gesessen hätte, dann hätte ich ihm eine gescheuert.«

Fast muss ich lachen, lasse Noah los und zerzause Evis Haar.

»Es ist ja nichts passiert«, sage ich beruhi-

gend, »ich bin ja mit dem Schrecken davonge-
kommen. Ihr ward ja alle da, habt ihm Saures
gegeben.«

Wir lachen, ich winke den beiden zu und
scheuche sie zurück.

Noah deutet auf mein Haus.

»Einen Kaffee und eine Schüssel Wasser für
die Retter?«

»Klar«, sage ich lachend, »deinen Job möchte
ich haben. Von wegen Polizist. Arbeitest du
auch mal?«

»Nachtschicht, edle Dame. Wenn dir später
langweilig wird mit Evi, weil sie malt, kannst
du gerne bei uns Telefondienst schieben. Eh-
renamtlich. In der Nacht. In meinem Büro.«

Das Haus gehört für viele Stunden mir, ganz
alleine.

Ich fülle Plastiksack um Plastiksack mit
alten Erinnerungsstücken, die keinen Wert
mehr für mich haben, weil ich sie nicht gesammelt habe, nur übernommen.

Keine Fotoalben, das nicht, aber kleine
Kunstwerke, die meine Mutter früher anscheinend in der Schule produziert hatte.

Die für die damalige Zeit üblichen Topflappen, gehäkelt. In seiner Form als Handarbeit sah das Teil von Anfang an aus wie ein kaputter Socken, in verblichenem Rosa.

Aschenbecher aus gebranntem Ton, obwohl niemand darin jemals eine Zigarette hat verglühen lassen.

Bemalte Steine, die Gesichter aufweisen, die niemand in der Familie ähnlich sahen.

Getrocknete Blumen in winzigen Holzkästchen.

Eine Puppe aus Porzellan, tote, leblose Augen, wirres Haar, das an einen stumpfen Besen erinnert.

Vermutlich von meiner Mutter als Kind zu oft mit dem Kamm malträtiert.

Wie kleine Mädchen es nun mal so machen. Bis auf eines. Ich!

Niemand in der Familie, der noch alle fünf Sinne beisammen hatte, wäre nach meiner ersten Puppe auf die Idee gekommen, mir noch eine zweite zu schenken.

Sie wurde sofort gehasst, verstümmelt und das Haar fiel der Schere zum Opfer. Aus dem Mädchen im hübschen Kleid, den winzigen Schuhen aus Lack, der feinen Haarmasche, wurde durch meine Kinderhand ein Junge mit dem Namen: Simon. Weggeworfen, in die letzte Ecke gepfeffert. Vergessen.

Ich kenne den Grund für mein kindliches Verhalten.

Mein Vater stand klar und ehrlich zu seinem Wunsch nach einem Sohn, einem Erben.

Nach einem Konzertabend hatten meine Eltern Streit. Warum? Daran konnte sich meine Mutter nie mehr erinnern.

Ich war ja erst 18 Monate alt. Meine Mutter hielt mich auf dem Arm.

Jedenfalls hat mein Vater in seiner Wut nach einer Puppe gegriffen, die auf dem Kinderbett saß, und sie auf den steinernen Kamin geschleudert.

Ich sehe das Bild noch heute vor mir: Der Kopf aus Porzellan zerplatzte in tausend Teile. Mein Elefantengedächtnis war geboren!

Was hat mir meine Mutter statt Andenken aus ihrer Kindheit hinterlassen?

Berge von vergilbten Notenblättern.

Staubige, aber bestimmt seltene Tischtücher aus edel besticktem Material.

So sammelt jeder sein Leben lang unterschiedliche Fragmente, unterteilt sie in Wichtiges und Unwichtiges.

Als ich bereit bin, mit dem Entsorgen ihrer Erinnerungen aufzuhören, Pause zu machen, klopft es an der Haustüre.

Max, der schöne Max.

Surrende Räder an der Terrassentür, Evi saust wortlos an uns vorbei und pflanzt sich an den Küchentisch.

Max küsst meine Hand, bestaunt verwundert die alten, wurmstichigen Küchenmöbel.

Was hat er denn erwartet? Einen Stall?

»Setzen Sie sich doch«, sage ich freundlich und wische mir über mein abgekämpftes Gesicht.

»Ihr holt euch selbst frischen Kaffee?«

Sie schwirrt sofort wie eine aufgeregte Biene in der Küche herum, scheucht auch Max in den Garten, er hat ihren Rucksack im Auto vergessen.

»Tut dir der Rücken weh vom Fahrradunfall?« Sie rührt zwei Löffel Zucker in meinen Kaffee, stellt den großen Keramikbecher vor mir ab.

Ich nippe probeweise, sie hat ihn so gemacht, wie ich ihn mag.

»Ja, ein bisschen«, sage ich schon viel besser gelaunt.

Sie zuckt die Achseln und nickt Max dankend zu. Er schüttelt fragend ihren Rucksack, weiß ja nicht, wo er ihn ablegen soll.

Sie greift danach und rollt los.

»Komm«, sagt sie zu Max und winkt ihm auffordernd zu, »ich zeige dir das Gartenzimmer.«

Ein paar Minuten später sind sie ohne ihr Gepäck zurück.

»Traumhafte Aussicht«, Max deutet auf die großen Fenster, vermutlich hat er das Bergpanorama bemerkt, das von diesem Blickwinkel aus wirklich bemerkenswert ist. Wenn man Berge mag.

Er lässt sich auf einen Küchenstuhl fallen.

»Bist du mit der Auswahl einverstanden?«

Evi rührt nachdenklich in ihrem Becher, fährt gedankenverloren mit dem Finger über den Rand der Tasse.

»Ein, zwei Bilder mehr wär doch nicht schlecht«, sagt sie und greift nach ihrem Smartphone.

Sie durchsucht ihre Fotos, tippt etwas genervt auf ihren Bildschirm.

»Da«, sagt sie und hält mir das Foto hin.

Ein großer Raum ist zu sehen. Tageslicht erhellt die Szene. Evi starrt in die Kamera.

In ihrem Rücken ist die Absicht klar erkennbar.

Bilder hängen in lockerer Formation an den Wänden, es sind alles Evis Werke.

Es dreht sich alles um Evis Ausstellung.

»Nicht zu viele Eindrücke«, sage ich und halte mich an dieser Aufnahme fest. »Ich bin oft bei Vernissagen und ich mag es nicht, wenn mich die Fülle an Bildern erschlägt. Ich schalte dann sofort ab. Ohne auch nur festhalten zu können, was ich eigentlich in den Motiven erkennen soll.«

Ich gebe ihr das Smartphone zurück.

»Genau richtig. So gefällt mir das. Ich wollte dir ja dein Porträt anbieten. Du weißt schon, die kleine Chinesin.«

»Die gefällt dir?«

»Man verliebt sich sofort in das Bild. Du hast nur mit der weichen Mine eines Bleistifts auf einem weißen Blatt Papier eine Figur erschaffen. Ein Porträt der Einsamkeit. Sie könnte vor Hunderten von Jahren gelebt haben. Oder gestern. Das lässt du völlig offen. Damit erlaubst du dem Betrachter, seine eigenen Gedanken einfließen zu lassen.«

Ich stehe rasch auf, hole die Zeichnung vom

Wohnzimmertisch und halte sie Max unter die Nase.

Er konzentriert sich sofort auf das Bild in seinen Händen.

»Das bist du«, stellt er fest. Übergangslos vom Sie zum Du.

»Evi fand, dass sie ein Porträt von mir malen muss.«

Ich zucke die Schultern.

»Darf ich mir das ausleihen?« Behutsam legt er das Papier auf den Küchentisch.

Ich werfe Evi einen fragenden Blick zu.

»Ich habe es dir geschenkt«, sagt sie ernst, »du kannst damit machen, was du willst.«

»Ich möchte das Bild für Helsinki haben.« Er klopft auf den Tisch.

Ich erfahre, dass Max zwei Staatsbürgerschaften besitzt. Er ist in Finnland geboren, sein Vater ist Finne, die Mutter stammt aus Wien. Aufgewachsen ist Max in Boston.

»Aufgrund der vielen Feierlichkeiten zum 100. Geburtstag der Unabhängigkeit Finnlands«, erklärt Max stolz, »hat mein Vater die Gelegenheit beim Schopf gepackt und lässt Evi ganz groß in seiner Galerie herauskommen, denn das Motto

Finnlands ist: Gemeinsam feiern, länderübergreifend.«

Er wirft einen bedeutsamen Blick in die Runde.

»Sie haben seit diesem Jahr sogar eine Nationalspeise«, meint Evi mit glucksender Stimme.

Sie muss plötzlich so lachen, dass sie fast einen Hustenanfall bekommt.

Max ist beleidigt.

Ich kenne das. Finnen und ihr Nationalpatriotismus!

»Roggenbrot.« Evi quietscht jetzt sogar laut, sie amüsiert sich großartig. »Die Finnen haben das Roggenbrot zur Nationalspeise Nummer 1 erklärt!«

Kopfschüttelnd betrachtet sie angestrengt ihren Kaffeebecher, man könnte meinen, sie liest die Zukunft aus dem Sud.

Max starrt aus dem Fenster.

»Warum nicht«, sage ich amüsiert, schüre ein bisschen das Feuer, »aber ich hätte sofort Fazers Blaue statt Brot genommen.«

»Die kennst du?«

Max vergisst seinen Ärger sofort.

»Welche noch von ihm?«

»Ganz ehrlich?«, sage ich entzückt. »Jede. Ich kann mich bei dieser Schokolade einfach nicht entscheiden. Sie sieht nicht nur optisch schön aus, ich bin auch verrückt nach diesem Geschmack. Diesem zarten Schmelz!«

»Ich auch«, Max greift sofort zu seinem Smartphone, tippt und spricht in diesem singenden Tonfall, von dem ich nie weiß, ob es ungarisch oder indianisch ist.

Wir verstehen nichts.

Es dauert nicht lang.

»Amazon hat Fazers Schokolade auch«, Max lächelt mir zu. Nur mir, da er noch immer eingeschnappt ist wegen Evis spöttischer Tirade.

Dann tippt er mich an.

»Wie blöd müsse ich sein, über einen Versandhandel zu bestellen.«

Evi macht den Mund auf, ich werfe ihr einen warnenden Blick zu. Nicht um mich einzumischen, aber man muss Max nicht unnötig ärgern.

Es ist ihre Sache, wie sie als Freunde miteinander umgehen, aber diese Stichelei kenne ich von meinem ehemaligen Mann zur Genüge.

Es grenzt schon fast an Beleidigung, und ich

werde nervös, wenn ich sehe, dass Max einfach nur auf ihre Gefühle Rücksicht nehmen will.

Ja, es hat bestimmt mit ihrem Leben im Rollstuhl zu tun, und das ist nicht fair von ihr, ihn mit Ärger zu überhäufen.

»Hullut Päivät«, schießt es mir plötzlich durch den Kopf, »das ist doch bald.«

Max und Evi starren mich an.

Es ist nicht einmal ein Ablenkungsmanöver, ich erinnere mich wirklich daran.

»Die ›Verrückten Tage‹ bei Stockmann«, erkläre ich Evi lachend.

»Die waren mir schon immer egal«, sagt sie bestimmt.

»Dieses Jahr sind sie vom 11. Oktober bis zum 15. Oktober«, sagt Max verträumt.

»Bald ist Herbst«, nachdenklich suche ich durchs Fenster die Bäume nach braunen Blättern ab. Herbstblätter!

»Dann wird eine Einkaufsorgie in Helsinki gestartet.« Max greift gut gelaunt und ohne weiteren Übergang nach meiner Hand, schüttelt sie sanft, beugt sich zu Evi, um sie auf die Wange zu küssen.

»Hau schon ab«, sagt sie lachend, »ich bin

müde.« Sie gibt ihm einen auffordernden Schubs und schiebt ihn spielerisch zur Haustüre.

Sie rollt zum Küchentisch zurück.

»Fertig für heute?« Sie deutet auf die schwarzen Mülltüten, von denen einige in der Ecke der Küche aufgereiht stehen.

Ich nicke, fühle den Abschied der Vergangenheit in meinen alten Knochen.

»Noah hat mir beigebracht«, Evi wirft mir einen intensiven Blick zu, »dass mit jedem Neubeginn auch ein großes Stück Freiheit gewonnen wird.«

Gleich nach meiner Scheidung habe ich mit dem Entrümpeln begonnen.

Ein kleiner Berg Erinnerungsstücke blieb für jedes Kind übrig, ich habe auf diese Dinge verzichtet.

Wozu etwas aufheben, das so negative Gefühle auslöst.

Evi und ich gehen schlafen. Sie küsst mich auf die Wange, wirft mir ein rätselhaftes Lächeln zu und schließt ihre Zimmertüre.

Ich habe Noahs Worte fest in mein Gedächtnis eingegraben: Keine Hilfe, die nicht erwünscht wird, also frage ich erst gar nicht.

Wie eine kleine Maus so leise höre ich sie bis zum ersten Stockwerk in ihren Sachen rascheln.

Niemand kann auch nur ahnen, wie froh ich bin, sie hier zu haben.

Niemand kann wissen, wie einsam ich jede Nacht bin.

Ich weiß, so geht es vielen Menschen, die alleine leben.

Traurig, mutlos, auf sich alleine gestellt.

Das Wissen darum hilft mir nicht.

Ich war so selten wirklich ohne Familie, dass es ein riesiger Schock war, als mein Mann ausgezogen ist.

Zuerst jedes Kind, dann mein Mann.

Zurück geblieben ist nur mehr eine Ahnung meines Selbst.

Ich bin ein Waisenkind, ohne Familie.

Heute ist Evi in diesem Haus.

Heute atmet ein anderer Mensch in diesen Wänden.

Wäre ich gläubig, würde ich sagen: Danke, lieber Gott.

Ich verschwinde singend unter der Dusche.

Ich klettere summend zwischen die Decken.

Ich muss keine Angst haben, da ist Evi und

passt auf mich auf, sowie ich immer vor Augen habe, Evi heute zu beschützen.

Der Mond beleuchtet das Innere meines Zimmers.

Ein Käuzchen ruft.

Vermutlich huscht eine kleine Feldmaus über meinen Rasen, um den Vögeln Nüsse zu klauen.

Und morgen ist ein neuer Tag!

5

Wie jeden Morgen wache ich auf, wenn der Tag noch hinter den frühen Nebelfeldern schemenhaft verborgen ist.

Ich habe mich an diesen Rhythmus gewöhnt, seit die Kinder klein waren.

Für eine Mutter gibt es nichts Kostbareres, als in Ruhe eine Tasse Kaffee zu trinken, bevor der Sturm über sie hereinbricht.

Es gehört dazu, wie das Zusammensuchen von herrenlosen Socken, Löchern in Kinderhosen, Frühstücksflocken, Kakao, Paketen mit Essen für die Schule und unzähligen Tätigkeiten mehr.

Wie schnell die Zeit verfliegt, denke ich und beschließe, die unschöne Zeit des Selbstmitleids hinter mir zu lassen.

Niemand außer meinem Ich kann die Erlaubnis erteilen, das Leben mit Selbstvorwürfen zu überschütten. Das Leben in einen Akt der Bitterkeit zu verwandeln.

Mein Therapeut sagte einmal, dass ich es in der Hand hätte, aus etwas so Negativem wie einer Scheidung den Schalter in meinem Kopf umzulegen, um wieder positiv vorwärts zu blicken.

Wie gut, dass ich Noah Ben Haller traf. Evi. Maximilian.

Ich stehe vom Küchentisch auf, öffne im Wohnzimmer alle Flügeltüren, lasse saubere Luft durchs Haus strömen.

Ich bilde mir das nicht ein, aber der alte, abgelegte Kram in den Plastiksäcken hat ein modriges Aroma verbreitet. Es ist also an der Zeit, die Plastiktüten vor die Eingangstüre zu stellen, den Nachbarn um Hilfe zu bitten und gemeinsam zur Mülldeponie zu fahren.

Während ich für heute meinen Tag plane, läutet es an der Tür.

Ich schaue auf die Uhr, es ist noch viel zu früh für Noah oder andre Nachbarn.

Vorsichtig linse ich aus dem weit geöffneten Flügel und sehe tatsächlich Noah und Mol.

Ich flitze hinaus, lasse es nicht darauf ankommen, dass Evi und Molly zusammentreffen.

»Dein Sicherheitsdenken ist bemerkenswert«, sagt Noah grinsend, deutet auf das offene Fenster und drückt mir eine Papiertüte in die Hand.

Mollys Hinterteil wackelt begeistert, als ich sie hinter den Hängeohren zause.

Noah wirft mir einen aufmunternden Blick zu und macht sich bereit, sein Gefährt richtig anzutauchen.

Wie ich ihn kenne, freut er sich auf einen Becher Kaffee.

Den Spaß werde ich ihm verderben müssen.

»Ich dachte, Evi reagiert allergisch auf Hunde?«

Ich halte seinen Rollstuhl an.

Noah schlägt sich auf die Stirn, während seine dunklen Augen blitzen. Es ist ihm sichtlich peinlich, dass er das für einen Moment vergessen hat.

»Stimmt ja«, sagt Noah und wendet sein Gefährt, »jetzt haben wir den Salat. Mol wird keinen Zentimeter von deiner Schwelle weichen, bevor sie den versprochenen Haferkeks bekommt.«

»Kein Problem«, sage ich lachend, »den bringe ich Molly. Okay?«

Fast wäre ich erschrocken, als ich Evis bleiche Gestalt um die Ecke lugen sehe, aber ich habe sie beim Hinauslaufen zu Noah schon gehört.

»Noah darf mit dem Hund nicht zu mir rein«, zischt sie leise.

»Keine Sorge«, sage ich, »ich bringe dem Hund seinen Keks und begleite beide nach Hause. Du weißt ja, wo alles steht. Kaffee, Brötchen sind in der braunen Papiertüte.«

Ich schließe hinter mir die Türe, sonst passiert es noch, dass uns Mol entwischt, sie ins Haus rennt, um einen zweiten Keks zu organisieren.

Mol hat den Keks mit einem Atemzug inhaliert, wedelt, freut sich auf den nächsten.

Noah und ich wissen, dass wir sie enttäuschen, wenn wir jetzt einfach losziehen, die Allee entlang zu ihrem Haus.

»Schade«, sagt Noah schmunzelnd, »du wolltest mich doch abends im Büro besuchen.«

»Max war noch ein wenig bei uns«, erkläre ich ihm.

»Und für Max verzichtest du auf meinen Kaffee.«

Wir sind gleich vor ihrem Haus.

»Büchse auf«, sage ich lachend, »Nescafé in heißes Wasser, Büchse zu, fertig ist das Gebräu.«

»Von wegen«, er streichelt über Mollys Scheitel und wirft mir einen bedeutsamen Blick zu, als wir zum Stehen kommen.

»Kann sein, dass du noch etwas lernen kannst. Pass gut auf. Also, wir benutzen nur spezielle Kaffeebohnen aus Südamerika, Arabica 95 %, die zur Röstung über Olivenbaumholz gebrannt werden. Gemahlen wird mit der Hand, mit einer speziell dafür angeschafften Mühle aus Japan.«

»Bist du sicher, dass du nicht versuchst, Wasser in Wein zu verwandeln?«

»Haha. Weißt du«, er schaut belustigt in die Ferne, »es gibt tatsächlich Menschen, die das Besondere zu schätzen wissen.«

Er wischt sich die Hände an seiner Hose ab und fährt los. Molly rennt fröhlich vor ihm her.

»Vergiss beim nächsten Mal nicht zu erwähnen«, wirft er mir über die Schulter zu, »dass du über die endlose Weite von Finnland informiert wurdest.« Er wedelt belustigt mit der Hand und rollt zum Gartentor.

»Wir werden nächste Woche mit der Finnair nach Helsinki fliegen.« Evi schiebt das kleine Brötchenstück in den Hund. »Wir gehen die Gemälde in der Galerie ab.« Sie baut aus den Brötchenkrümeln einen kleinen Hügel.

Ich setze mich ihr gegenüber.

»Maximilian hat angerufen, als du mit Noah unterwegs warst.«

»Was machst du da«, frage ich belustigt, »aus den Semmelbröseln ein neues Brötchen vom Tod zum Leben erwecken?«

»Mein Freund kommt auch gleich. Möchtest du eine schöne Tasse Kaffee?« Sie rollt zur Maschine, summt vor sich hin, greift nach meiner Lieblingstasse, braut den Zaubertrank zusammen und stellt den Becher für mich auf den Tisch.

»Bitte Evi, bleib«, sage ich flehentlich und falte die Hände zum Gebet. »Du bist der einzige Mensch in meinem ganzen Leben, der mich verwöhnt.«

»Du suchst nur eine Haussklavin. Mindestlohn, Unterkunft und Verpflegung.«

Ich schüttle den Kopf.

»Kein Geld«, sage ich bestimmt. »Aber unter Garantie überlasse ich dir das ganze Gartenzimmer. Das Licht ist unbezahlbar.«

Ich inhaliere das Aroma des frisch gebrühten Kaffees. Marke Billigware.

»Ausgewählte Bohnen aus dem Hochlandmassiv Kolumbiens«, stelle ich tiefernst fest und fächle den Duft in meine Nase.

»Arabica 95 %«, spinnt Evi den Gedanken weiter.

»Du darfst die Olivenbaumholzröstung nicht vergessen.« Ich trinke genüsslich einen Schluck.

»Die Mühle kommt extra aus Japan. Du mahlst die Bohnen mit der Hand!«

Sie nickt in ihren Kaffeebecher, wischt sich verstohlen die Lachtränen aus den Augen.

»Alles klar«, sagt Noah grinsend und weidet sich daran, wie wir beide erschrocken zusammenfahren. »Ihr seid einfach nur Banausen. Ohne jedes Stilgefühl!« Er lacht, rollt dann grinsend an seinen freien Platz. »Ihr habt mich nicht einmal gehört.«

»Kann es daran liegen«, frage ich spitz, »dass du vor einer Minute noch durch dein Gartentor gerollt bist. Bist du geflogen?«

»Kaffeedurst«, gibt er zu, schielt vielsagend auf meinen Becher.

»Nein«, sagen Evi und ich wie aus einem Mund und fangen an zu lachen.

»Sag jetzt nicht, dass du auch mit dieser dunklen Brühe einverstanden bist.«

Ich schiebe ihm einen leeren Becher hin, der noch in der Mitte des Tisches steht, deute auf die dampfende Kanne.

Noahs Blick sucht die Küche ab, bemerkt enttäuscht das leere Brotkörbchen.

»Ihr habt mir nichts zum Essen aufgehoben«, sagt er vorwurfsvoll mit blitzenden dunklen Augen.

»Ja, was hast du denn erwartet«, sage ich sanft, »das Kind ist im Wachstum.« Ich tätschle seinen Oberarm. »Sie hat alles alleine aufgefuttert. Nicht mal die Gastgeberin hat etwas abbekommen.« Ich deute auf mich.

Evi fährt zum Kühlschrank, holt zwei Fruchtjoghurt mit Erdbeergeschmack und knallt sie uns auf den Tisch.

»Brötchen werden völlig überbewertet«, meint sie gut gelaunt und beobachtet erstaunt, wie ich den Deckel abreiße und das Joghurt trinke.

»Wieso trinkst du das?« Sie saust zur Küchenecke, bringt uns Löffel.

Es läutet zaghaft an der Haustüre. Es ist wirklich ein leiser Ton.

»Justin!«, stellt Evi leicht genervt fest und fährt los.

Noah und ich hören einen kräftigen Schmatz, dann kommt das Paar glücklich strahlend zurück. Vergessen ist der Streit von gestern.

Justin ist so, wie ich mir einen Justin vorstelle: klein, schmal, die blonde Haartolle läuft über die rechte Augenbraue, endet als Seitenscheitel über dem Backenknochen.

Der zarte Bartflaum auf der Oberlippe sieht gepflegt aus, wirft einen goldenen Schatten, lässt ihn jünger erscheinen, als er vermutlich ist.

»Hi«, wirft er global in die Runde, aber ohne

uns in die Augen zu schauen, als hätte er etwas zu verbergen. Stattdessen pflanzt er sich stumm auf einen der leeren Küchenstühle.

Die Vorstellung übernimmt Evi. »Sylvie, das ist Justin, Justin, Sylvie.«

Er schiebt die feingliedrigen Hände in die Taschen seiner dunklen Jeans, starrt auf das Tischtuch (wo Evi das wohl ausgekramt hat?) und erwartet gottergeben das Urteil des Tribunals.

»Saluti!«, sagt Evi kopfschüttelnd und trommelt ungeduldig auf die Rollstuhllehnen.

»Hab ich doch«, Justin quengelt wie ein kleines Kind, aber ich hüte mich, Evi darauf hinzuweisen, dass es im Italienischen »Salute« heißt.

Möglicherweise ist ihr Sprachgebrauch aus einem der höhergelegenen Bergdörfer gewachsen. Da haben Leute noch ihren eigenen Dialekt. Die Österreicher sind da nicht anders. Oft klingt es, als ob sie eine Kartoffel im Mund bewegen beim Sprechen, und in Helsinki kann es passieren, dass man sogar als Finne den eigenen Dialekt überhaupt nicht versteht.

Justin sitzt da wie ein lustloses Gemälde. Er

ist für sich, grübelt vor sich hin, seine Verhaltensweise ist einzigartig.

»Cola«, sage ich sanft, ich will ihn nicht erschrecken, »im Kühlschrank?«

»Nein, mag er nicht«, Evi funkelt in seine Richtung.

»Hast du die Bilder aus der Wohnung geholt?«

Der Kopf wackelt auf und nieder. Ob das ein Nicken ist, denke ich ängstlich, oder kann es jetzt sogar passieren, dass der Kopf einfach abfällt?

Vielleicht hat Justin aber ein Schweigegelübde abgelegt, oder sehe nur ich das so drastisch? Möglicherweise konzentriert er sich auch in diesem Moment auf eine Melodie in seinem Ohr.

Plötzlich beginnt sein Blick zu flackern, irrt in der Küche herum, als wäre er eine aufgescheuchte Motte.

Noah, der dieses eigenartige Gehabe vermutlich kennt, zwinkert mir zu.

»Was macht deine Harley?«, fragt er insistierend.

»Harley Davidson?«, erweitere ich das Programm.

Justins Blick hellt sich auf.

»Die beste Maschine der Welt.«

Er kann sprechen. Er hat sogar einen ganzen Satz formuliert.

Uups. Ich glaube, diese Einstellung ist absolut unfair.

Ich nehme mir sofort vor, Buße zu tun, denn es ist gemein, Menschen auf Grund ihrer Vornamen zu beurteilen.

Bei einem der Elternabende meiner Söhne gab eine Lehrerin tatsächlich zu, dass eine Umfrage ergab, dass Kinder mit amerikanischen Vornamen vom Lehrkörper von Anfang an belächelt wurden.

In meiner Kindheit hielt man sich an Traditionellem fest.

Der moderne Teil der Mädchen trug Namen wie: Brigitte, Editha und Ursula, der andere Teil war katholisch angehaucht: Maria, Magdalena, Anna, Josefa.

»Ein Onkel meines Vaters fuhr schon in den fünfziger Jahren Harley«, erzählte ich der Corona. »Mein Vater, der natürlich nur elegante Autos als akzeptable Fortbewegungsmittel hielt, hatte nur Spott dafür übrig.«

»Klar«, mokierte sich Justin, »sie alle haben

den Film ›Born to be Wild‹ gesehen und sie haben jeden um diese Freiheit beneidet.«

»Vergiss die Drogen und freie Partnerwahl nicht«, fügt Noah lachend an.

Justin winkt kühl ab.

»Du klingst schon wie mein Vater. Für den gibt es auch nur Porsche. Aber ich bin ja auch nur der technische Zeichendepp in seinem Architekturbüro. Da ist ein kleiner Golf angemessen. Aber nur ein klitzekleiner.«

Justin sieht grimmig auf seine Daumen-Zeigefinger-Demonstration.

»Meine Maschine hat Kultstatus«, berichtet er stolz und dass Bill Harley, Arthur Davidson, die amerikanischen Erfinder, dafür sorgten, dass sogar noch heute Motorräder dieser Firma zusammengebaut werden.

Bei »Einzylinder« und »Zweizylinder« schalte ich ab, denn es geht weiter mit der Vorkriegszeit, der Entwicklung während der Kriegsjahre, verschiedenen Modelltypen, früher und heute.

Meine Gedanken schweifen ab. Ich sehe mich auf dem Sozius einer schnellen Maschine, wie ein Äffchen an meinem damaligen Freund geklammert.

Justin holt zwischendurch einmal kräftig Luft, macht sich für die nächste Runde bereit.

»Finnland steht an«, unterbricht Noah den Exkurs in die Motorräder und deutet auf Evi.

»Untersteh dich und verspotte jetzt Max«, sagt sie grimmig und klopft mit dem Kaffeelöffel auf die leere Tasse.

»Was du immer von mir denkst«, Noah schüttelt den Kopf, »ich wollte dir nur einen guten Tipp geben. Also pass auf.«

Wir erfahren von Noah, dass im finnischen Teil von Karelien eine besondere Tierart lebt. Es handelt sich um eine Robbenart mit dem Namen Saimaa-Ringelrobbe. Weltweit existieren nur mehr 260 Tiere. Sie sind im dortigen Seengebiet beheimatet, also Süßwasserrobben.

»Was hast du in Karelien verloren?« Ich hole mir nochmal Kaffee, halte die Kanne fragend in die Luft, ernte ein verneinendes Kopfschütteln.

»Vor ein paar Jahren hat die Moskauer Polizei zu einem internationalen Symposium geladen. Da lag es auf der Hand, dass ein paar Kollegen und ich anschließend weiter nach St. Petersburg reisten.

Ja, die Eremitage muss man einmal gesehen haben, genau wie den Louvre.

Wir hatten ein gutes Team bei uns, das sich aktiv für den Tierschutz einsetzt. So erfuhren wir von WWF Finnland von der Saimaa-Ringelrobbe und dass es im schneereichen Winter wichtig ist, als Freiwilliger mitzuhelfen, um Geburtshöhlen zu bauen.

Warum? Damit die Jungen sicher sind vor Eindringlingen, Feinden und Störungen.

So haben ein paar von uns ihren Urlaub verlängert und mitgearbeitet. Ich bin froh, dass ich das noch gesehen habe.«

Noah starrt betrübt auf seine gefalteten Hände.

»Meine Güte, Noah«, Evi rollt neben ihn und zupft fordernd an seinem Pullover. »Dass ich das noch erleben darf! Schluchz!«

Noah wirft ihr einen unwilligen Blick zu.

»Evi hat recht«, ich mische mich nur ungern ein, aber Evi hat das Richtige getan.

Noahs Devise: Selbstmitleid ist Gift.

Evi grinst triumphierend in Noahs Richtung. Jetzt hat sie Aufwind durch mich bekommen.

»Ist ja schon gut«, sage ich, um ein bisschen Wind aus den Segeln zu nehmen, »da draußen im Flur liegen an die einhundert schwarze Müllsäcke. Glaubt ihr, ihr könntet mir dabei helfen, die vor das Gartentor zu schieben, damit ich das abholen lassen kann?«

Sie starren geschlossen in den Flur, mit erstaunten Gesichtern, als ob dort der Stein der Weisen herumliegen würde und nicht ein großer Berg Plastikmüll.

»Zuerst machen wir einen Plan«, bestimmt Noah.

Er überlegt laut, ob er ein paar Kollegen zu Hilfe rufen soll.

Justin ist der Meinung, dass wir gut alleine klarkommen.

»Das ist doch lächerlich«, sagt er wegwerfend, »wegen der paar Säcke so ein Theater zu machen.«

Evi tippt eine SMS ins Smartphone und zeigt uns Max' Antwort: Sofort!

»Bis Max kommt«, sagt Noah und bringt sich in Position, »zieht ihr beide die Tüten über die Stufen und wir schieben sie vor das Eingangstor. Auf geht's!«

Noah zwinkert mir belustigt zu, flitzt los,

lässt aber Evi höflich an der geöffneten Terrassentür an sich vorbeirollen.

Justin und ich zerren die Säcke durch den Flur, lassen sie bequem über die paar Stufen nach unten rumpeln und arbeiten uns zügig voran.

Bei einer kurzen Pause beobachte ich Noah. Man merkt ihm an, wie durchtrainiert er ist. Er hebt den Müllsack hoch, schiebt ihn sich auf die Beine, rollt zum Eingangstor und lässt ihn dort achtlos auf den Boden plumpsen.

Nach ein paar Minuten wirkt Evi entkräftet. Sie wirft mir einen tragischen Blick zu.

»Was hast du entsorgt? Wackersteine?«

»Evi«, Noah wedelt mahnend mit dem Zeigefinger, »was rate ich immer?«

»Ja, Papi, ist gut, Papi. Trainieren, Sport und Spaß.«

Kopfschüttelnd zerrt sie an dem nächsten Sack und schiebt ihn langsam den Weg entlang, bis plötzlich der Cayenne mit Max vor dem Tor zum Stehen kommt.

Wir machen kurze Verschnaufpause.

Die Jungs sind sich einig. Ab mit dem Müll in die Autos und weiter zum Depot damit.

Nach einer Stunde sind wir fertig.

Justin und Max versprechen, dass sie uns bei der Rückfahrt Fastfood mitbringen. Noah verzichtet, er muss zu Molly nach Hause.

»Das war lustig«, Evi führt in der Küche ein Tänzchen auf.

»Es hat richtig Spaß gemacht«, sage ich lachend und hole uns Wasser aus dem Kühlschrank, wir sind ein bisschen eingestaubt.

Evi trinkt die kleine Flasche Wasser in einem Zug leer, dann wirft sie mir einen abwägenden Blick zu.

»Schieß los«, fordere ich sie auf, »was hast du auf dem Herzen?«

»Du könntest mir einen Gefallen tun.«

Sie zuckt die Achseln, es wirkt fast wie eine große Entschuldigung.

»Es ist aber ein bisschen oldschool«, warnt sie mich vor.

»Was?«, frage ich neugierig? Oldschool? Mein Alter kann sie ja wohl nicht meinen.

»Wir hatten für die Vernissage einen Zauberer engagiert. Der Typ ist krank geworden und Max meinte, warum spielt dann nicht jemand ein paar Takte auf dem Klavier. Das steht dort bloß herum und nimmt Platz weg. Ich dachte, vielleicht haust du ein bisschen in die Tasten. Einfach nur so. Nix Besonderes. Für dich als Pianistin dürfte das kein Problem sein.«

»Klavierspielen ist oldschool?«, frage ich ungläubig.

Evi muss mir meine Ratlosigkeit angesehen haben, denn sie fährt sofort zu mir her, hält meine beiden Hände fest.

»Versteh das bloß nicht falsch«, sagt sie lachend. »Zauberer sind derzeit in, Musik ist out.«

»Ich verstehe«, sage ich freundlich, »eine moderne Vernissage besteht darin, dass die Gäste weggezaubert werden. Zum Beispiel, so!«

Ich schnippe mit den Fingern.

Einen Moment lang starrt sie mich nur an. Dann lacht sie schallend los.

»Und? Machst du es?«

Ich werfe einen grübelnden Blick ins Musikzimmer.

»Modern wäre«, sage ich ein wenig eingeschnappt, »einfach nur du und deine Bilder. Keine Musik, Kein Amüsement, egal durch wen.«

Sie nickt.

»Von der Seite betrachtet hast du recht«, sagt sie verschlagen.

»Aber eine Vernissage ist auch Show. Die Menschen wollen Spaß haben. Ganz ehrlich? Wer interessiert sich für meine Bilder. Ich muss etwas bieten.«

»Striptease?«, schlage ich vor.

Sie schüttelt kichernd den Kopf.

»Ich kann von meiner Kunst nicht leben. Schau mal, so hat man Erfolg.«

Sie holt ihr Smartphone und hält es mir hin.

»Das ist hohes Niveau.«

Ich erkenne bunte Scheiben.

»Bunt und kreisförmig«, beschreibe ich das Gemälde.

»Richtig erkannt«, sagt Evi schmunzelnd. »Es heißt auch: ›Scheiben und Halbscheiben‹. Ernst Wilhelm Nay, das Bild hat er 1955 gemalt. Kennst du ihn?«

Ich kann nur den Kopf schütteln.

»Ein Meister des Lichts und der Farbe. Er hat von 1902 bis 1968 gelebt. Nay gehörte zu den wichtigsten Künstlern der Nachkriegszeit.

Stell dir vor, dieses Bild hat jetzt stolze 2.312.500 Euro erzielt. Nagel mich aber nicht auf diese Summe fest, Max hat mir davon erzählt.«

Mit bleibt tatsächlich der Mund offen stehen und so kommt mein Gesichtsausdruck gerade recht, Max und Justin poltern herein und fangen an zu lachen.

»Na ja, eigentlich ist das nicht witzig«, beleidigt halte ich den Männern das Gemälde vor Augen.

»Leider hat Nay nicht gewusst, wie wertvoll sein Bild geworden ist«, erkläre ich den Jungs und nehme dankbar meinen Cheeseburger in Empfang. Sie stellen den ganzen Krimskrams in die Mitte des Küchentischs und jeder greift einfach zu.

»Warum?«, fragt Justin kauend.

»Was warum?«, fragt Evi ungläubig und zieht eine große Tüte Pommes zu sich her.

»Das Bild da.« Justin verputzt seinen Hamburger mit drei Bissen und angelt den nächsten.

»Stehst du immer auf der Leitung?«, sagt Evi glucksend.

»Der Typ ist tot. Okay?«

Justin wird tatsächlich rot im Gesicht. Er grummelt irgendetwas Unverständliches vor sich hin und alle lachen, weil er nicht aufhören kann zu brabbeln.

»Ist ja gut, mein Kleiner«, Max fährt ihm lächelnd über seine struppigen Haare und fängt damit an, die leeren Papiertüten einzusammeln.

Justin holt Evis Köfferchen aus dem Gästezimmer und Max bringt den Müll vor die Haustüre.

Evi seufzt theatralisch.

»Ich darf wiederkommen, stimmts?«

»Wann immer du möchtest.«

»Bitte, spiel uns noch ein paar Lieder zum Abschied.«

Sie klimpert ein bisschen mit den Wimpern.

Max, der sich zum Gehen bereithält, kommt zu mir zum Küchentisch.

»Bitte«, sagt er sanft, »ich kann ihr einfach nichts abschlagen. Nur ein oder zwei Strophen.«

Ich trete zu Evi und schiebe sie wortlos aus der Küche, lasse Max den Vortritt, damit er uns die große Flügeltür zum Ballsaal öffnen kann.

Am Ende des langen Raumes steht der schwarz glänzende Flügel, auf der rechten

Seite sind die mit blauem Samt bezogenen Stühle aufgereiht.

Die riesigen Fenster sind wie im gesamten unteren Stockwerk bleiverglast und deckenhoch.

Schwere Samtvorhänge, alles in der Farbe »Rauchiges Blau« gehalten, schleifen tief über den alten Parkettboden.

Der Raum ist luftig und hell, aber jetzt ist die Luft stickig, ich halte mich selten zum Spielen hier auf.

Ich spiele nur so viel, um nicht total aus der Übung zu geraten.

Ich schiebe Evi zum Flügel, ziehe mir den Klavierhocker zurecht und warte, bis sich Max und Justin die Stühle geholt haben.

Wir sind eine kleine Gruppe, darum bestehe ich darauf, dass sie sich die Lieder selbst aussuchen.

»Hänschen Klein«, sagt Evi grinsend.

Ich spiele das kleine Kinderlied.

»Clair de Lune«, wünscht sich Justin.

Ein Lied zum Träumen.

»Ich kenne das Lied aus den Vampirfilmen«, Justins Augen glänzen.

Sie beginnen zu diskutieren, bei welchem

Teil dieses Lied zum ersten Mal vorkommt und wie die Szene geendet hat.

Max starrt auf den Schriftzug auf der Seite des Flügels.

»Ein Steinway!« Seine Stimme ist ein bisschen entrückt.

»Sie alle spielen nur Steinway!«

Max steht auf und stellt sich neben mich. Seine Augen glänzen.

»Warum spielst du nicht?« Ich merke doch, wie gerne er diesen Flügel ausprobieren will.

»Darf ich wirklich?«

Ich nicke, ich bin froh, dass außer mir noch jemand diese große Freude nachempfinden kann, denn Evi und Justin sind ein bisschen irritiert, worum es jetzt überhaupt geht.

Lachend ziehe ich den Stuhl in den Hintergrund, die Akustik ist dort besser.

Max setzt sich auf meinen Klavierhocker und stellt seine Höhe ein. Er konzentriert sich. Hebt dann beide Hände über den Tasten. Und versinkt in der Virtuosität von Mozart. Der »Türkische Marsch«.

Es ist kein leichtes Stück. Durch den Beruf meiner Mutter wurde von mir erwartet, dass ich ihr grandioses Talent geerbt habe. Oder das meiner Großmutter. Aber ich war nicht annähernd brillant, immer nur ehrgeizig.

Wer einmal Lang Lang gesehen und gehört hat, weiß, was Virtualität ist.

Max spielt den Türkischen Marsch ohne jeden Patzer.

Evi rollt näher zu ihm hin. Klopft ihm kumpelhaft auf die Schulter.

»Das will ich lernen«, sagt sie begeistert. »Mit beiden Händen!«

»Sorry, Evi, dafür habe ich keine Zeit. Die Galerie!«

Er deutet auf mich.

»Du kannst ja mal Sylvie fragen.«

»Bitte, Sylvie!«

Evis Wangen sind rot wie kleine Weihnachtsäpfel.

Ich zucke die Achseln. »Probier es aus, es hat nur Sinn, wenn du auch Spaß daran hast und regelmäßig übst.«

So beschließen wir, dass sie nach ihrer Ausstellung in Finnland jede Woche zum Üben kommt. Vorher ist die Zeit zu knapp.

Max will mich morgen im Laufe des Tages abholen, er möchte mich in der Galerie herumführen, Justin muss bei seinem Vater im

Architekturbüro seine Stunden absitzen. Es macht ihm keinen Spaß, denn er wäre gerne mit seiner Harley Davidson weit weg. Na ja, ab und zu.

Was ist so plötzlich Neues in meinem Leben passiert, überlege ich staunend, als ich die Fenster öffne, die Vorhänge locker darüber fallen lasse.

Ich habe neue Freunde gefunden. Begonnen hat alles mit Noah Ben Haller und seiner Molly.

Evi mit ihrem Clan, dem Schönen Max, Justin, ihrer On-Off-Beziehung.

Als wir alleine waren, hat sie mir rasch gesteckt, dass sie und Justin ein Trennungsgespräch hatten, und wenn Noah nicht dazwischen gegangen wäre, wäre es für immer aus gewesen.

So hatte Noah die Idee, dass sie dieses Problem eine Nacht überschläft. Bei mir übernachtet, wieder einen klaren Kopf bekommt.

Und was mache ich?

Ich genieße meine neuen Freunde und bringe mein Leben in Ordnung.

Wenn man alleine lebt, so wie ich, sollte

man sich gut überlegen, Pläne für die Nacht zu schmieden.

Eigentlich wollte ich es nach dem Duschen einfach gemütlich haben. Ein Teller mit Brie, Nüssen, Weintrauben. Ein paar Cracker. Bottle of wine.

Ich hole mir alles zusammen, plündere meine Vorräte.

Ich beiße von der weichen Brie-Ecke ab, genieße den cremigen Schmelz, lecke mir jeden Finger einzeln.

Zugegeben, die Cracker haben schon das Verfallsdatum überschritten, sie stauben beim ersten Biss, das könnte ich keinem Gast mehr zumuten.

Der Wein atmet. Eigentlich atmet er schon die ganze Woche, da ich ihn geöffnet vergessen habe.

Den flachen Teller schiebe ich griffbereit auf den Wohnzimmertisch. Mit einem genussvollen »Ahhhhh!« mache ich es mir auf dem Sofa bequem, schalte den Fernseher an. Niemand sieht mir zu, aber ich komme mir wie ein komischer Affe im Zoo vor, als ich mit den nackten Zehen wackle. Mir ist an den Füßen kalt.

Über der Sofalehne ist meine alte Kinderdecke. Rosarot mit weißen Herzchen, die meine Zehen jetzt umhüllen.

Auweia! Out of Africa. Mein Lieblingsfilm, gerade jetzt.

»Ich habe eine Farm in Afrika, am Fuße der Ngong-Berge …«

Taschentücher für meine bitteren Tränen, das ist Gefühl pur.

Das erste Mal habe ich den Film mit meiner Mutter gesehen. 1985 in New York. Nach der Vorstellung hatte es meine Mutter wahnsinnig eilig, zu unseren Freunden in der Park Avenue zu kommen, sich an den Flügel zu setzen und Ton für Ton die Musik von John Barry nachzuspielen.

Seit dieser Zeit ist dieser Film für mich untrennbar verbunden – Musik-Gefühl-Handlung. Ich schluchze haltlos.

Wenn mich jetzt Noah sehen könnte! Die Nase schwebt wie ein winziger Luftballon über meinem Gesicht. Die schrägen grünen Katzenaugen umkreist ein roter Rand. Vermutlich kleben auf meiner Oberlippe Reste von Papierfetzen des Taschentuchs.

Ich bin abgelenkt, denn sonst hätte ich den

Lärm bei den Mülltonnen früher wahrgenommen.

Wie ein vor Hunger polternder Braunbär, im tiefsten Winter Kanadas.

»HALLOHO!«

Die Stimme kenne ich nicht. Ich schalte sofort den Ton aus.

»Wo ist meine Schönste? Jetzt werden wir zu zweit etwas Spaß haben! Versprochen.«

Dieser singende Tonfall, vollkommen nüchtern. Das macht mir Angst. Das ist kein Besoffener, diese Klarheit in seiner Stimme wirkt gefährlich.

Ich rufe Noah an, spähe aus dem Fenster. Außer Dunkelheit ist da draußen nichts.

»In meinem Garten ist ein Verrückter«, flüstere ich ängstlich.

»Geh sofort in den ersten Stock. Sperr dich ins Bad. Ich schicke Mol los, in einer Minute bin ich da. Ruf meine Kollegen an. Jetzt!«

Ich nehme mein Smartphone und renne los.

Vielleicht ist diese Vorsichtsmaßnahme völlig übertrieben, aber da meine Türen und Fenster nie abgeschlossen sind, kann jeder ohne Mühe ungefragt das Haus betreten.

Im Bad, im ersten Stock, sperre ich die Türe ab, rufe die Notrufzentrale der Polizei und melde den Vorfall. Erkläre schnell, was ich höre, was hier passiert. Die Lage einschätzen kann ich nicht.

»Herr Haller wohnt in meiner Nachbarschaft«, erkläre ich rasch, »er ist gleich losgefahren.«

Sie notiert Namen und Adresse und verspricht die Kollegen zu schicken.

Von unten höre ich Singen.

Er summt laut vor sich hin, die Stimme kommt näher.

Auf einmal ein tiefes Knurren – Mol.

Ich muss raus hier. Was, wenn er eine Waffe bei sich hat und den Hund erschießt.

Ich sperre die Türe auf, gehe aber sofort in den Flur.

Er ist am Treppenaufgang, unten steht Mol und fletscht die Zähne.

»Hey Sie«, brülle ich ihm zu, vor Angst lauter als beabsichtigt.

Er dreht sich wie ein dünner Kreisel um die eigene Achse, stiert mich aus wässrigen Augen an. Kommt aber nicht näher.

»HALLOHO! Jetzt werden wir Spaß haben. Versprochen!«, plappert er monoton.

Er hält seine rechte Hand vor die Brust gedrückt, als müsste er sich an sich selbst an-
klammern.

Ich bin fassungslos.

Ich hasse Gewalt. Ich hasse Gewalt gegen
mich, gegen Mol. Ich hasse Männer, die
Frauen Angst machen.

Ich bleibe sicherheitshalber an meinem
Platz. Mollys Rückenhaare stehen hoch. Wie
bei einer kleinen Zahnbürste.

Wenn die Situation nicht so angespannt
wäre, wäre es lachhaft.

Die Hündin hält den Kopf tief gesenkt. Ist
bereit zum Angriff.

Das ist kein Puma, Mol, du bist ein Jagdhund, kein Kampfhund!

»Wer bist du?«, frage ich kühl, um Beherr-
schung bemüht, ihn abzulenken, ein wenig
Zeit zu schinden. Der Mann scheint irgendwelche wirren Bilder vor Augen zu haben,
denn sein Blick flackert hin und her.

Er antwortet nicht, fängt an zu singen, eine
mir völlig unbekannte Melodie. Starrt mir
jetzt dabei in die Augen. So, als wollte er über-
prüfen, ob ich ihm noch zuhöre.

Es macht mir höllische Angst, trotz Mol an

meiner Seite und obwohl ich sehen kann, dass er keine Waffe mit sich trägt.

Ich tröste mich mit dem Gedanken, dass es von Noahs Haus bis zu mir nur ein paar Minuten Fahrzeit sind.

Noah wird gleich hier sein.

Da höre ich das Klicken der Haustüre, ein leises Surren, das näher kommt.

»Mol. Hierher.«

Sie überprüft den Befehl nicht. Sie führt ihn aus.

Sie setzt sich sofort neben ihn, starr vor Anspannung.

»Ich bin nicht zu deinem Konzert eingeladen«, jammert er an mich gerichtet los.

Plötzlich zuckt sein Kopf hoch, wie bei einem aufgeschreckten Huhn, und er fängt an zu lachen. Es ist eher ein Gackern, oder Meckern.

Ich schaue fragend zu Noah, aber er schüttelt nur den Kopf. Da bleibt die Zeit für eine Sekunde stehen, als die Haustüre leicht aufgeschoben wird und den Blick auf eine korpulente Frau einrahmt.

»Sie hat mich nicht zu ihrem Konzert eingeladen«, schluchzt er jetzt und wischt sich das tränenverschmierte Gesicht am Ärmel ab.

»Komm, wir gehen heim.« Sie hält ihm sanft die Hand hin.

Er starrt auf seine Füße, dann winkt er mir zu, wedelt ein bisschen mit beiden Händen und geht mit hölzernen Schritten auf die Frau zu.

Er schlurft bis ganz dicht vor sie hin, legt den Kopf auf ihre Schulter. Sie dreht ihn mit beiden Händen in Richtung offene Haustüre und schiebt ihn nach draußen.

Durch die geöffnete Haustüre erkennt man das Flackern der Lichter eines Streifenwagens.

Davor parkt ein weißer Van mit eingeschaltetem Standlicht.

Ein Mann in Zivilkleidung steigt aus und nimmt meine Besucher in Empfang. Dann schließen sich die Türen und der Wagen rollt mit knirschenden Rädern davon.

Ich atme tief aus und spüre, dass die Spannung von mir abfällt.

»Danke«, sage ich und merke, dass meine Stimme noch immer wie dürres Espenlaub klingt.

»Molly war toll.« Mir ist jetzt ein wenig leichter, ich streichle sanft ihren Kopf. »Sie hat sich einen großen Keks verdient.«

Die Hündin fängt schnell an zu wedeln, ihr

langer Schwanz wischt zügig über den roten Marmorboden, aber sie bleibt gehorsam neben Noah sitzen.

»Lass sie endlich gehen«, er muss erst seinen Befehl aufheben.

Noah winkt Molly zu und sie flitzt zu mir her.

Die Keksbüchse ist fast leer, aber aus Erfahrung weiß ich, dass sie Zwieback futtern darf.

Und da ich Zwieback immer zu Hause habe, kann ich ihr nach den Keksen ein großes Stück anbieten.

Sie leckt meine Hand und will mehr haben, aber ich knie mich rasch zu ihr auf den Boden und umarme sie sanft.

»Du warst so toll«, beteuere ich noch einmal leise in ihr Hängeohr.

Molly hat dem Mann und mir gleichermaßen geholfen.

Ihm, weil sie ihn durch ihr Verhalten ausgebremst hat, und mir, weil ich wusste, im Notfall verteidigt sie mich.

Noah fängt meine Finger ab.

Er zieht mich sanft zu sich her.

Und drückt mir plötzlich einen Kuss auf den Mund.

»Noah!« Jemand ruft von draußen rein.

Ich mache mich rasch von Noah los, sehe aber, wie ein junger Polizist grinsend das Haus betritt.

Natürlich hat er den Kuss gesehen.

»Das hätte auch anders ausgehen können«, sagt er und wischt sich über die Aufschläge seiner Uniformjacke.

»Ist es aber nicht«, sagt Noah knurrend, »und du hast vergessen hier anzuklopfen.«

Der Vorwurf wird mit lässigem Achselzucken beantwortet.

Molly beobachtet den fremden Mann aus ihren dunklen Augen fast neugierig.

»Mein Kollege, Dennis Hase. Sylvie de Bolongé, und Molly, der gefährlichste Kampfhund der Welt«, stellt uns Noah vor.

Wir lachen alle, da Noahs Kollege erschrocken ein paar Meter zurückweicht, und ich weiß nicht, ob das als Spaß gemeint ist.

»Sie sind die Pianistin?«, fragt Dennis Hase neugierig.

Ich nicke und lege Noah meine Hand auf den Arm.

»Sie hatten Glück«, sagt Dennis Hase und erzählt uns, dass Herr C. für die Polizei kein unbeschriebenes Blatt ist.

Er wohnt in der Müllner Gasse, lebt in einer WG für betreutes Wohnen und leidet nach seinem Drogenmissbrauch an einer bipolaren Störung.

»Er hat diese Magic Mushrooms oder halluzinogenen Pilze genommen«, sagt Herr Hase, »das räumt er ein. Gibt das als Entschuldigung für sein Verhalten an. Diese psilocybinhaltigen Pilze reichen aus für eine Menge Phantasievorstellungen und böse Träume. Er war nach so einem Drogentraum felsenfest davon überzeugt, dass ihn seine Mutter als Baby erwürgen wollte. Niemand konnte ihn vom Gegenteil überzeugen. Seit dem Tag hasst er seine Mutter und alle Frauen.«

Der junge Polizist sieht bekümmert aus, und später erfahre ich von Noah, dass Herr Hase und Herr C. früher lange Jahre Nachbarn waren.

Als das Knacken des Funkgeräts bis zu uns hörbar laut ist, verabschiedet sich Herr Hase eilig bei uns.

»Immer mit der Ruhe«, wirft ihm Noah hinterher, »sie fahren sicher nicht ohne dich weiter.«

Noah schiebt entschlossen die Türe hinter sich zu.

Molly hat es sich unter dem Tisch bequem gemacht, und ich suche nach etwas Stärkerem als Kaffee in meinem Küchenschrank.

Hinter der Packung mit weißem Mehl ist eine Flasche Glenfiddich versteckt. Mein Lieblings-Single-Malt-Whiskey, zwölf Jahre alt.

Ich halte Noah die Flasche hin, ernte aber ein Kopfschütteln.

Ich suche im Schrank nach einem Glas und bemesse einen hohen Fingerbreit von dem goldgelben Saft.

»Weißt du, was ich hasse?« Er rollt vor mich hin, ganz dicht, dass ich ihm ins Gesicht sehen muss.

Es ist das erste Mal, dass er meine Komfortzone unaufgefordert betritt.

Es ist ihm also wichtig, sehr wichtig, dass ich ihm nicht nur zuhöre, sondern dass ich es auch wahrnehme, begreife.

»Dass ich dich im Ernstfall nicht einfach verteidigen kann«, gibt er fast wütend zu.

Man sieht an seinen blitzenden schwarzen Augen, dass es ihm zu schaffen macht.

»Hast du doch«, sage ich leichthin und trinke einen kräftigen Schluck.

»Es kommt doch bei der Verteidigung nicht

darauf an«, ich spüle den ersten guten Schluck mit einem zweiten hinterher, »dass du zu mir hochsprintest«, gelassen trinke ich das Glas leer, »außerdem hatten wir Molly. Und«, ich fasse ihn fest bei der Hand, »ich bin schon ein großes Mädchen. Aber danke, dass du so besorgt bist um mich.«

Ich stelle das Glas rasch ab, schiebe seinen Rollstuhl zügig näher und küsse ihn direkt auf den Mund.

Wir lassen den Abend in tiefe Nacht übergehen.

Molly dreht mit mir vor dem Schlafengehen noch eine lange Runde in meinem Garten, der Dunkelheit über uns wirft, wie ein geheimnisvoller Schatten.

So hat Noah ein bisschen Zeit für sich, denn er hat mich gefragt, ob wir im Gartenzimmer schlafen können. Es ist behindertengerecht, hat ein breites Bett, und für Mol hole ich von meinem Gästezimmer eine dicke Decke, damit sie bequem neben uns liegen kann.

Dieses Einschlafen mit Noah ist wie ein kostbarer Traum. Er hält mich in seinem Arm und wir sprechen über so vieles, es ist fast ein Flüstern dabei.

Diese unsagbare Zärtlichkeit, dieses ehrliche Gefühl – von ihm, zu mir.

Ja, ich bin fast zehn Jahre älter als Noah, aber es scheint ihn nicht wirklich zu stören. Zumindest ist es kein Thema zwischen uns.

Was daraus wird?

Das wissen wir nicht, das hinterfragen wir auch nicht.

Alleine, dass es ein »Wir« gibt, ist kostbarer als alles andere.

Es ist auf jeden Fall mehr als Freundschaft.

Ist das für mich Liebe?

Das glaube ich nicht, dafür muss ich ihn besser kennenlernen, sein Herz fühlen, seine Gedanken lesen.

Dieser Schlaf mit Noah, mit Molly an unserer Seite, ist ruhig, besonnen, ohne Träume für mich gewesen.

6

Wir schlafen ein. Wir wachen auf.

Wir hören den Atem des anderen.

Niedlich, wie Mollys Beine im Schlaf zucken, wie sanft ihr Atem auf die dicke Decke prustet.

Wenn du mich jetzt fragst, wer von uns dreien zuerst die Augen geöffnet hat, kann ich dir diese Frage nicht beantworten.

»Kaffee«, murmelt Noah in mein Ohr.

Ich muss lachen, es kitzelt, sein Atem kitzelt.

»Ich gehe zuerst duschen«, ich löse mich sanft, zupfe leicht an Mollys weißem Bart, sie hat sich aufgerappelt, als sie uns gehört hat.

»Soll ich sie in den Garten lassen?«

Ich verstecke mich in meinem blassrosa Bademantel. Nicht vergessen! Ich bin viel älter als Noah.

Er fängt rasch meine Hand, hält sie fest.

Zieht mich zu sich.

Drückt mir einen dicken Kuss auf die Wange. Lässt mich los.

»Mach ich schon«, sagt Noah lachend.

»Wie trinkst du deinen Kaffee am Morgen?« Er stützt sich auf seinen Armen ab.

Ich bleibe grübelnd stehen, mit kleinem Sicherheitsabstand, sodass mich Noah nicht sofort erwischen kann.

»Also«, sage ich kichernd, »schwarz. Arabicabohnen aus dem südamerikanischen Hochland. 95 % ...«

»Jetzt hau schon ab«, er lacht und lässt sich ins Bett zurückfallen.

Ich werde im ersten Stock in meinem Badezimmer eine lange, heiße Dusche haben.

Ich schwöre, ich habe nicht an den Vorfall von gestern gedacht, da in der Dusche, als ich mich voller Panik für eine Minute hier unsichtbar gemacht habe vor dem Unbekannten.

Das Badezimmer dampft von dem heißen, prasselnden Wasser. Wie in einer finnischen Sauna wabert die heiße Luft, läuft wie ein Weihnachtskringel über mir zusammen.

Bin neugierig, was der Tag uns bringt.

Im Laufe des Vormittags wird mich Maximilian abholen, er will mir seine Galerie zeigen und natürlich den alten Flügel, der dort sein langweiliges Dasein fristet.

Inmitten der kahlen weißen Wände oder jetzt inmitten von Evis beeindruckenden Gemälden.

Ich werde prüfen, ob das Klavier noch gestimmt werden muss, oder ob der Profi schon da war, damit ich glasklare Töne zaubern kann.

Ich öffne die Badezimmertüre, husche nackt in mein Schlafzimmer, summe Noahs Lied mit, das bis zu mir aus der Küche dringt.

Er summt das Lied, das ich ständig im Ohr habe: Out of Africa …

Nach dem schnellen Frühstück, Kaffee für uns, Zwieback für eine zufriedene Mol, geht für heute jeder seiner Wege.

Wir haben uns ausgetauscht, wie wir glauben, dass unser Tag abläuft.

»Ich kann dich erst am Nachmittag anrufen«, er küsst mich zum Abschied auf die Wange, »wir haben Sitzung, also Teamsitzung. Wenn du eine Anzeige machen willst wegen des gestrigen Vorfalls, komm bitte in mein Büro, ich nehme den Schreibkram dann auf.«

Ich schüttle den Kopf.

»Bringt das was?«

»Kann ich dir nur empfehlen«, Noah steht schon abfahrtbereit an der Tür, »es ist wichtig, dass der Fall aktenkundig ist. Du musst ja keine Anzeige erstatten oder einen Gerichtsbeschluss gegen ihn erwirken, aber du darfst Stalking auf keinen Fall zulassen. Gib uns das zu Protokoll.«

So machen wir das.

Bevor Noah Dienstschluss hat, werde ich ihn abholen.

Er wird abends bei Molly sein, ich habe eine Verabredung in der Stadt. Niki, eine alte Schulfreundin, die in Salzburg ihre Eltern besucht.

Eine zentrale Frage geistert natürlich in meinem Kopf herum.

Was wird morgen sein?

Werden wir Sehnsucht nacheinander haben?

Für mich kann ich mir das gut vorstellen. Aber das gilt nur für mich.

Ich weiß nicht, wie Noah darüber denkt.

In einem Punkt sind wir uns einig: Wir lassen es langsam angehen.

»James Rizzi«, erklärt Maximilian und fährt gemächlich ein Stück die Hellbrunner Allee entlang, »erweckte sofort meine absolute Sammlerleidenschaft.

Meine Mutter und ich haben ihn zufällig in SoHo getroffen. Sein Werdegang war so faszinierend, dass mir meine Mutter seine Galerie in New York zeigen musste. Mit der Hoffnung, dass wir ihm über den Weg laufen.

Sammelst du Gemälde?«

Er wirft mir einen fragenden Blick zu, aber ich muss passen.

»Da bin ich einfach nicht wohlhabend genug. Ich mag Roy Lichtentsein, aber seine Werke sind für mich unerreichbar.«

»Was zum Beispiel?«, Maximilian schmunzelt und biegt in den Kreuzhofweg ein.

Ich öffne das Fenster des Cayenne einen Spalt breit. Keine Nonnen singen jetzt.

Während Maximilian links in die Alpenstraße einbiegt, überlege ich, welches Gemälde ich von Lichtenstein eigentlich am liebsten mag.

»Red Barn II. Zum Beispiel. Die Sachen alle, die er in den Jahren um 1960 gemacht hat.«

»Ja, so hätte ich dich auch eingeschätzt. Kennst du Franz von Lenbach?«

Eine Fangfrage?

Ich lache Maximilian aus, denn Lenbach hat nur ein Werk, das ich liebe: Töchterchen Marion mit Katze. Das Ölbild ist von 1898. Das Faszinierende ist für mich nicht das Kind, sondern die getigerte Katze, die auf dem Schoß liegt. Entspannt, die beiden Vorderpfoten über den linken Ellenbogen des Mädchens gelegt. Und jetzt kommts – das Tier schaut hoch konzentriert nach rechts.

Ich erzähle Maximilian meine Eindrücke.

Er wirft mir einen anerkennenden Blick zu.

Beim Justizgebäude fährt er nicht über die Brücke, sondern biegt wieder nach links, fährt weiter zur St. Erhard Kirche und hält nach einigen hundert Metern vor einem alten Gebäude.

»Vice versa«, lese ich erstaunt.

»Warts ab«, Maximilian deutet auf den Eingang der Galerie. »Du wirst sofort begreifen, warum ich genau diesen Namen wählte.«

Hinter den schmalen Bogenfenstern leuchtet Licht. Die Eingangstüre ist aus stabilem, klarem Glas. Deckenhoch.

Auch da wieder der ziselierte Namenszug, ineinander verschlungen. V V.

Ein junger Mann späht auf die Straße, winkt, als Max aus dem Auto springt. Er hat die typischen Augen, die mich wissen lassen, dass er das Down Syndrom hat.

Max lässt mir den Vortritt, hält aber galant die Türe auf.

»Carl«, Max schiebt mich sanft nach innen, »das ist unsere Pianistin.«

»Ich habe gewonnen«, Carl schüttelt lachend meine Hand. »Ich wusste, dass Sie Evi nicht im Stich lassen. Max hat geschworen, dass Sie kneifen.«

»Danke Max«, sage ich lachend und freue mich, wie nett ich begrüßt werde.

Carl spricht ein bisschen undeutlich, aber sonst völlig akzentfrei.

Ich drehe mich um meine eigene Achse, ich will sehen, wie die Galerie auf mich wirkt.

»Das hast du gut gemacht«, sage ich zu Max und deute auf die mit Spots ausgeleuchteten Bilder an den Wänden.

Evis Bilder.

Durch einen gemauerten Bogengang ist der typische Durchlass zu den hinteren Räumen.

»Wo ist das Klavier?«, frage ich Carl, der abwartend neben uns steht.

»Ich zeige Ihnen den zweiten Raum. Ganz am Ende ist der Petrof.

Max, die Rechnung vom Klavierstimmer liegt auf deinem Schreibtisch.«

»Wann ist er gegangen?«

»Du musst ihn eigentlich noch gesehen haben.«

Carl schiebt die Ärmel seines Pullovers, die

aus feiner blauer Wolle gearbeitet sind, über seine muskulösen Unterarme und führt mich in den nächsten Raum.

Sanftes Licht. Bilder, die die Wand bedecken, aber es sind nicht Evis Werke. Der Künstler hat völlig anders gearbeitet.

Zum Teil abstrakt, aber alles ist in Schwarz-Weiß gehalten.

Mir gefällt das, was ich beim Vorbeigehen sehe.

»Schade, dass der Künstler nicht da ist«, meinte Carl bedauernd und betrachtet fasziniert die modernen Gemälde.

»Sie kennen ihn natürlich«, sage ich lächelnd und schiele neugierig zum Petrof, der ganz hinten steht.

Schlecht für die Akustik, denke ich ein bisschen enttäuscht, denn so wie Evi den Standplatz des Klaviers geschildert hat, wäre es besser gewesen.

Also in der Mitte eines Raumes. Mit viel Platz rundherum.

Carl stützt sinnend seine rechte Hand unters Kinn.

»Sie müssen wissen, er ist blind. Er malt aus dem Gedächtnis.«

Ich weiß nicht, was er meint, ich werfe Carl einen ratlosen Blick zu.

»Mirko hatte einen Unfall«, erklärt mir Carl und deutet auf die Wand. »Er hat das Augenlicht verloren. Alles, was er malt, sind die Bilder, die er in seinem Gedächtnis gespeichert hat.«

Jetzt versteh ich auch die Monotonie der Farbgebung.

Es ist nicht etwa Phantasielosigkeit, einfältig, es ist seine blockierte Wahrnehmung. Der Künstler lässt die Abstrakte verschmelzen mit der Vergangenheit.

Als ich mich dem Klavier nähere, läutet leise ein Telefon.

»Sorry«, sagt Carl lächelnd, »da muss ich rangehen. Ich schicke Ihnen Max.«

Ich setze mich ans Klavier, schlage ein paar Tasten an.

Der Ton ist gut, ich bin trotzdem froh, dass ein Fachmann das Klavier überprüft hat. Bei mir muss es nicht »Steinway & Sons« sein, aber der Ton muss perfekt abgestimmt sein.

Na, und über die Akustik brauchen wir hier nicht zu reden.

Hier gibt es keine Akustik, die nennenswert wäre.

Max späht mir entgegen.

»Was sagst du dazu?«

»Ohne jetzt herumzukritisieren«, ich deute ernst auf das Klavier, »eine Drehorgel würde sich in diesen geschlossenen Räumen besser machen.«

Max zuckt die Achseln.

»Wir haben Platz gebraucht. Versuchst du es trotzdem?«

Ich nicke und fahre rasch über die Tonleiter. Und wieder zurück.

»Hast du eine Tasse Kaffee für mich?«

»Gerne. Kommst du mit in mein Büro? Wir müssen ins Nachbarhaus. Carl passt auf die Galerie auf.«

Ich winke Carl beim Hinausgehen zu, er gibt noch immer irgendwelche Bestellungen auf.

Max öffnet das Nachbarhaus.

»Früher hat mir Nonntal besser gefallen«, ich deute auf die kleine Straße, die draußen im Sonnenlicht liegt, »es gab noch den guten, alten Einzelhandel. Ich bin hier aufgewachsen.«

»Ich dachte im Haus deiner Großeltern, also beim Schloss Hellbrunn?«

Max geht vor mir ein paar enge Stufen hoch. In den ersten Stock.

»Ja, schon«, sage ich und halte mich vorsichtig an dem Holzgeländer fest. »Die Freundin meiner Mutter hatte da vorne an der Nonntaler Hauptstraße ihr Haus. Gegenüber der Kirche. Dort, vor dem Parkplatz. Sie hatte eine kleine Tochter in meinem Alter. Und da meine Großmutter und meine Mutter viel unterwegs waren, habe ich die Schule nicht in Morzg, sondern in Nonntal besucht. Mit Assunta zusammen.

Meine Eltern haben das irgendwie gedeichselt. Mittags, nach der Schule war ich bei Tante Maria, und am Abend bin ich wieder abgeholt worden.«

Max öffnet eine dunkle Holztüre.

»Darf ich vorstellen? Mein kleines Büro. Wenn wir eine Vernissage haben, können die Leute hier unten das Klo benützen.«

Er öffnet die Fenster und lässt viel Licht in das niedrige Zimmerchen.

Max zieht mir einen Stuhl zurecht und setzt sich hinter einen alten Schreibtisch.

Er schiebt mir eine weiße Tasse und eine Thermoskanne hin.

»Auf Milch und Zucker musst du verzichten«, Max lächelt entschuldigend. »Jetzt weißt du auch, warum meine Galerie den Namen ›Vice Versa‹ trägt.«

Ich nicke, ich habe den Doppelsinn des lateinischen Namens sofort erkannt, als ich Carl gesehen habe.

»Bei mir musst du ein Handicap haben, sonst nehme ich dich in meiner Galerie nicht auf. Ich finde, jeder hat das Recht auf eine faire Chance, auf absolute Gleichberechtigung.«

Das habe ich mir sofort gedacht, denn ich erinnere mich an Evis Erzählung, wie sie Max kennengelernt hat.

»Guter Gedanke.«

Ich gieße mir die Tasse mit schwarzem Kaffee voll.

Wenigstens ist der Geschmack gut.

Ich muss an Noah denken, an seine Leidenschaft für besondere Kaffeebohnen.

»Jetzt denkst du sicher das Gleiche wie ich.«

Max grinst fröhlich und deutet auf meine heiße, dunkel schimmernde Flüssigkeit.

»Wasser heiß. Kaffeepulver darin aufgelöst. Keine japanische Mühle und nichts wurde mit der Hand gemahlen.«

Wir lachen in unsere weißen stinknormalen Kaffeetassen.

Von draußen umschwirrt uns das Tschilpen der Spatzen. Sie sitzen in den alten Kastanienbäumen, die es schon in meiner Kindheit hier gab.

»Wo hast du Carl kennengelernt?«, ich deute zum Fenster hinaus.

»In Nepal.«

Mein Blick ist so ungläubig, dass sich Max genötigt fühlt, mir den näheren Zusammenhang zu erklären.

»Carls Eltern haben viele Jahre im Himalaya-Gebiet als Archäologen gearbeitet. Da es keine Verwandten mehr gibt, kam Carl in ein Internat nach Kathmandu.

Um sich ein bisschen Taschengeld zur Schule zu verdienen, arbeitete er an den freien Wochenenden als Fremdenführer.

Carl spricht immerhin neben seiner Muttersprache Englisch noch ein, zwei weitere Weltsprachen.

Und da komme ich jetzt ins Spiel.

Während meiner Asienreisen habe ich natürlich auch Nepal bereist. Mein Fremdenführer war Carl.

Aus dieser Freundschaft wurde Partnerschaft.«

Max lacht.

»Nicht so, wie du denkst. Carl und ich haben diese Galerie gegründet. Wien war uns zu groß, Helsinki zu weit und Salzburg bietet für unsere Idee den richtigen Rahmen.«

Was soll ich dazu sagen?

Erwartet Max jetzt seine Heiligsprechung von mir, weil er Benachteiligten hilft, die Plattform für ein Sprungbrett bietet?

Ich zucke einfach nur mit den Achseln.

»Habt ihr zu Jesus gefunden?«

Zuerst ist Max absolut sprachlos, dann brüllt er laut los vor Lachen.

»Der ist gut«, Max deutet nickend mit dem rechten Zeigfinger auf mich. »Du fragst nicht, ob wir uns das leisten können, du bekommst keine Tränen in den vor Ergriffenheit geröteten Augen, du nimmst diese Tatsache einfach hin. Gut, Sylvie, das gefällt mir, das muss ich Carl erzählen.«

Ich trinke den in der Zwischenzeit kalt gewordenen Sud aus.

»Weißt du was?« Ich erhebe mich von meinem Stuhl. »Ich spaziere nach Hause. Es ist ja nicht weit von hier zur Hellbrunner Allee.«

Max schüttelt den Kopf.

»Nix da. Ich fahre dich. Aber du versprichst mir, dass du an Evis Eröffnungstag ein bisschen Klavier spielst.«

Wir besiegeln unsere Abmachung wie die Bauern per Handschlag.

Max sperrt nur die Wohnung im ersten Stock wieder ab, das Erdgeschoss lässt er geöffnet.

»Wenn einer der Interessenten aufs Klo muss«, sagt Max augenzwinkernd und geht zu seinem Auto.

Ich verabschiede mich noch rasch von Carl und bitte ihn um einen Anruf, wenn Mirko seine Bilder ausstellt.

Ich weiß jetzt schon, dass ich eines davon kaufen werde.

Diese Bilder berühren mich. Ich habe Kunst nie wegen ihres Wertes gekauft, sondern immer nur, wenn sie eine Saite in mir zum Klingen gebracht hat.

Während Max mich nach Hause fährt, diskutieren wir über das Für und Wider von Kunst als Geldanlage.

»Der Turner, den mein Exmann noch während unserer Ehe ersteigert hat, ist heute das Zehnfache wert. Aber ich hätte ihn nie verkauft. Ich weiß nicht, was daraus geworden ist.«

Max lässt mich vor meinem Haus aussteigen.

»Die Remisen da«, er deutet zum schmiedeeisernen Zaun, denn von dort kann man hervorragend zu den alten Stallungen sehen, »würden wunderbare Räume abgeben. Barrierefreie Räume. Denk mal darüber nach.«

Er deutet mit dem Finger grüßend auf seine Stirn und fährt langsam davon.

Warum nicht? Nachdenken kann man ja mal. Ich schiebe das Tor hinter mir wieder zu, schließe aber nicht ab, ich will ja abends wieder in die Stadt.

Die Idee mit den Remisen werde ich auf jeden Fall meiner Freundin vortragen.

Niki ist ein wunderbarer Ansprechpartner für diese Idee, Niki ist schließlich Architektin.

Wie ein gelangweiltes Kind trödle ich ein bisschen ziellos im Haus herum, bis es Zeit wird, mich für den Besuch bei Noah und das Treffen mit Niki fertig zu machen.

Gott bewahre, ich vermisse nichts, im Sinne von, was werfe ich weg, was hebe ich als Andenken meiner lieben Verstorbenen noch auf.

Ich muss einfach mal eine kurze Pause einlegen.

Schwarze Plastikmüllsäcke lösen bei mir momentan einen gefährlichen Akt der Zerstörung aus.

Ich will am liebsten eine Firma anrufen, den Schlüssel dieses Hauses in deren ehrliche, fachkundige Hände fallen lassen und sagen: »Ihr habt freie Wahl. Wegwerfen oder verkaufen.

In einer Woche bin ich aus der Südsee zurück und das Einzige, was ich vorfinden will, ist ein leeres, sauberes Haus.« Keine vergilbten Notenblätter, Porzellanpuppen oder schief gehäkelte Topflappen.

Frei sein von Fragmenten der Erinnerung.

Frei sein von ihren, für mich nutzlosen, vererbten Hinterlassenschaften. Sie werden immer in meinem Herzen sein, ich werde meine Großmutter und meine Mutter niemals vergessen.

Und dazu brauche ich keine Gegenstände, egal ob wertvoll oder wertlos.

Dieses alte Haus bedeutet mir viel. Ich will

nie mehr woanders leben, denn dieses Haus ist Kindheit, Geborgenheit, Lachen, Weinen und Traurigkeit.

Aber ich kann immer nach Hause kommen, denn die alten Wände, die Wiesen, Büsche und Bäume, sogar die verfallenen Remisen, das alles gehört mir.

Dafür werde ich immer dankbar sein.

Ich weiß, wie es ist, alles zu verlieren.

Mein Exmann hat mir alles genommen, denn ich war schlicht und einfach zu naiv, um bei unserer Eheschließung an einen Ehevertrag zu denken.

Ich hatte in die Ehe Geld mitgebracht, er war arm wie eine Kirchenmaus.

Um mein Haus, das wir in Bonn gekauft haben, ist es mir nicht leid, obwohl die Villa idyllisch an einem herrlichen Waldrand liegt, aber ich ärgere mich noch immer, so absolut vertrauensselig und dumm gewesen zu sein.

Einen Spruch hat mein Ex geliebt: Hätte, hätte, Fahrradkette.

Das ist nicht etwa zum Lachen. Ich bin nur im Nachhinein froh, nicht mit einer echten geladenen Waffe ausgestattet gewesen zu sein, als ich diesen blöden Satz zum letzten Mal aus seinem Mund gehört habe.

Morgen oder in ein paar Tagen werde ich weitermachen, das Haus vom Ballast befreien.

Jetzt springe ich einfach mal rasch unter die Dusche.

Da ich Noah nur kurz sehe, ich werde in seiner Dienststelle erst das Aufnahmeprotokoll unterschreiben und ihm dann einen schönen Abend wünschen, gebe ich mir nicht extra Mühe mit meinem Aussehen.

Ein mit Streublümchen besticktes Kleid.

Sonnengelbe, bequeme flache Sandalen.

Die weißen Haare strubbelig geföhnt.

Fertig.

Das Taxi bringt mich zum Eingang der Polizeihauptwache in der Alpenstraße.

Da ich hier völlig unbekannt bin, melde ich mich beim Diensthabenden und bitte ihn, Noah für mich anzurufen.

Eine Minute später holt mich Noah ab.

Er küsst mich nicht etwa verstohlen, er drückt mir vor seinem Kollegen am Empfang einen dicken Kuss auf die Wange.

Die beiden Männer lächeln mich freundlich

an und Noah zeigt mir sein Büro. Es liegt am Ende des Flurs. Noah lässt die Türe für uns offen stehen, denn in dem sonnendurchfluteten Raum ist die Luft stark überhitzt.

»Setz dich doch«, sagt Noah freundlich und schiebt ein mehrseitiges Protokoll über seinen großen, mit Papierbergen übersäten Schreibtisch.

Ich unterschreibe achtlos an der gestrichelten Linie.

»Ich brauche das nicht durchzulesen«, ich streichle kurz über Noahs Hand, als ich ihm die Blätter zurückgebe.

»Wenn du eine Minute auf mich wartest«, er deutet auf seine Armbanduhr, »dann bringe ich schnell den fertigen Schreibkram ins Nachbarzimmer. Hast du Durst? Kann ich dir etwas vom Automaten holen?«

Ich schüttle lachend den Kopf.

»Ich warte einfach auf dich.«

Noah wirft mir einen belustigen Blick aus seinen dunklen Augen zu, schiebt die Papiere auf seinem Schreibtisch ein wenig zusammen, fischt ein paar rote Ordner aus dem Haufen und rollt wortlos aus dem Büro.

Er saust wieder herein, bremst jetzt vor mir,

zieht sanft meinen Kopf zu sich herunter und küsst mich behutsam.

»Gnä' Frau«, sagt er leise, »Sie haben mir gefehlt.«

Ich gebe ihm einen leichten Kuss, streife beim Aufstehen mit meinen Lippen seine Wange. Natürlich hat er mir gefehlt. Ich sage das nicht, aber ich zeige es ihm.

Es ist spät am Nachmittag und Noahs Gesicht hat schon einen dunklen Schatten.

Es sieht wie ein Dreitagebart aus, aber ich weiß, dass er sich heute Morgen noch rasch rasiert hat. Mit einem rosaroten Einwegrasierer, den ich für meine Beine benütze.

»Bist du mit dem Auto da?«, ich deute auf den Parkplatz vor dem Fenster, lenke unser Gespräch auf sicheres Terrain.

»Nein, ist ja nicht weit bis zu mir. Ein wenig Training an der frischen Luft tut mir immer gut«, sagt er leichthin und zaubert aus einer Schublade sein Smartphone hervor.

»Darf ich dir abends ein Küsschen schicken vor dem Schlafengehen oder fühlst du dich damit eingeengt?«

Ich schüttle lachend den Kopf.

»Unsinn. Ich freue mich, wenn ich von dir

höre. Hast du dir eigentlich irgendwann Gedanken über meine Remisen gemacht?«

Er wirft mir einen fragenden Blick zu. Der Themenwechsel überrascht ihn.

»Max hat mich heute daraufhin angesprochen, als er mich nach Hause gebracht hat.«

Noah schüttelt den Kopf.

»Was hat Max vor? Farmtiere bei dir unterstellen?«

»Er hat den barrierefreien Aspekt hervorgehoben und wie schade es ist, dass niemand etwas daraus macht.«

»Gerade ich müsste das sehen. Stimmt. Barrierefrei. Aber ich habe mir bis jetzt keine Gedanken über dein Grundstück gemacht.«

»Ich werde das heute mit Niki besprechen«, lasse ich Noah wissen, »vielleicht hat sie eine gute Idee. Sie ist ja schließlich vom Fach.«

Ich werfe jetzt einen Blick auf meine eigene Uhr.

»Ich muss gehen«, sage ich bedauernd, »ich möchte nicht zu spät zu meinem Treffen kommen. Kommst du mit nach draußen?«

Noah nickt und lässt die Türe seines Büros leicht angelehnt.

Vorne ist der Eingangsbereich verwaist.

Vielleicht haben die meisten schon Dienst-schluss.

Draußen bekommt Noah einen dicken Kuss von mir.

»Der ist für Molly«, sage ich lachend, »vergiss das aber nicht.«

Wir winken uns zu. Noah flitzt nach rechts los, ich rufe mir beim Gehen ein vorbeifahrendes Taxi.

Als alter Hase ist für mich das Tomaselli die richtige Wahl, um hier in der Stadt Freunde zu treffen.

»Alt« deshalb, weil es verdammt lange her ist, dass wir als Clique nach der Schule wie die Motten hier einfielen.

Wenn ich so nachdenke, haben meine Söhne das Gleiche gemacht. Allerdings nicht in Salzburg, sondern in Bonn-Bad Godesberg.

Sie hingen in Gruppen herum und versuchten den Eindruck zu erwecken, dass das Ende der Schulzeit noch Lichtjahre entfernt ist.

Niki sitzt entspannt auf ihrem Lieblingsplatz.

Sie hat sich ein wenig gemütlich zurückgelehnt, die Augen hinter ihren dunkel getönten Brillenscheiben versteckt.

Neu ist, dass der Mann an ihrer Seite jung und neugierig wie ein Welpe in die Runde schaut.

Seine Augen blitzen vor Vergnügen, als ich ihren Tisch ansteuere und Niki mit meinen Fingerspitzen an der Schulter flüchtig berühre.

Sie nimmt gelassen die Brille ab.

»Na, wer kommt denn da daher?«

Ich lache sie nicht an, sondern ein bisschen aus.

Nicht wegen des jungen Mannes, sondern weil sie unser Treffen, das wir seit Monaten akribisch geplant haben, so zufällig abhandelt.

Ich winke dem vorbeieilenden Kellner und deute auf Nikis Cognac.

»Sylvie«, sagt Niki ein bisschen atemlos, »das hier ist Lutz. Lutz, meine Freundin Sylvie.«

Brav schütteln wir die Hände, aber Niki wird von mir fest gedrückt.

Mein Cognac wird gebracht. Ich probiere sofort einen kleinen Schluck und tippe auf

Pierre Ferrand Reserve, denn ich schmecke rote Früchte und einen Schuss Pflaume.

Niki und Lutz unterhalten mich in ihrer lebhaften, verliebten Art.

Sie haben sich in Sydney kennengelernt. Ihre Londoner Firmen haben sie zu einem Architektenwettbewerb, den beide als mögliche Gewinner angesteuert haben, angemeldet.

Die beiden gingen leer aus und trösteten sich damit, dass sie sich ein großes Wohnmobil für die nächsten Monate teilten, um ins Outback abzutauchen.

»Die Koalas sind uns am Campingplatz jeden Morgen über den Weg gelaufen«, sagte Niki abwinkend, »diese Niedlichkeit änderte nichts an der Tatsache, dass der Biss der meisten Spinnenarten dort absolut tödlich verläuft.«

Aber in Perth waren sie schon ineinander verliebt, so reisten sie gemeinsam ins kalte, regnerische England zurück.

Niki und Lutz wollen es miteinander versuchen.

Beide haben ihre Jobs in London, ihre Wohnungen liegen fast im gleichen Stadtteil, also können sich beide sehen, wenn sie es denn wollen.

»Der Altersunterschied stört uns beide nicht«, Niki angelt nach Lutz' Hand und hält sie sich zärtlich an die Wange.

Ich sehe jetzt schon viele Ähnlichkeiten zwischen Noah und mir, aber unsere Welt ist zu neu, dass ich sie schon mit jemand anderem teilen möchte.

Dieser Gedankengang bringt mich zu meinen Remisen zurück.

»Ihr beide arbeitet doch als Architekten. Wie denkt ihr darüber, mit zu mir zu kommen, um meine Gebäude zu beurteilen.«

»Willst du umbauen?«

»Nein, nicht das Haus an sich, aber die Stallungen, die rechts und links auf dem großen Grundstück liegen.«

»Weißt du, ob früher eure Remisen als Wohnungen für das Stallpersonal gedient haben? Im 19. Jahrhundert war das so üblich.«

»Keine Ahnung«, sage ich wahrheitsgemäß, »ich werde die alten Baupläne heraussuchen.«

»Warum jetzt?« Lutz ist offen und neugierig. Er schlägt seine Beine übereinander, hält sich mit beiden Händen über dem Knie fest.

Er richtet sich für ein längeres Gespräch ein.

»Da hängt natürlich eine Geschichte dran«, sage ich vage.

Zwei Augenpaare halten mich neugierig fest.

»Es ist ein bisschen kompliziert.«

»Das sind die meisten guten Storys«, Lutz entwirrt seine langen Beine und macht es sich wieder bequem.

»Zeig uns doch zuerst dein Haus, die Stallungen, das Grundstück. Dann können wir das Gesamte besser einordnen.«

»Gute Idee«, Niki streichelt seine Hand. Sie zwinkert mir verschwörerisch zu. Ja klar, Männer und ihr Ego, das man behutsam anfassen muss.

Wir fahren mit dem Taxi in die Hellbrunner Allee.

Lutz wollte zwar unbedingt einen Fiaker dafür nehmen, aber zu dieser späten Stunde war niemand mehr bereit, so eine lange Fahrt auf sich zu nehmen.

»D' Rösser san den ganzn Tag auf die Fiass, na, mia miassn a moi hoam kemma.«

»Also übersetzt ins Hochdeutsche heißt das: Nein?« Lutz ist eingeschnappt.

»Aber du hast die Eingeborenen verstanden«, tröstet Niki lachend.

»Ob das politisch korrekt ist?«, zweifelt Lutz vorsichtig an.

Die beiden kichern wie zwei Verliebte. Die sie ja auch sind. Fröhlich, ohne Leichen im Keller vergraben zu haben.

Das Taxi bleibt genau vor meinem alten Haus stehen.

Ich dachte die ganze Fahrt an Noah und was für ein wunderbarer Zufall es wäre, wenn wir ihn und Mol auf der Allee treffen würden.

Ein Blick auf meine Uhr sagt mir, dass jetzt Zeit für Mollys Verdauungsspaziergang ist.

Lutz bezahlt die Fahrt, faltet sich umständlich aus dem Auto und fällt fast auf den Hintern.

»Du hast ein Schloss!«

Niki und ich prusten sofort los, und zwar so laut, dass Lutz ein wenig gequält das Gesicht verzieht und vorsichtig um sich blickt.

Zu unserer Entschuldigung muss ich anmerken, dass wir dem Cognac gut zugesprochen haben und jetzt unserem Alter entsprechend viel zu kindisch wirken.

»Ach was«, ich entschärfe die Situation ein wenig, denn Schloss kann man den alten Kasten wirklich nicht nennen. »Es ist nur ein sehr altes Haus.«

Ich winke bescheiden ab.

»So imposant habe ich es gar nicht mehr in Erinnerung!«

Niki hält sich ein wenig wankend an ihrem Freund fest. Ich schiebe das Eingangstor auf und führe die beiden in den Garten.

Wie immer ist die Aussicht, die durch die Bäume blitzt, bezaubernd.

Ganz oben, in der Himmelskrone, die gewellte Spitze des Gaisbergs.

Die Luft ist jetzt um diese Zeit so klar, dass man das Gefühl hat, dass der Berg da oben den Himmel ein wenig kitzelt.

Lutz dreht sich begeistert um die eigene Achse, und es geht ihm wie allen, die den kleinen Park zum ersten Mal sehen.

»Das wirst du ja hoffentlich nie verkaufen.«

Ich winke locker ab, halte mich ein bisschen an Nikis Hand fest.

»Wenn ich einmal tot bin«, sage ich betrübt, »werden es meine Söhne erben. Und wer weiß, ob sie dann hier leben wollen.«

»Mach das einfach notariell zur Bedingung«, schiebt Lutz hinterher, »dass dieses Anwesen in der Familie bleibt. Deswegen müssen sie ja hier nicht wohnen, aber sie dürfen diesen Besitz nicht verkaufen.

Es gibt genug wohlhabende Leute auf dieser Welt, die viel Geld dafür hinblättern werden, nur um an diese Adresse zu kommen.«

Ich mache es wie meine Mutter, wenn es um Erbgespräche ging, sie sagte stets, ein wenig ungehalten: Lass mich mit den Toten in Ruhe.

Niemand lacht ernsthaft.

Remise 1 wird aufgeschoben.

Drinnen ist die Luft modrig. Die Fenster an der Nordseite sind zwar breit und hoch, aber fast blind vor Schmutz und Spinnweben.

»Das sieht nicht nach Unterkünften aus«, Niki schüttelt vehement den Kopf.

Lutz lacht amüsiert auf.

»Was hast du denn erwartet? Suiten vergangener Tage?«

Nikis Blick wird ein wenig frostig.

»Mädchen«, sagt Lutz begütigend, »Stallburschen hausten auf der Erde. Schau, hier gibt es sogar einen Steinboden.«

»Wofür brauchst du es denn barrierefrei? Soll da ein Rollstuhlfahrer einziehen?«

Nikis Fragen sind wie immer klar strukturiert und immer direkt.

Trotz des relativ hohen Alkoholpegels.

»Ja«, sage ich ernst, »ich suche die Möglichkeit, auf der Nordseite ein großes Atelier zu schaffen.«

Ich zucke die Achseln. Ich habe mir noch nicht genug Gedanken darüber gemacht.

Die Idee, der Ansatz einer Möglichkeit, kam von Max!

»Die zweite Remise?«

Lutz versucht, um die Hausecke zu spähen. Wir gehen auf die andere Seite des Hauses.

»In dieser Remise sind lauter Gartengeräte«, erkläre ich den Umstand, dass das Tor mit einem Vorhängeschloss abgesichert ist.

Der neugierige Lutz zieht die knarrende Holztüre auf und äugt in das staubtanzende Licht.

»Barrierefrei ist es ja wirklich«, sagt er lachend und schließt die Türe mit einem kräftigen Ruck wieder zu.

Plötzlich taucht, wie ein großer Geist aus dem Jenseits, ein sabbernder Teufelshund aus dem Schatten der Bäume auf.

Lutz und meine Freundin weichen sofort erschrocken zurück und lehnen sich mit vor Angst geweiteten Augen an die Hausmauer.

»Molly?«

Sie lässt sofort ihr rundes Hinterteil auf den Boden plumpsen und gibt brummelnde Laute von sich.

Man kann hören, wie sehr sie sich freut, denn sie hat mich ja gefunden.

Job erledigt, Keks her.

»Das ist Molly!«, stelle ich sie meinen Freunden vor und zause ihr Hängeohr.

»Gott, ist die riesig!«, sagen Niki und Lutz gleichzeitig. Sie sind voller Ehrfurcht, als sie sehen, dass ich furchtlos die Dogo-Argentino-Hündin umarme.

»Was ist das?«, überlegt Lutz und starrt auf sein Smartphone, als ob von dort die Antwort herausspringen würde.

»Was suchst du?«, fragt Niki erstaunt.

»Na, wie dieses kalbsähnliche Vieh heißen kann!«

»Sie ist ein sibirisches Walross«, Noah kommt grinsend um die Ecke gesaust.

»Schlaue Mol«, lobe ich sie und bemerke, wie ihr wedelnder Schwanz, einem gezinkten Besen ähnlich, über den feinen Kies am Boden streicht.

Noah zieht einen Hundekeks aus seiner Brusttasche und hält ihn mir hin.

»Gibst du ihr den bitte«, er weiß, dass mir die Haferkekse ausgegangen sind und nur mehr Zwieback da ist.

»Den Keks habe ich eigentlich als Bestechung mitgenommen«, sagt er schmunzelnd und rollt näher zu meinen Freunden, »damit genau das nicht passiert, dass sie abhaut und zu Sylvie rennt.«

Seine dunklen Augenbrauen tanzen heiter auf und nieder. »Ja«, sagt er lachend, »dumm gelaufen. Aber wir sind gleich wieder weg, wir wollten euch keineswegs stören.«

Molly bohrt ihre dicke Schnauze in meine Handfläche, fischt gekonnt den Leckerbissen heraus und schmatzt beim Schlingen laut wie ein Ferkel, für das sie sich vielleicht sogar hält.

Noah fährt zu Niki, hält ihr die Hand hin.

»Ich bin Noah Ben Haller«, sagt er mit seiner dunklen, so sexy klingenden Stimme und schüttelt behutsam ihre Hand.

Lutz umschlingt Nikis schmale Taille und

winkt meinem Freund ein bisschen zu besitz-
ergreifend zu.

»Habt ihr euch gerade die Remisen angesehen?«

Noah schaut zu den Stallungen.

Ich zucke die Achseln.

»Kommt doch alle einfach ins Haus«,
schlage ich vor, »ein Glas Wein, oder Kaffee?
Cognac?« Ich zwinkere Niki zu.

Ich weiß, dass Noah nicht stören wollte.
Oder Schlimmeres, meine Freunde kontrol-
lieren.

Es ist genau so passiert, wie wir uns ja auch
kennengelernt haben, Molly ist abgehauen
und zu mir gerannt.

Niki und Lutz nicken und Noah ist unschlüssig, was er machen soll.

»Komm mit«, sage ich lächelnd zu ihm, »niemand hat Angst vor dem großen bösen Wolf.«

Ich gebe ihm einen sanften Kuss auf die
Wange und zeige mit dieser Geste, dass Noah
zu mir gehört.

Er gibt sich geschlagen und fährt mit Mol
auf die Terrasse, wir anderen betreten das
Haus am Vordereingang.

Molly saust sofort zur Tür herein und wirft

sich mit großem Getöse unter den Küchentisch. Lutz, der mein Haus ja nicht kennt, ist erstaunt, wie groß der helle Raum mit den alten, wurmstichigen Möbeln anmutet.

»So haben sie früher noch gebaut«, er betrachtet das Ambiente mit anerkennendem Blick und klopft auf Holz.

»Sylvies Großmutter hat es nie verändert«, erklärt Niki und blickt sich erstaunt um.

»Kann ich Lutz das Erdgeschoss zeigen? Dein Musikzimmer?«

»Interessiert dich das wirklich?«, frage ich Lutz ein bisschen ungläubig, was soll dieser junge Mann mit meinen alten Möbeln.

Statt einer Antwort nickt er begeistert.

»Klar«, sage ich lässig, »könnt ihr euch umschauen. Vergesst aber nicht, beim Gehen euren Obolus in die Sammelbüchse zu werfen.«

Niki gibt mir einen fröhlichen Kuss, schnappt nach Lutz' Hand und zieht ihn in den langen Flur hinunter.

Die Schritte der beiden entfernen sich leise.

Noah nutzt die Gelegenheit, mich rasch zu sich zu ziehen und mich in einem schnellen Kuss gefangen zu halten.

Ich lege beide Hände auf seine Oberschenkel und keiner von uns sagt ein Wort.

Als wir die Stimmen lauter werden hören, löse ich mich von Noah, trete ans Bogenfenster und stoße es in den beginnenden Abend hinein auf.

Es ist noch warm draußen und Noah und ich überlegen, ob wir uns mit einem Glas Wein, und unseren Gästen, in den Garten setzen sollen.

»Keinen Alkohol für mich«, Niki schüttelt sich, »viel zu viel Cognac«, sie lacht und klingt wie ein aufgeregtes junges Mädchen.

»Spielst du noch regelmäßig Klavier?«, lenkt sie ein bisschen hastig ab.

»Ganz, ganz wenig«, gebe ich wehmütig zu, »ich arbeite nicht mehr.«

»Schade um den herrlichen Flügel«, meint Lutz bedauernd.

»Man muss auch wissen, wann man aufzuhören hat«, sage ich mit einer leichten Handbewegung, die Lockerheit demonstrieren soll, die ich nicht wirklich empfinde.

»Jetzt hörst du aber auf damit«, Niki gibt mir einen Klaps auf die Hand, »du willst wohl nicht auf unseren 49 Jahren herumreiten.«

»Nein«, sage ich ein bisschen traurig, »es gibt viele wunderbare Künstler, die bis ins hohe Alter erfolgreich bleiben.«

Ich deute auf ein winziges Bild, das meine Mutter zeigt. Es steht in einem goldenen Rahmen neben der Kaffeemaschine, sie hat es selber noch gewählt und komischerweise diesen Platz in der Küche ausgesucht.

Es ist ein lustiges Bild von ihr. Ein sehr seltenes ihrer Art.

Sie, in einem Gartenrestaurant, vor sich einen Teller mit einem panierten Schnitzel, das sich wellig über den Rand breitet.

Neben der karierten Papierserviette ein kleines Glas Bier.

Den Salatteller sieht man auf dem Foto nicht, weil es keinen Salat für sie gibt.

»Mit dem Gesunden hab ichs einfach nicht.« Grüne Blätter lösten bei ihr wahre Heiterkeitsstürme aus. Die Köchin war wie immer dazu angehalten, dass täglich Fleisch auf dem Speiseplan stand. Zumindest bin ich mit Fleisch von artgerecht gehaltenen Tieren aufgewachsen.

Aber sie hat immerhin bis ins hohe Alter täglich die Etüden von Alexander Nikolajewitsch Skrjabin gespielt.

Und am Ende ihrer Übungen, nur so zum Genuss, zwei oder drei weitere Stunden – Chopin.

Niki betrachtet das kleine Foto meiner Mutter mit Wehmut.

»Ich habe sie bewundert«, sie tippt auf das Fotoglas, »aber deine Großmutter haben wir alle geliebt.«

Das stimmt, denn jede meiner Mitschülerinnen hat sich bei meiner Oma einfach wohl gefühlt.

»Sie hat uns nie umarmt. Sie kam nie auf die Idee, uns an sich zu quetschen. Aber wir alle liebten ihren Geruch.«

»Zitronenseife«, sage ich lachend, »Babypuder und ein Parfum, das sie sich in Grasse zusammenmixen ließ.«

Niki und ich schwelgen in Erinnerungen, aber bevor wir den Eindruck erwecken, wie alte Damen Mottenkugelduft zu verströmen, wechseln wir rasch das Thema.

»Lutz und ich werden uns Gedanken wegen deiner Remisen machen«, verspricht sie mir zum Abschied, küsst mich auf beide Backen, drückt Noahs Hand, winkt einer schläfrig blinzelnden Mol und zieht mit Lutz in den lauen Abend hinaus.

Ich bringe auch Noah und Mol in den Garten, winke ihnen fröhlich hinterher.

So nett diese Stunden mit meinen Freunden auch waren, so froh bin ich, ein wenig durchatmen zu können.

Abends mache ich das selten: schwimmen im Hallenbad, aber heute brauche ich das.

Entspannt und angenehm müde, kuschle ich mich nach einer Stunde auf dem großen Sofa zusammen und rufe Noah an.

»Sie sind nett, alle beide«, Noah deutet auf sich, »und in unserem Alter.«

Ich erzähle ihm, was ich von beider Leben weiß, wir sprechen über den Nachmittag in der Galerie und Noah weiht mich in seinen Plan ein, mit Mol die Hundeschule zu besuchen.

»Ihr Abitur hat sie schon längst gemacht«, sagt Noah stolz und berichtet, mit Mol an einem Gruppentraining dabei zu sein. Sie soll wieder Gelegenheit haben, mit anderen Hunden am Platz zu spielen.

»Bitte, komm mit.«

»Du meinst, ich soll mit ihr im Kreis herumlaufen, Befehle des Oberfeldwebels ausführen, durch irgendwelche enge Tunnel mit ihr kriechen und am Abend die Meriten einsammeln.«

»Keine schlechte Idee«, sagt Noah lachend und zieht Molly ein bisschen am Ohr, denn sie hat sich an ihn angeschlichen und kaut an seinen Socken.

»Was sagst du dazu: Ich fahre mit Mol im Kreis herum, befolge die Befehle eines hübschen weiblichen Trainers, flirte ein wenig mit den anderen Frauen und sammle am Abend ein paar neue Telefonnummern ein.«

»Um was damit zu machen?«, frage ich ein wenig pikiert.

Noah lacht laut ins Smartphone.

»Unsere Gruppe hat nächsten Monat einen Tag der offenen Tür, denn außer mir gibt es ja noch andere Hundebesitzer. Wir sammeln für einen Blindenhund, und da ist es wichtig, ein paar zahlende Gäste mehr zu haben. Es wird Würstchen geben und Spiele für die Hunde, und wo lassen sich bessere Kontakte knüpfen als bei einer Hundeschule.«

»Wir könnten eine Verlosung anbieten. Jeder nimmt ein nettes Geschenk mit. Ich denke da an Hundespielzeug, Halsbänder, die man sowieso immer im Doppelpack zu Hause herumliegen hat, und auch das eine oder andere Kinderspielzeug. Was niemand will, wird einfach wieder mitgenommen.«

»Gute Idee«, sagt Noah und freut sich über mein Interesse.

In dieser Nacht bin ich traurig. Es ist einfacher, wenn man immer alleine ist, aber es ist hart, wieder alleine zu sein.

Ich vermisse Noah und die süße im Schlaf prustende Mol.

7

Der nächste Morgen wird besser.

Gleich um acht Uhr wird an der Eingangstüre geläutet.

Nach meinem zweifelhaften Erlebnis mit dem durchgeknallten Stalker habe ich es mir zur Angewohnheit gemacht, über Nacht Türen und Fenster zu schließen.

Es ist schade, dass ich jetzt in meiner Freiheit eingeschränkt bin, aber meine Angst vor so manchem kranken Hirn ist gewachsen.

Aber ich kann beruhigt sein. Draußen lehnt

nur Max am Cayenne, mit einer bauchigen Stofftasche, die er sich über die Schulter gehängt hat.

Kleine fröhliche Elche lachen von dem Stoff herunter, winken mir mit den winzigen schwarzen Hufen.

Max grinst, starrt fasziniert auf meine vom Morgentau nassen Füße, den etwas zerschlissenen Kimono.

»Ganz liebe Grüße von Carl«, er drückt mir die Tasche in den Arm und gibt mir ein zartes Küsschen, »und sorry, dass es damit länger gedauert hat.«

Bis ich begriffen habe, wen er mit Carl meint, ist er schon wieder in seinem Auto verschwunden und fährt hupend die Allee hinauf, wendet auf dem Parkplatz und verschwindet zum Schloss Hellbrunn.

Ich stehe noch immer vor dem Eingangstor. Viel zu neugierig, um mich auf die Socken zu machen, biege ich die Stoffelche in die Breite und halte meine Nase hinein.

Fast hab ich es mir gedacht. Na ja, gewünscht auf jeden Fall. Er hat es mir ja auch versprochen. Und man soll Versprechen halten.

Fazer. Alles ist voller Fazer Schokolade.

Geisha. Fazers Blaue. Schokomint und mein Lieblingsgeschmack, die mit gesalzenen Nüssen, und überhaupt.

Ein Briefchen liegt dabei.

Da steht: »Ich freue mich, Sie in Helsinki begrüßen zu dürfen. Essen Sie diese Köstlichkeiten und denken Sie dabei an mich.« – Mikka Kauusto.

Da ich keinen Mikka Kauusto kenne, muss das Max' Vater sein.

Ich setze mich in die Küche, mache mir einen Kaffee und schicke Max ein Foto von dem Geschenk. Fein aufgereiht, ansprechend drapiert auf meinem Küchentisch. Alles.

Ich sende ihm ein Herzchen hinterher.

So wie es aussieht, werde ich die nächsten Jahrtausende von Fazers Schokolade zehren.

Max fragt, ob er meine Kontaktdaten an seinen Vater weitergeben darf.

Ich bin ein sehr bestechliches Wesen.

Für so viel Schokolade und Glücksmomente kann Max gerne alles weitergeben, was ihm einfällt.

Nur mit meinem Körpergewicht bin ich ein wenig eigen.

Ich schicke das Schokoladebild an Evi, Noah

und Edith. Ich weiß, dass sich alle mit mir freuen, auch wenn sie meine Leidenschaft für Fazers schmelzende Ergüsse nicht so hoch bewerten wie ich.

Summend und sehr beschwingt hechte ich in mein Schlafzimmer, ziehe mich an.

Na ja, ich greife nicht nach einem besonderen Kleidungsstück, ich hüpfe einfach schnell in eine alte, verwaschene Jeans.

Shirt in smaragdgrün, immer passend zu meinen meergrünen Katzenaugen.

Drüben wartet ein Flügel, hier ist der Geschirrspüler auszuräumen, dort das Herbstlaub ein bisschen zu rechen.

Ich räume maulend den Geschirrspüler aus.

Ich schiebe die Terrassentüre auf und spaziere in den Garten, entscheide mich für Remise 2 und hole einen alten Besen.

Der Berg Laub erinnert an den Herbst.

Es riecht leicht modrig.

Das Smartphone läutet.

Mag es klingeln, ich schiebe das nasse Blattwerk zügig vor mich her.

Vielleicht sollte ich mir einen Steinway Spirio kaufen. Das I-Pad dazu habe ich schon.

Ich bin fertig mit dem Laubbesen, weil ich

nicht mehr auf der nassen Erde herumwühlen mag.

Es ist schon spät.

Gefühlte Stunden später. Zeit für eine Ecke Süßkram aus Finnland.

Mir fällt ein, dass Maximilians Freund und Geschäftspartner ebenfalls ein Carl ist.

Sorry, denn der um 1866 geborene Unternehmer heißt Karl Fazer. Mit K. nicht mit C.

Alle Karls, mit K und die mit C, mögen mir verzeihen.

Wie immer, öffne ich im Haus alle Bogenfenster weit nach draußen.

Vielleicht war ich in meinem früheren Leben eine winzige Stubenfliege, die nur an der frischen Luft glücklich war.

Ich habe tatsächlich zwei Möglichkeiten von zwei.

Ich sortiere die gefüllten Schubladen im oberen Stockwerk nach Andenken, die ich aufheben will, oder ich deute mit dem Daumen nach unten und verabschiede mich davon.

Möglichkeit Nummer zwei, ich spaziere in die Stadt, pflanze mich faul in ein Caféhaus und stopfe mich mit Apfelstrudel voll.

Ich frage am besten meine liebste Freundin Evi, wie sie darüber denkt. Vielleicht ist sie gewillt, mir die schwere Entscheidung abzunehmen.

So eine wichtige Sache, schwarze Mülltüten anzuhäufen, sollte man nicht auf die leichte Schulter nehmen.

Was ist da schon ein Caféhausbesuch gegen diese produktive Leistung, Ballast abzuwerfen.

Sie antwortet prompt: Bin auf dem Weg, wir treffen uns vor dem Dom.

Wie immer: Geld, Smartphone, festes Schuhwerk.

Wenn wir ohne Auto unterwegs sind, brauchen wir eine Stunde.

Ich rufe mir ein Taxi und gehe ihm entgegen, denn der Fahrer soll mich beim Kiosk treffen.

Ein paar Autos fahren an mir vorbei, der Weg zum Kiosk beim Schloss ist an der Straße schneller erreichbar als der Kiesweg am Park vorbei.

Aber es ist so viel friedlicher. Vogelgezwitscher, Knirschen, Kiesweg, Sonnenlicht, ein paar Spaziergänger.

Als ich durch den Torbogen trete, sehe ich vorne bei den Fischteichen einen Rollstuhlfahrer. Und neben dem Rollstuhl spaziert eine junge Frau. Na gut, ein Rollstuhl, ein Mann, eine Frau. Die Frau streichelt über die schwarzen kurzen Haare des Mannes. Der Mann fängt ihre Hand auf. Die Frau lacht burschikos und laut, gibt ihm spielerisch einen Klaps.

Ob der Mann ebenfalls lacht, kann ich nicht hören, aber sehen, denn es ist: Noah Ben Haller!

Ein Hund taucht aus dem Gebüsch auf. Hier ist Leinenzwang, aber es scheint sich niemand daran zu stören.

Obwohl der Hund riesig ist.

Ein großer weißer Dogo Argentino.

Molly wittert mich in dieser Sekunde. Dreht sich um, rennt los, auf mich zu. Ihre Hängeohren fliegen bis zu mir her.

Ich gehe sofort auf die Knie und drücke sie sanft, ziehe spielerisch an ihren Hängeohren.

»Molly!«

Noah hat mich noch nicht bemerkt, ich bin außer Sichtweite, er vermisst seinen Hund.

Ich stehe auf. Molly setzt sich neben mich.

»Molly ist bei mir«, rufe ich laut und der Rollstuhl bremst, wird in meine Richtung gedreht.

»Geh zu Noah«, sage ich sanft, »lauf zu Noah«, sie schaut mich fragend an, ich mache ein Handzeichen, sie wetzt los. Es ist ein Spiel für sie.

Noahs Blick ist unbestimmt.

Ich winke ihm, der Gruß gilt nur ihm, die Frau kenne ich nicht, und gehe mit festem Schritt zum Kiosk.

Das eierschalenfarbene Taxi wartet schon.

Ich öffne die Tür auf der Rückseite.

»In die Altstadt bitte«, sage ich hastig zum Taxifahrer, »zum Dom.«

»Hi Sylvie«, sagt der Taxifahrer grinsend.

»Otti!«

Durch den Rückspiegel sehe ich einen sehr schnellen Rollstuhl heransausen.

Molly trabt neben ihm, fröhlich, unbekümmert.

»Fahr bitte los. Okay?«

Otti zuckt die Achseln und gibt Gas.

»Oh, oh«, sagt Otti grinsend und fährt nach rechts, Richtung Morzg.

»Da gibt's nichts zu lachen«, ich bin ein wenig eingeschnappt.

Erstens weil ich nichts von Noahs Spaziergang mit einer fremden Frau wusste, und
zweitens weil mein alter Schulfreund Otti so
blöd grinst.

»Ich hab dich angerufen«, sagt er und seine
Augen blitzen im Spiegel, »du hast nicht zu-
rückgerufen.«

»Hallo!«, sage ich säuerlich. »Ich konnte dich
nicht zurückrufen. Ich war auf Tournee. In
Israel. Ich habe gearbeitet. Gespielt. Du weißt
schon, die blöde Sache mit dem Geld verdienen.«

»Na klar«, sagt Otti und fährt rechts weiter,
in die Nonntaler Hauptstraße. »Du konntest
nicht zurückrufen. Vier Jahre lang.«

Otti hat allen Grund, sauer zu sein. Wir sind
seit 43 Jahren die besten Freunde. Wir sehen
uns. Mit Pausen.

»Würde es etwas bringen, wenn ich dir erkläre, dass damals meine Ehe gerade ausein-
anderlief. Und dass ich eine Menge Ärger um
die Ohren hatte?«

Otti schiebt seinen Unterkiefer nach vorne,
wie er es immer tut, wenn er sauer ist. Dann
ist er gerade mal sechs. Ein Schulkind, in der
ersten Klasse, dem ich seinen Buntstift aus

der Tasche klaute und die Mine beim Malen zu hart aufdrückte.

Er hasste es, wenn man seine Buntstifte nicht pfleglich behandelte. Oder von seinem Wurstbrot abbiss. Das war schon okay für ihn, aber nicht, wenn man ihm das leckere Wurstbrot dann nicht mehr zurückgab.

Ich bekam von der Köchin nahrhafte Karottenstückchen, Apfelspalten, Müsliriegel in die Brotbox mit.

Was mag ein Kind in der Schule lieber? Gemüse oder Wurst?

Am meisten hatte ich Ottis Seele verletzt, als er mir mit sechs Jahren, gleich nach Schulbeginn, seinen und meinen ersten Heiratsantrag machte und ich ins Grübeln kam.

Da war noch Hansi und der Junge vom Nachbarshof, Helmut, und sie alle haben mir die Schultasche bis vor die Haustüre geschleppt.

Ich habe mit allen meinen Freunden Kontakt. Wir treffen uns, aber völlig unregelmäßig.

Bis auf Otti, hat es uns in alle Winde verstreut. Aus beruflichen und privaten Gründen. Wir haben aber immer Kontakt gehalten.

In der heutigen Zeit ist es so viel einfacher als früher, als wir noch unsere Rauchzeichen brauchten.

»Du willst mir sicher nicht verraten, wie lange du schon wieder im Haus deiner Mutter lebst.«

Ich sehe meinen Kopf im Rückspiegel hin und her pendeln.

»Ich habe die Parten gelesen«, Otti wirft mir einen vielsagenden Blick zu, »zuerst die deiner Großmutter, dann die deiner Mutter. Die Männer deiner Familie wurden ein bisschen stiefmütterlich behandelt. Diesbezüglich!«

Jetzt verfällt Otti in sein spitzbübisches Gemecker.

Ich streichle ihm vom Rücksitz aus über den Rücken.

»Besuch mich doch, wenn du Zeit hast. Wir haben uns so viel zu erzählen.«

»Du bist sicher bei Facebook, Twitter und Instagram!«, stellt Otti lachend fest. »Du kannst nicht verloren gehen.«

Er biegt nach dem Gericht langsam in die Kaigasse ein.

»Klar besuch ich dich. Lass mir deine Kontaktdaten da.«

Er hält mir einen Rechnungsblock und den Stift nach hinten.

Ich schreibe ihm alles auf und lege Block und Schreibzeug auf den Platz neben mich.

Bis zum Domplatz schweigen wir. Die Zeit ist zu kurz, um noch etwas zu erzählen, das heben wir uns auf, wenn wir uns wiedersehen.

»Lass um Himmels willen dein Geld stecken«, er ist jetzt sogar ein bisschen gekränkt, weil ich in meiner Geldtasche wühle.

»Es ist mein Auto. Und mein Unternehmen. In der Zwischenzeit laufen zehn Taxis für mich. Also spar dir dein Geld und lad mich lieber auf einen guten Wein zu dir ein. Abgemacht?«

Er dreht sich zwinkernd zu mir um. Grinsen in seinem Gesicht. Gutmütig, mit ein bisschen Schalk im Nacken.

Otti ist ein sanfter Mann. Einer von den lieben. Vermutlich zu gutgläubig. Er hat es geschafft, zwei Ehefrauen an andere Männer zu verlieren.

Ich steige aus dem Wagen, gehe aber zu seinem geöffneten Fenster und küsse seine runden Backen, die er mir hingehalten hat.

»Danke. Bis die Tage«, sage ich lachend, »wir telefonieren.«

Evi steht am Torbogen und betrachtet dieses Bild.

»Ich war schneller«, sagt sie und wedelt mit dem Bleistift.

»Kunststück«, ich deute in eine vage Richtung. »Lehen ist näher an der Altstadt als Hellbrunn.«

»Wir beide hatten Autos«, sie verstaut ihr Malerwerkzeug im Rucksack.

»Verrätst du mir ein Geheimnis?« Ich stupse vorsichtig auf das Teil, das sie sich abfahrtbereit über die Knie geschwungen hat.

»Klar«, sagt sie gut gelaunt, »aber meine Frage kommt zuerst.«

»Mach es nicht so spannend«, verlange ich lachend.

»Wieso küsst du deinen Taxifahrer?«

»Einfach zu beantworten. Das ist Otti. Und Otti ist einer meiner ältesten Freunde. Wir waren schon in der ersten Klasse zusammen, von ihm habe ich meinen ersten Heiratsantrag bekommen.«

»Okay«, sie manövriert ihren Rollstuhl vorsichtig durch die engen Innenstadtgassen, fährt nicht schnell, aber zügig, sie weiß, dass die Leute höflich ausweichen werden.

»Lass mich dir einen neuen Rucksack schenken«, sage ich hastig.

Das Teil, von dem sie sich anscheinend nicht trennen mag, ist vor Schmutz triefend und abgetragen.

Es glänzt schon im Licht und wirkt wie eine großzügig bemessene Speckseite.

Man könnte meinen, dass sie den Rucksack an einer langen Leine hinter sich herzieht, damit sich der Schmutz gleichmäßig über den Stoff verteilen kann. Ich sollte sie in Ruhe lassen, ihre Einstellung zur hygienischen Aufbewahrung von Block und Stiften ist doch wirklich nicht mein Problem. Aber seit ich Noah mit der jungen, blonden, schönen Frau im Park flanieren sah, habe ich messbar schlechte Laune.

Ich atme tief durch, verkneife mir blöde Fragen, wie zum Beispiel, ob sie da drin Lebendes oder Totes transportiert.

»Wenn du mir sagst, warum?«

»Du bist jung, siehst gut aus, verdienst es, eine schöne, neue Tasche zu besitzen. Dieses Teil«, ich deute auf den alten, »ist, na ja, ich kann ihn dir auch in die Waschmaschine stopfen, wenn dir das lieber ist.«

Evi lacht laut.

»Du suchst nur nach einem Grund, deinen Frust loszuwerden. Was ist passiert?«

Sie fährt auf die Seite, zu einem Hauseingang, neben der Buchhandlung, kurz hinter dem Torbogen.

»Sorry, du hast mich erwischt«, ich stelle mich dicht neben sie, ich will nicht, dass wildfremde Menschen unser Gespräch belauschen.

»Es ist albern«, sage ich mit düsterem Blick, »ich weiß, aber ich habe Otti zum Kiosk bestellt und bin durch den Park spaziert. Wäre ich auf dem Gehsteig neben der Straße gegangen, hätte ich Noah nicht im Park gesehen. Er war nicht alleine. Außer Mol hatte er noch eine Frau bei sich. Eine junge, wunderschöne Frau.«

Ich warte auf Evis Fragen, aber sie hört mir einfach nur zu.

»Versteh mich nicht falsch, Evi. Noah kann spazieren fahren, mit wem er will. Oder sich treffen, mit wem er will. Mich hat nur gestört, dass sie so vertraut wirkten.«

»Wie kommst du darauf?«

»Sie hat ihn am Kopf gestreichelt. Sie haben gelacht, sich amüsiert. Auch das ist seine Sache, aber ich finde, er hätte mir sagen können, dass er heute ein Date hat.«

»Komm«, sagt Evi sanft und nimmt meine Hand, »lass uns fahren. Da drüben«, sie deutet zum Toreingang, »gibt es ein Geschäft mit Rucksäcken. Kaufst du mir bitte einen neuen?«

Ich muss die aufsteigenden Tränen zurückblinzeln.

Evi fischt aus ihrem schmuddeligen Teil ein Papiertaschentuch heraus und hält es mir hin. Ich wische mir übers gerötete Gesicht und drücke dankend ihren Arm.

Schweigend, in Gedanken versunken, fahren wir zu einem kleinen Laden, von dem ich weiß, dass sie Sportartikel verkaufen.

Die Türe öffnet sich automatisch, sie hat eine kleine Stufe nach unten.

Ich will Evi schon helfen, da bremst sie rasch ab.

»Nein, Süße«, sagt sie lachend, »das Erste, was uns Noah beibrachte, ist, wie wir halbwegs zu autarken Menschen werden können. Schau her«, sie hebt mit einem Ruck die Räder des Rollstuhls an und ist mit Leichtigkeit über die Stufe geglitten.

Ich sage nicht etwa »Toll!« oder eine andere Phrase, aber ich drücke anerkennend ihre Schulter.

Evi lässt sich von einer Verkäuferin moderne Taschen und Rucksäcke zeigen.

Am Schluss entscheidet sie sich für die altmodische Fassung eines gelben Postsacks. Mit einem aufgemalten Posthorn auf beiden Seiten.

Als wir nach draußen fahren, drückt mir Evi mit einem tiefen Seufzer ihren alten Rucksack in die Hand.

»Gut darauf aufpassen«, sagt sie ernst, »heb ihn mir bitte auf. Das nächste Mal nehme ich ihn dann wieder mit.«

Sie hat sich im Laden die Mühe gemacht und ihre Utensilien umgeräumt.

Ich erfahre, während wir zurück zum Tomaselli unterwegs sind, dass Evis Mutter den Rucksack noch im Flugzeug bei sich hatte.

Das Flugzeug ist abgestürzt, nur Evi überlebte. Sie würde sich nie, nie im Leben von dem letzten Gegenstand trennen, der ihrer Mutter gehörte.

Im Tomaselli sitzen alle im Garten unter einer schattigen Markise. Wir verziehen uns ins kühle Innere und sind völlig alleine und ungestört.

Mein Smartphone liegt vor mir auf dem Tisch und klingelt.

Noah.

Evi hebt die Brauen.

»Noah, stimmts?«

Ich nicke.

»Nimm das Gespräch an«, sagt Evi bestimmend.

»Ach, ich weiß nicht«, sage ich abwehrend.

»Geh. Jetzt. Ran. Sei nicht so feig. Noah ist ein guter Mensch. Er ist mein bester Freund.«

»Wieso hast du nicht gewartet?«, Noah sitzt noch immer im Schlosspark hinter den Teichen.

»Mein Taxi war schon da«, ich zucke einsilbig die Schultern, »ich habe dir ja gewunken.«

»Sehen wir uns heute noch?« Er wischt sich übers Gesicht, hält die Kamera auf eine müde Mol, die neben seinem Rollstuhl im kühlen Gras liegt.

»Einzeltraining«, sagt Noah, »sie scheint nichts verlernt zu haben.«

Evi schiebt sich vor mein Gesicht und winkt Noah. Ihre neue Tasche wird in die Kamera gehalten und wie eine Rassel für Babys geschüttelt.

»Hat mir Sylvie gekauft«, sagt sie fröhlich, »sie darf sogar meinen alten Rucksack mit nach Hause nehmen.«

»Was hat dieses Wunder bewirkt?«, Noah muss lachen, widerwillig, wie mir scheint.

Evi zeigt ihm noch einmal die neue Tasche, wedelt damit belustigt in der Luft.

»Noah, hallo, ich, Tasche, neu, Stifte, Block.«

»Ich habs kapiert, Evi«, Noah wirft den Blick konsterniert in den Himmel. »Also, Sylvie, sehen wir uns dann?«

»Ja«, sage ich, »Evi und ich gehen später noch in den Feinkostladen und bringen Abendessen mit.«

Noahs Blick ist ernst, auch er wirkt bedrückt.

Noah winkt zum Abschied in die Kamera und beendet das Gespräch.

»Was willst du machen?«, Evi winkt dem Kellner, der sehr bemüht ist, uns zu übersehen. Draußen sind die Tische randvoll mit Gästen. Die Leute wollen bei den angenehmen Temperaturen einfach nicht nach Hause gehen.

Ich rufe dem Kellner das obligatorische »Wie immer« hinterher und warte sein Nicken ab.

»Gar nichts«, ich spiele mit dem Zuckerpäckchen, das jemand auf dem Tisch vergessen hat, »das Letzte, was ich möchte, ist Streit. Noah kann machen, was er will. Ich hätte es nur gerne vorher gewusst, dass er sich in Hellbrunn mit einer Frau trifft.«

Auf der Rückseite des Zuckerpäckchens ist eine kleine Waage abgebildet. Evi hat es auch bemerkt und deutet darauf.

»Die Waage ist friedfertig und sehnt sich nach Harmonie. Noah ist am 27. September geboren. So ist er. Wahnsinnig nett, mein bester Freund.«

Der Kellner kommt, stellt unsere Kaffeetassen vor uns ab, deutet fragend auf den Wagen mit dem Kuchen, den er mit sich gezogen hat.

Wir schütteln beide den Kopf.

»Du musst wissen«, sage ich zu Evi, »dass mein Ehemann ein Erzegoist und Betrüger war. Ich bin vorsichtig geworden.«

»Das ist auch gut so«, sie schnappt sich das

Zuckerpäckchen, reißt das Tütchen auf und streut den Inhalt in ihren Kaffee. »So ist das mit den Sternkreiszeichen«, sagt Evi und schmunzelt, »man glaubt an sie oder eben nicht.«

Ich erzähle Evi von meinem Galeriebesuch, wie bezaubernd sich dieser kleine Ort angefühlt hat.

»Das ist es«, sage ich plötzlich laut, weil mir ein Gedanke kommt, »in Buchläden in Hamburg habe ich erlebt, dass dort Sessel verstreut zwischen den Regalen stehen. Du kannst dir jedes Buch, das dich interessiert, nehmen, in ihm lesen oder blättern. Niemand erwartet von dir, dass du das dann auch kaufst. So eine gemütliche Ecke könnte in die Galerie passen.

Keine Sessel, eher eine kleine Bank. Ein rundes Tischchen für Getränke.

Man muss den Leuten, die vorbeikommen, die Scheu nehmen. Es ist doch nicht jeder elitär, der den Laden betritt.«

»Gute Idee«, sagt Evi nachdenklich, »Kunst dürfte keine Ablenkung brauchen. Kann aber auch nicht schaden.«

Sie holt ihr Smartphone aus der neuen Tasche, tippt und legt es sich auf den Tisch.

Ein fröhliches Gesicht erscheint.

»Hast du wieder neue Bilder?«

Evi erzählt ihm, dass wir im Tomaselli Pläne für die Galerie geschmiedet haben.

Carl klemmt die Unterlippe zwischen die Zähne, man kann das rotierende Gedankenrädchen in seinem Gehirn erkennen, so konzentriert wirkt er.

»Warum nicht«, sagt er nach einer kurzen Pause und wandert mit seinem Smartphone zur Glastüre.

»Oben in Max' Büro steht ein kleines Biedermeiersofa. Das holen wir runter und stellen es in die Ecke. Platz haben wir ja dafür.«

»Schon wieder neue Arbeit«, Max schiebt sich grinsend über Carls Schulter.

»Macht das unter euch aus«, sagt Evi lachend, »ihr könnt ja darüber nachdenken.« Sie schickt ein Küsschen hinterher und legt auf.

»Komm, Abendessen aussuchen«, ich lege Geld neben meine Tasse und wir fahren aus dem angenehm sanften Licht der Innenräume ins helle Licht des späten Nachmittags. Die Tische haben sich gelehrt. Ein paar Tauben picken gurrend Krümel vom Boden auf. Die Spatzen sitzen in der alten Kastanie und tschilpen laut.

Wir fahren durch den Torbogen und biegen in die Getreidegasse ein. Evi ruft Justin an, damit er sie in einer Viertelstunde bei der Bushaltestelle abholt.

Es ist meine Art, viel zu viele Dinge zu kaufen. Dieser Laden hat einfach alles, was mir gut schmeckt.

Ich fange an mit kleinen gerollten Butterkugeln, nehme ein paar, wie man im Geschäft riechen kann, noch warme Brötchen dazu, lasse mir ein paar Stücke vom französischen Käse einpacken, eine Quiche mit Gemüse und eine mit Fleisch.

Auf dem Tresen steht ein kleiner Teller mit trockenen Reiswaffeln für die Kunden zum Probieren.

»Du auch?«

Ich schiebe ein Waffelstück für Molly in meine Tasche.

»Ich nehme das Gleiche«, sagt sie zur Verkäuferin und deutet mit den Händen einen Berg an, Reiswaffeln mag sie keine.

»Ich zahle«, bestimme ich und schiebe ihre

quietschgelbe neue Tasche beiseite, als sie anfängt, nach Geld zu wühlen.

Bei dem Torbogen gegenüber der Brücke warten wir auf Justin.

Als ob es der Teufel will, fährt eine große Limousine vor den Torbogen.

Ein Mann in dunkler Uniform, die Chauffeursmütze keck über den haarigen Kopf gezogen, springt heraus und reißt den Schlag auf.

Ein Bein. Ein zweites. Die Ärmel eines seidigen dunkelblauen Jacketts. Ein Mann, schmales Gesicht, stahlgraues Haar. Superkurz.

»Bond. James Bond«, flüstere ich der staunenden Evi ins Ohr, »mit der Lizenz zum Töten.«

Ich habe sehr laut geflüstert, ernte von dem Kerl einen eisigen Blick.

Im Geiste füge ich noch ein paar deftigere Schimpfwörter hinzu.

»Da schau her«, sage ich laut, »mit der Protznkutschn den Weg versperren und no giften, das mögn ma gern.«

Evi kichert.

»Good old Austria!«, sagt der Mann mit dunkler Stimme, seine Mundwinkel zucken amüsiert.

Er kommt näher.

»Sorry«, er schaut mir tief in die Augen, »ich wollte keine Umstände machen.« Er wirft dem Rollstuhl einen Blick zu.

»Super«, sage ich, »dann schicken sie Ihren Fahrer von hier weg. Wir warten auf unser Taxi.«

Er tippt sich grüßend an den Kopf, nickt lächelnd und geht die paar Meter zur Limousine zurück.

Der Chauffeur schließt den Fond, steigt ein, weg sind sie.

Sie haben sich abgesprochen, denke ich, denn Sekunden später schiebt Justin seine alte Klappermühle auf den Gehsteig.

Da auch er im Halteverbot stehen bleibt, gebe ich Evi rasch ein Küsschen auf die Wange, drücke ihr die Tüte mit den Einkäufen in die Hand und winke beiden eilig zu.

Ich spaziere zum Mozartsteg, erwische den Bus und fahre zu mir nach Hause.

Noah und Mol sitzen im Garten unter einem der dichten Fliederbüsche und warten schon auf mich.

Mol springt auf und windet sich fröhlich.

Wie jung sie noch ist. Ich hole den Reiscracker und halte ihn ihr vor die Nase.

Kuss. Keks. Sieg.

Noah angelt nach meinen Einkäufen, verzichtet auf einen Keks, küsst mich sanft und macht sich auf den Weg zur Terrasse.

Im Haus ist es angenehm kühl, ich öffne den beiden die Türe.

Mol wirft der Keksdose einen aufmunternden Blick zu und Noah schnüffelt mit geschlossenen Augen an der Tüte mit dem duftenden Käse.

Er wittert das Heu der Bergwiesen, die frische Milch der Almkühe, den Geruch des Sommers.

Noahs Nase bohrt in das Papier, in das der Käse eingeschlagen ist. Ich nehme ihm die Packung weg. Unsanft lege ich meine Einkäufe schweigend auf den Küchentisch. Ich verschränke die Arme vor der Brust.

Das zum Thema: Noah ist ein freier, selbstbestimmter Mann, der mit jungen, schönen Frauen flirten kann, wie er will.

»Nächstes Mal warnst du mich bitte, bevor du der Trainerin erlaubst, dich mitten in Hellbrunn aufs Kreuz zu legen.«

Erst stutzt Noah, dann fängt er an zu lachen.

Empört verstaue ich die Tüte im Küchenkasten.

Okay, dann kein Käse, kein Brötchen, die Butterkugeln werfe ich ihm gleich an den Kopf.

»Na ja, mein Schatz ...«, er zieht mich schnaubend zu sich her, »bist du dir sicher, wen du da gesehen hast?«

Er zwinkert mir zu.

Ich sage mürrisch: »Blond, hübsch, jung?«

»Das ist sie«, sagt Noah und zwingt sich, einen etwas ernsteren Gesichtsausdruck aufzusetzen.

Das fehlt jetzt noch, dass er mich auslacht.

»Sorry, ich muss nachdenken«, lenkt Noah kurz ab, »welches war der beste Teil an deiner Geschichte. Ich habs«, sagt Noah lachend, »das mit dem ›Flachlegen‹ in Hellbrunn.«

Man sollte nicht zur Gewalttätigkeit neigen, wenn man es mit einem ausgebildeten Nahkämpfer zu tun hat.

In einem Punkt bin ich mir sicher, Noah ließ sich nicht von seinem Rollstuhl davon abhalten, sich zu verteidigen.

»Sie hat dich an den Haaren gezogen«, erkläre ich empört, »welche berufsbedingte Hundetrainerin zieht am Haar eines Kunden. Erklär mir das doch bitte.«

»Mir würden einige gute Beispiele einfallen ... Ich baue mich vor ihm auf.

»Kleiner Witz«, sagt Noah rasch, »Sie ist die Schwester meines Schwagers. Und ja, sie trainiert Hunde.«

Molly liegt wie immer unter dem Küchentisch und döst.

Noah und ich decken den Küchentisch und verteilen unser Essen darauf.

Ich erzähle ihm von meinem Tag und erfahre, wie hart Dogo Argentinos in ihrem Heimatland trainiert werden.

»Corina sagt, sie ist schon voll ausgebildet.« Er zuckt die Achseln und grault Mollys Hängeohr.

Wir haben beide großen Hunger und essen, bis die letzte Butterkugel auf einer Zwiebackscheibe zu Mols Lieblingskeks wird.

Wir räumen gemeinsam die Küche auf, Noah füllt den Geschirrspüler mit unserem benutzten Geschirr und ich ziehe mit Mol ein paar Runden im Garten.

»Ich muss rüber und Mol füttern«, sagt Noah ein bisschen bedrückt.

Nicht vergessen, wir hatten fast so etwas wie einen ersten Streit.

»Bitte, komm mit.«

Noahs Blick ist sehr intensiv. Am liebsten würde ich das Wort »flachlegen« noch einmal benutzen, aber ich bin zu alt für solche Witze.

Nicht etwa zu kultiviert, sondern wirklich an Jahren zu alt.

Also hole ich mir von oben eine kleine Übernachtungstasche, lasse überall das Licht brennen, schließe Türen und Fenster und begleite die beiden in die beginnende Nacht hinaus.

Evi müsste mich jetzt sehen. Rosige Wangen, glänzende Augen. Ich schicke ihr auf meinem Smartphone ein Küsschen.

Sie antwortet mit dem erhobenen Daumen.

Voodoo. Ich stelle das nicht in Frage. Jemand hasst mich, hat eine dünne Puppe mit weißem Haar mit Nadeln gespickt und mir Unglück gewünscht. Wie könnte es sonst anders sein, dass genau dann, wenn Noah und ich zu unserer Versöhnungsnacht aufbrechen, das Schicksal so übellaunig mit uns umspringt.

Noah, Mol und ich lassen die Haustüre hinter uns ins Schloss fallen.

Ich schiebe meine Schuhe von den Füßen.

Molly rennt zur Futterschüssel und schlägt mit der Pfote ein wenig unwillig dagegen. Noah füllt ihren Napf und legt eine Portion dazu, sie hat durch ihr Training viele Kalorien verbrannt.

Sie haut sofort rein, schmatzt wie ein Ferkel und Noah zieht die Vorhänge im Erdgeschoss zu.

Ich fülle Mollys Wassernapf neu auf und schaue im Kühlschrank nach, ob ich noch Wein finde.

Noah kommt zu mir in die Küche und gibt mir den Flaschenöffner.

»Dein Smartphone«, sage ich, weil es sich auf der Küchentheke vibrierend im Kreis dreht. Ich öffne mit einem Ruck die Weinflasche und gieße mir ein Glas voll.

Ich habe nach einem gekühlten Veltliner gegriffen, ich finde, das passt jetzt gut zum Abschluss, der Käse war doch recht deftig.

»Ich komme sofort«, Noah greift sich in die kurzen schwarzen Haare, wählt eine Nummer und sagt gepresst: »Evi, gib mir bitte Justin, ich muss jetzt nach Wien. Sofort. Mein Auto steht bei Mercedes.«

Er hört kurz zu, legt das Smartphone auf die Seite und kommt rasch zu mir.

»Lidwin hat mich angerufen. Mein Sohn liegt im Krankenhaus. Sie hat vor lauter Weinen nichts Vernünftiges herausgebracht. Wenn ich sie richtig verstanden habe, hatte er einen Mopedunfall.«

»Kommt Justin?«

Ich halte seine nervösen Finger fest. »Ich bleibe hier bei Mol. Wer holt dich denn jetzt?«

»Max. Er war zufällig bei Evi und Justin, und der Cayenne ist schneller.«

Er streicht mit seinen Lippen rasch über meine weißen Haare, drückt kurz meine Finger.

Als er aus dem Haus rollt, um Max entgegenzufahren, denke ich, es soll einfach nicht sein, dass wir glücklich und zufrieden gemeinsam ins Bett gehen.

Für uns alle wird es eine lange Nacht.

Ich werde kein Auge zutun, bis Noah hier anruft.

Was da alles passieren kann, denn sie werden rasen.

Es ist ein Cayenne Porsche und Max wird ihn nicht schonen.

Es ist nicht mein Sohn, und Noah hat seine Söhne lange nicht gesehen, aber ich fühle mit ihm und seiner Familie.

Noah und Max brauchen nach Wien sicher drei Stunden, wie ich Max einschätze, wird er viel schneller da sein.

Ich unterbreche meinen Marsch durch Noahs Erdgeschoss, streife meine Schuhe über, nehme Mols Leine vom Haken im Flur und pfeife einmal kurz in ihre Richtung.

Wie der Blitz kommt sie angesaust, setzt sich sofort vor mich hin und fixiert erwartungsvoll meinen Blick. Ich nehme sie rasch an die Leine.

Ich muss raus hier. Ich würde mit meiner nervösen Wanderung durch Noahs Haus alle in den Wahnsinn treiben.

Draußen ist es dunkel, die Nacht ist fast schwarz. Ich ziehe die Haustüre ins Schloss, sperre aber nicht ab. Wir werden nur eine kleine Runde drehen, Molly ist heute schon genug gelaufen.

Wir marschieren langsam die Allee entlang, die Schritte verklingen im Kies.

Molly geht dicht neben mir.

Ich habe keine Angst, dass ich überfallen werde, oder Schlimmeres, nicht mit diesem Hund an meiner Seite, aber es ist kein harmloser Spaziergang, es ist mehr ein Vortasten in der Dunkelheit.

Wir gehen am Schloss der Nonnen vorbei, biegen rechts in den Kreuzhofweg ein, und sehen von Weitem den glühenden Lichterstrom, der die breite Alpenstraße markiert.

Das sparen wir uns jetzt und drehen um.

Wir hören ein Käuzchen rufen, und als wir näher an Noahs Haus kommen, den Schrei einer Hyäne aus dem Tierpark.

Wir sind wieder zu Hause.

Eine gefühlte Ewigkeit später ruft Noah an.

Sie sind in Wien, das Navi am Smartphone sucht das Unfallkrankenhaus. Ich höre ihm zu, sage ihm nicht, dass ich Angst um ihn und Max hatte, mein Gejammer ist das Letzte, was er jetzt brauchen kann.

Noah verspricht mir, sich sofort bei mir zu melden, wenn er mit einem Arzt gesprochen hat.

»Ich denke an euch«, sage ich leise, »melde dich, egal wie spät es ist.«

Ich lege mich auf Noahs Sofa und bin versucht, Mol zu mir zu holen.

Sie darf das nicht und es wäre gemein von mir, sie damit so zu verwirren.

Sie hat sich neben das Sofa gelegt, sodass ich sie streicheln kann.

8

Ich muss eingeschlafen sein, denn im Morgengrauen wache ich fröstelnd auf.

Noah hat nicht angerufen und das ist kein gutes Zeichen.

Ich stehe auf, weil ich müde und übernächtigt bin und Kaffee brauche.

Ich durchwühle seine Küchenschränke, schiebe die Tüte mit den Kaffeebohnen auf die Seite, hole mir einen Küchenstuhl und durchforste die höhergelegenen Laden.

In der letzten Ecke, hinter der Dose mit dem Zucker, finde ich ein Glas mit Instantkaffee.

Es ist noch fest verschlossen, ich vermute, Noahs Schwester hat das dort vergessen, aber das Verfallsdatum für seine Haltbarkeit ist schon Monate überzogen.

Ich brauche Kaffee. Ich werde das Risiko eingehen, an Kaffeevergiftung zu sterben.

Ich mache es wie immer. Eine Tasse mit Wasser in der Mikrowelle erhitzen, das Kaffeegranulat dazu. So mag ich das. Ohne hohe Ansprüche an spezielle Bohnen und japanische, mit der Hand betriebene Kaffeemühlen. Das Wasser kommt nicht von den Fidjis, sondern von hier, direkt aus der Leitung.

Gut, dass ich auch eine Büchse mit Zucker gefunden habe.

Mol will raus, also spazieren wir durch den Garten. Ich nehme das Smartphone mit, womöglich ruft Noah gerade dann an, wenn ich nicht neben dem Telefon sitze.

Die große Hündin wirkt verstört, denn sie steht endlos lange am Zaun, schiebt ihre Nase durch die Holzstäbe und wittert in der Luft.

Obwohl sie mich kennt, wartet sie auf Noah.

Vermutlich bin ich ihr zu nervös, zu unruhig.

Während sie sich sonst über ihren großen Napf hermacht, ist heute ihr Appetit mäßig.

Sie pickt lustlos im Trockenfutter, knabbert an ein paar Krümeln.

Mir reicht heißer Kaffee, Hunger habe ich auch keinen.

Von Noah habe ich seit Stunden nichts mehr gehört. Man könnte doch meinen, dass Max bei mir anruft, wenn Noah schon nicht wegkann.

Warten ist einfach nicht meine Stärke.

Ich versuche es bei Evi, aber es geht niemand ans Telefon

Ich suche im Internet nach der Telefonnummer der Galerie. Carl wird vielleicht etwas von Max erfahren haben.

Wie so oft, passieren Dinge gleichzeitig, wie bei einer Gedankenübertragung.

»Hast du etwas von Noah gehört?« Evi und Justin.

»Nein, habe ich leider nicht.«

Eine Minute später.

»Hallo Syl, Max hat sich gemeldet«, Carl, »gleich die gute Nachricht. Noahs Sohn ist operiert worden und stabil.«

»Danke«, sage ich erleichtert, »Weißt du, wie der Unfall passiert ist?«

»Ja«, Carls Stimme ist ernst, »der Junge hat das neue Moped seines Freundes ausprobiert. Für die eine Minute, wird er sich gedacht haben, braucht er keinen Helm. Das wirklich Blöde daran ist, dass er keinen Führerschein hat und noch nie auf so einem Gerät gesessen ist.«

»Er hatte Glück im Unglück«, sage ich bedrückt. Nicht auszudenken, wenn mit diesem 20-jährigen Jungen etwas Ernstes passiert wäre. »Noah wird ja heute noch in Wien bleiben«, sage ich nachdenklich, »soll ich seine Dienststelle informieren? Oder ist das übergriffig?«

»Und wenn schon«, Carl sitzt auf dem neuen Sofa, neben der Eingangstüre der Galerie. »Ich würde das machen.« Er klopft neben sich. »Sieht gut aus, das alte Teil. Gemütlich. Wie geht es dir?«

»Dein Anruf beruhigt mich etwas. Danke nochmal. Sag Max, er hat meine Telefonnummer.«

Carl schmunzelt kurz. »Jetzt eine andere Neuigkeit. Max wird auf seinen Knackarsch fallen, sorry für diesen Ausdruck, aber so sagt man doch?«

Ja, denke ich, die jungen Leute nennen das so.

Carl hält sich spitzbübisch kichernd die

Hand vor den Mund und setzt sich bequemer hin.

»Sein Alter Herr ist da.«

»Wo? Bei dir?«

Carl wedelt belustigt mit der Hand.

»In Salzburg, er war vorhin in der Galerie.«

Bond im dunklen Clubjackett? Kann es solche Zufälle geben? Mister Egoismus in der Luxuslimousine, mit finnischem Kennzeichen. Weltgewandt, mit Akzent, wie mir im Nachhinein bewusst wird.

Wenn Mr. Helsinki ein Typ ist, wie Evi und ich ihn erlebt haben, kann er sich gleich wieder in die nächste Finnair setzen und seinen Weg in direkter Linie zurück in die endlose Weite Finnlands antreten.

»Wie ist er?«

»Mr. Kauusto ist, wie soll ich sagen, Mister Kauusto eben. Reich, alter Adel, viel Land, schon vor der Zarenzeit. Hier in Österreich hätte er zu den angesehensten Familien gehört.

In Helsinki haben sie Villen rund um den Senatsplatz. Die Galerie dort ist eigentlich nur ein internationaler Zeitvertreib.«

»Warum wird Max dann überrascht sein, wenn ihn sein Vater in Salzburg besucht?«

»Max hat ein Problem in der Familie erwähnt und er glaubt an Murphys Gesetz.«

»Anything that go wrong will go wrong«, sage ich nachdenklich.

Carl zwinkert mir zu, bevor er auflegt.

Ich bin so froh, dass Carl ist, wie er ist, denn ich weiß, nicht jeder Mensch mit dem Down Syndrom hat so viel Glück.

Ich mag ihn sehr. Ich muss an die Jungs der Nachbarschaft denken.

Helmut ist ein erfolgreicher Sportler, Otti fährt sein eigenes Taxi und Hans betreibt die Tankstelle seiner Eltern. Georg hat schon seit Jahren die Gärtnerei seiner Eltern übernommen. Sein Down Syndrom war für uns Kinder nie ein Problem.

Vor Kurzem habe ich über ein Supermodel gelesen. Jung, schön, mit eigener Kollektion. Sie ist so stolz darauf, dass sie sich ihre Ziele und Träume nicht hat nehmen lassen, obwohl, oder vielleicht gerade deswegen, weil sie das Down Syndrom hat.

Carl sagte einmal zu Max, dass Menschen mit dem Down Syndrom unter einem höheren Erwartungsdruck stehen als andere.

Ich informiere rasch Evi von Carls Anruf

und ich melde bei Noahs Dienststelle, dass er im Krankenhaus in Wien ist, wegen einem seiner Kinder.

Ich fühle mich damit nicht wohl, aber es gibt auch im Innendienst der Polizei einen Dienstplan, und Noah fällt aus.

Den Zeitrahmen wird er selber bestimmen.

Mol und ich spazieren gemächlich rüber zu meinem Haus.

Ich bin etwas ruhiger, denn ich weiß, mit Hysterie ist niemandem geholfen.

Ja, es ist auch nicht mein Kind, das einen schweren Unfall hatte.

Ich mache mir trotzdem Gedanken über Noahs erwachsenen Sohn und bete für ihn.

Mol bekommt einen Streifen dünnes Knäckebrot, und als ich die Packung wegräume, macht sie es sich unter dem Küchentisch bequem.

Ich trinke Kaffee, öffne die Fenster weit und lausche dem zwitschernden Konzert aus den vielen Büschen und Bäumen.

Musik. Klingt gut. In der letzten Zeit spiele ich kaum noch, ich habe eine wunderbare Ausrede parat: Keine Zeit. Ich muss das Haus aufräumen. Erinnerungsstücke nach persönlichem Wert sortieren.

Ich muss zugeben, diesen besonderen Esprit verloren zu haben, den ich als berufsbedingte Pianistin noch hatte.

Nicht etwa, weil ich hier als Hausfrau ende, sondern weil ich das Gefühl habe, dass das sprühende Leben allen Menschen vorbehalten ist, außer mir.

Ich schließe alle Bogenfenster im Erdgeschoss.

Ein Flügel von Steinway in Konzertlautstärke gespielt, ist wirklich laut, und ich möchte meine Nachbarn nicht verärgern.

Wie immer, beginne ich mit ein paar Sonaten von Mozart, so zum Warmlaufen.

Da ich nur mehr zum Vergnügen am Klavier sitze, kann ich spielen, was ich will und wie lange ich Spaß daran habe.

Mein Vater hatte ein absolutes Lieblingslied, denn obwohl er keinen Alkohol mochte, war das »Trinklied« aus der Oper von »La Traviata« das einzige Musikstück, das es jedes Mal schaffte, ihn zum Weinen zu bringen.

Er war schon sehr krank, als er uns von seinen Befürchtungen, bald sterben zu müssen, erzählte.

Er hatte einen letzten Wunsch: Dieses besondere Stück von »La Traviata«.

Mit diesen Tönen im Ohr wollte er die Seiten wechseln, vom Leben in den Tod.

Da wir nicht wussten, wann es so weit sein würde, hat meine Mutter ein Band für ihn aufgenommen, und tatsächlich, er starb bei vollem Bewusstsein, mit seinem Lieblingslied.

Wir haben es in der Aussegnungshalle an seinem Sarg spielen lassen und noch einmal am offenen Grab.

»Auf schlürfe in durstgen Zügen …«

Als der Abend kommt, spazieren Molly und ich gemächlich zu Noahs Haus hinüber.

Ich habe glücklicherweise das Smartphone mit, da ich ständig auf Noahs Anruf warte, als er mich tatsächlich erreicht.

Er sieht erschöpft aus. Sein Gesicht wirkt hager, eingefallen. Die schwarzen Haare stehen ungekämmt in alle Richtungen, aber er scheint sich rasiert zu haben, sein Gesicht weist nur einen leichten Schatten auf.

»Wie geht es deinem Sohn?«

»Gis? Unverändert. Ich bin mit Lidwin gefahren, ich kann bei ihr übernachten. So sind wir sofort für die Klinik erreichbar, wenn irgendwas passiert.«

Er fährt sich völlig abgekämpft über die Augen.

Ich erzähle ihm in wenigen Sätzen, dass ich seine Dienststelle informiert habe und dass seine Mol ein wenig ungehalten ist. Sie vermisst ihn.

Noah ruft Molly zum Smartphone und man glaubt es nicht, sie rennt zu seiner Stimme.

Jetzt ist sie verwirrt, weil sie ihn nicht sehen kann, und schnüffelt in die Luft, um seine Witterung aufzunehmen.

Noah beobachtet Molly ungläubig und fängt an zu lachen.

»Max ist schon seit einer Stunde weg«, sagt Noah und deutet auf seine Uhr. »Er wird dich heute nicht mehr kontaktieren. Er weiß, dass ich dich anrufen will.« Während er mir einen Luftkuss schickt, hören wir beide Lidwin.

»Noah, kommst du bitte.«

»Bis morgen«, sagt Noah rasch, »schlaft gut, ihr beide.«

Im Haus trottet Molly sofort ins Wohnzimmer, um sich laut ächzend in ihren überdimensionierten Hundekorb zu fläzen.

Ich nehme meinen Wein mit und mache es mir auf dem Sofa bequem.

Ich will nicht denken, ich möchte nicht schlafen, so lege ich mich einfach nur ein bisschen zum Entspannen hin.

Ich lasse alle Vorhänge geöffnet und die Stehlampe im Wohnzimmer wirft ihr sanftes Licht über uns.

Ich lege den Arm über die Augen und höre Molly, die tief und fest in ihr Kissen prustet.

9

Am frühen Morgen wachen wir gleichzeitig auf.

Ich strecke mich wohlig wie eine Katze, verwundert, dass ich doch noch auf dem Sofa eingeschlafen bin. Molly schüttelt ihre Müdigkeit ab und will raus. Ich begleite sie, ohne Schuhe, mit nackten Füßen, genieße den kühlen Tau der Nacht. Eine Amsel sitzt auf der Spitze von Noahs Dach und singt. »The early bird catcheth the worm.«

Das Idiom war das erste Mal in dem Buch des englischen Autors John Ray im Jahre

1670 erwähnt worden. Ich glaube mich zu erinnern, dass es »A Collection of English Proverbs« hieß.

Es ist wunderschön hier, eigentlich nicht anders als bei mir drüben. Wir hören kaum etwas.

Stille, die nur unterbrochen wird von dem feinen Strom an Stimmen, die wir hören, wenn ein paar Spaziergänger aus der Stadt zu uns kommen.

Das eine oder andere Auto auf dem Besucherparkplatz am Ende der Allee, und wenn man viel Glück hat, begegnet man dem Ruf einer afrikanischen Hyäne.

Der Tierpark liegt oben, auf dem kleinen Hügel hinter dem Schloss, so sind wir hier umfangen von Ruhe.

Hunde sollten nach dem Frühstück eine längere Pause machen, also gehen wir vorher eine längere Runde.

Ich hole mir eine Wasserflasche aus dem Kühlschrank und ziehe mich an.

Molly ist an der fünf Meter langen Leine, da hat sie ein bisschen Freiraum und bekommt nicht ständig das Gefühl, dass sie »arbeiten« muss.

Ihr wäre es lieber, einfach frei zu sein, zu rennen und Spaß zu haben, und das kann sie auch wieder, wenn Noah da ist.

Sie ist ein sehr kräftiges Tier, gewöhnt an regelmäßige Bewegung, denn Noah lässt sie jeden Morgen den langen Gang der alten Bäume entlangflitzen.

»Noah kommt bald«, versuche ich sie zu trösten, sie wirft mir einen skeptischen Blick zu, trottet aber brav neben mir.

Beim Schloss der alten Nonnen machen wir uns auf den Rückweg.

Wir sehen im Feld zwei Reiter auftauchen. Es sieht schön aus, wie sie im hellen Morgenlicht elegant dahintraben.

Sie laufen parallel zu uns und müssen uns schon bemerkt haben, schenken uns aber keine Beachtung.

Sie hat langes, weißblondes Haar und trägt es wie eine Friedensfahne locker im Wind.

Er ist nicht mehr jung, aber sportlich durchtrainiert und schlank.

Ihr Schimmel stößt fast mit seinem hohen Rappen zusammen.

»Antaa olla!«, ruft sie laut und hörbar. Unwillig rückt sie von ihm ab.

Lass gut sein, oder lass es sein.

Okay, das ist Finnisch.

Er gibt ihr keine Antwort, lässt aber sein Tier in den Schritt fallen und zielt mit langen Bewegungen in unsere Richtung.

Sie hat sich wortlos umgewandt und reitet schnell zum Ende des Kreuzhofwegs.

Dort am Ende ist ein kleines Stück Wald. Ohne sich noch nach ihrem Begleiter umzusehen, ist sie verschwunden.

Mol drückt sich jetzt dicht an mich. Sie wittert das fremde Tier, den unbekannten Reiter.

Wir bleiben neugierig stehen.

Ich habe ihn schon vor Minuten erkannt, auch ohne den beleidigten Sermon seiner Freundin.

»So sieht man sich wieder«, er tippt sich grüßend an den schwarzen Reithelm.

»James Bond«, er schüttelt ungläubig den Kopf und wirft mir ein Lachen zu.

Ich sage: »Reiten hätte ich Ihnen nicht zugetraut. Wer einen Chauffeur braucht, nimmt doch lieber eine Kutsche und lässt sich fahren.«

Das Pferd betrachtet uns neugierig und nutzt die Pause, um Gras zu rupfen.

Er hat sich die Zügel locker über das rechte Handgelenk geschlagen. Mit der Linken wischt er sich mit einer schnellen Bewegung übers Gesicht.

Ich habe noch immer die kleine Mineralwasserflasche in der Hand, halte sie zu ihm hoch.

»Im Alter braucht man viel Flüssigkeit. Wegen der Nieren.« Ich deute mit der Flasche auf ihn.

Er beugt sich leicht zu mir, nimmt mir die Flasche ab, schraubt sie auf und trinkt sie mit gluckernden Zügen.

»Sie sind großartig«, sagt er lachend und wischt sich über den Mund, »erst machen Sie mich zu einem Leinwandstar und jetzt achten Sie sogar noch auf meine Gesundheit. Ich stelle Sie sofort ein.«

»Als was?«, frage ich spöttisch. »Als Altenpflegerin?«

Sein Mund bleibt kurz offen stehen.

»Österreicher!«, sagt er und schüttelt den Kopf. Neben mir steht eine Parkbank mit einem dazugehörigen Abfalleimer. Ich halte

ihm die Hand entgegen, nehme ihm die leere
Flasche ab und werfe sie weg.

»In Finnland trennen wir den Müll.«

»In Österreich auch«, ich drehe mich um,
winke ihm über die Schulter zu und mache
mich mit Mol auf den Heimweg.

Vor Noahs Haus parkt ein grau gepunkteter
Cayenne, er hat einigen Dreck von der Auto-
bahn abbekommen.

Beim Näherkommen sehe ich, dass Max
über dem Lenkrad liegt und laut schnarcht.

Ich schlage mit der flachen Hand auf sein
Autodach.

Er wird sofort wach, wirft mir einen ver-
schlafenen Blick zu und reibt sich mit beiden
Fäusten die Augen.

»Guten Morgen, Madame«, sagt er und
steigt aus.

»Ich habe auf einem Rastplatz in Mondsee
geschlafen«, erklärt er sein desolates Äußeres.

»Dann trink doch einen Kaffee mit mir.«

Max nickt dankbar und streichelt vorsichtig
über Mollys Kopf. Obwohl sie zur Begrüßung
wedelt, hat er Respekt vor ihr.

»Eine Minute«, sage ich zu Max, der verschlafen hinter uns ins Haus trottet, »Mol wartet auf ihr Frühstück«, ich schiebe ihren gut gefüllten Hundenapf zu ihrem Platz und öffne die kleinen Küchenfenster für uns.

»Setz dich«, sage ich und deute auf die Küchenbank, halte ihm den Pulverkaffee hin.

»Abgelaufen«, ich stelle zwei Becher mit Wasser in die Mikrowelle.

»Was soll schon groß passieren«, sagt er lachend und deutet in den Flur.

Ich weiß, was er meint, dort hinten ist das Gästeklo.

Während ich uns einen Kaffee mache, erzähle ich ihm von meinem neuesten Freund.

Max lacht schallend. »Je älter mein Alter Herr wird, desto jünger sind die Frauen.«

»Ich denke, sie wissen, was sie tun. Sie ist schön und er ist reich.«

Er wirft mir einen vorsichtigen Blick zu.

»Er dürfte dein Jahrgang sein.«

Ich drohe ihm mit dem Zeigfinger.

»Das habe ich gehört«, sage ich lachend und stelle unsere Becher ab.

»Wären jetzt Schokokekse gut«, Max sieht mich erwartungsvoll an.

»Stimmt«, ich weiß genau, dass wir keine haben werden, denn als ich die Küchenschränke nach Pulverkaffee durchforstet habe, bin ich nur auf die üblichen Lebensmittel wie Mehl, Zucker und Paniermehl gestoßen.

»Du hast Noah einen großen Gefallen getan«, ich halte ihm die Dose mit Zucker hin. Max schüttelt den Kopf und nippt am heißen Kaffee.

»Bei Noah merkst du sofort, dass er Bulle ist«, sagt Max und trinkt vorsichtig in kleinen Schlucken, »ruhig, gelassen, cool, nach außen hin. Du würdest bei ihm nie merken, dass er nervös ist oder die Ruhe verliert.«

Der Superbulle mit seinen Antennen weiß, dass wir von ihm reden.

Molly wetzt wedelnd ums Eck, als sie seine Stimme am Smartphone hört.

Noah berichtet in knappen Sätzen, dass es seinem Sohn besser geht und er mit dem Zug zurück nach Salzburg fährt.

Ich schicke ihm ein erleichtertes Küsschen.

Max steht auf, stellt seine leere Tasse ins Spülbecken und stupst seinen Zeigefinger auf meine Nase.

Als der Cayenne um die Ecke biegt, fällt mir ein, dass ich ihn noch fragen wollte, wo sein Vater die Pferde unterstellt.

Im Reiterhof in meiner Nachbarschaft bin ich weder ihm noch seiner finnischen Freundin begegnet.

Ich rufe Evi an und erzähle ihr von meinen Erlebnissen mit Max' Dad.

Sie lacht und klopft sich auf die Lehne ihres Rollstuhls. Die Fenster sind weit geöffnet und ich sehe den Schriftzug eines großen Supermarkts.

Ich weiß, dass sie in Lehen wohnt, aber jetzt kann ich mir denken, in welcher Straße.

Sie erzählt mir, dass die Gruppe in Alarmbereitschaft ist, weil alle für Noah erreichbar sein werden.

Jetzt wird Noah bald kommen. Ich habe ihm ein Foto von Mol geschickt, die es sich vor meinem alten Sofa gemütlich gemacht hat. Sie hält einen großen Kauknochen mit den Vorderpfoten fest und schielt in die Kamera. Sie ist so vergnügt beim Zerlegen dieses Beins, dass sie tierische Haut nicht einmal vermisst, denn es besteht einfach aus stark gepresster Karotte.

Ich lasse Mol beim Knabbern, Raspeln und Zähneputzen alleine und spaziere ganz nach oben unters Dach.

Dort, in den vielen kleinen Zimmern haben sie alle Dinge gelassen, die sie nicht mehr gebrauchen konnten.

Außer Staub, Spinnweben und ein paar flinken Mäuschen finde ich Antiquitäten, von denen ich nicht weiß, ob sie nur alt oder auch wertvoll sind.

Ich werde Noah fragen, ob er jemand kennt, der mir beim Aussortieren hilft.

Im letzten Raum entdecke ich einen Schatz: ein kleines, rundes Kippfenster, das absolutes Nordlicht hat.

Wie schade, dass ich nicht malen kann. Trotzdem genieße ich den Blick in die Ferne. Ein Teil ist von den Kronen der Kastanienbäume verschluckt, ganz hinten erspähe ich Nonntal, das alte Kloster und dahinter ragt die Festung auf.

Ich schließe das kleine Fenster und höre oben auf der Balustrade, wie Mol die letzten Bissen verzehrt, in die Küche trabt und ihre Wasserschüssel leert. Sie hat ein Geräusch gehört und schielt zu mir hinauf.

»Hi Mol«, rufe ich ihr von der Brüstung aus zu und lache über ihr verhaltenes Wedeln, weil sie hört, aber nicht sieht.

Wir machen noch einen kleinen Spaziergang in den Park. Da ich Noah nicht gefragt habe, wann er kommt, und ob er meinen Schlüssel mithat, lasse ich ihm einfach die Türen unverschlossen.

Molly bekommt ihr Abendessen und legt sich dann aufs Ohr. Ich habe ihr eine alte Daunendecke spendiert und lege mich ein paar Minuten zu ihr auf den Boden.

Ein zarter Sonnenstrahl huscht durchs Zimmer. Staubpartikel tanzen am Lichtstrahl entlang und klammern sich an die Fensterbank.

Mollys feine Augenlider flattern wie kleine Falter, sie ist eingeschlafen. Ihre Hinterbeine zucken im Traum, ich wüsste so gerne, über welchen Hügel sie gerade sprintet.

Ich bin so froh, sie hier zu haben, ein wenig zu Noah und seinen Freunden zu gehören.

Ich will einfach nicht mehr zu den Leuten gehören, die alles so selbstverständlich hinnehmen.

Zu dieser Fraktion habe ich auch einmal gehört.

Einen erfolgreichen Ehemann, Kinder, einen Traumjob.

Ich habe in der Familie nie etwas anderes gekannt als Musik und berufsbedingte Reisen in alle Welt.

Man sollte auch nicht unterschätzen, dass ich früher keine Geldsorgen kannte, ich habe hart dafür gearbeitet, und als ich durch meine Scheidung so vieles verlor, blieb mir trotzdem noch mein Elternhaus erhalten.

Ich bin gesund. Ich kann laufen. Mich bewegen. Ja, mit 49 Jahren merke ich meine alten Knochen, trotz Gymnastik, Schwimmen und Sport.

Essen, denke ich, ich sollte mir etwas kochen. Was habe ich noch an Vorräten da ...

Ich schätze, dass ich über meine Grübelei hin, bei Molly am Boden, eingedöst bin, denn ich höre ein plötzliches »Ha-llo!«.

Noah!

Das Surren seines Rollstuhls, er kommt näher, draußen höre ich ein Auto, das sich gerade entfernt. Einer seiner Freunde wird ihn vom Bahnhof abgeholt haben.

Es ist noch Nachmittag, obwohl die Schatten schon tiefer sind.

Molly trabt zu ihm und wedelt und dreht

sich und freut sich und sabbert dabei seine schwarze Jeans voll.

»Süße«, Noah rollt näher, hält sich an Mols Halsband vorsichtig fest, lässt sich von ihr zu mir herziehen und zaust ihr Hängeohr.

Dann bekomme ich einen tiefen Blick und eine feste Umarmung.

Ich streichle ihn sanft und sehe seine Müdigkeit.

Wir wechseln in die Küche hinüber und setzen uns an den Tisch.

»Bin ich froh«, seine schwarzen Augen sind umwölkt, »dass es meinem Jungen besser geht.«

Ich halte ihn leicht am Arm und streichle seine Wange.

Mol legt sich neben Noahs Rollstuhl und ich koche uns Kaffee.

Wir sparen uns den Witz mit der japanischen Mühle, und während wir Kaffee trinken, erzählt Noah von dem Unfall seines Sohnes.

Wie der dumme Unfall passiert ist – sein Sohn hat sich das Moped seines Freundes ausgeliehen und ist langsam eine kurze Strecke gefahren.

Vorsichtig deshalb, weil er nicht Moped fahren kann.

Als ein Streifenwagen um die Ecke biegt, bekommt sein Sohn Angst, dass man ihn ohne Führerschein erwischt.

Statt zu bremsen, gibt er Gas und stürzt.

Trotz Stirnbeinbruch war er bis zur Operation immer ansprechbar und hat den langen Eingriff gut überstanden.

»Nicht auszudenken, wenn er im Rollstuhl gelandet wäre!«

Noah starrt auf seine gefalteten Hände.

»Natürlich machen sich Eltern die größten Sorgen!«

Ich stehe auf, trete hinter seinen Rollstuhl und küsse ihn auf sein kurzes schwarzes Rabenhaar.

»So sind wir Eltern«, ich flüstere fast, »wir denken immer das Schlimmste zuerst, gehen immer von dem gefährlichsten Faktor aus.«

»Murphys Gesetz«, sagt Noah ruhig, »was passieren kann, passiert auch.«

Ich setze mich auf seinen Schoß und halte mich bei ihm fest.

»Ich habe in den letzten Tagen viel gelernt«, sage ich leise. »Nimm Carl. Er hat das Down

Syndrom. Wir wissen zu wenig über seine Familie, seine frühe Schulzeit, seine Freunde. Aber wir wissen, dass seine Eltern ihn nach Kathmandu ins Internat mitgenommen haben. Und das war der Knackpunkt, denn Carl ist ein kluger Bursche, engagiert, fleißig, trifft als Fremdenführer Max und macht mit ihm Pläne, wie sie sich selbstständig machen können. ›Vice Versa‹ wird gegründet, hier bei uns in Salzburg. Die einzige Bedingung für einen Künstler, er muss irgendein Handicap haben. Du siehst, das Down Syndrom von Carl war zwar der Auslöser, aber nicht der Grund für ihre Freundschaft.«

»So weit würde ich nicht gehen«, sagt Noah ruhig, »wir wissen nicht, ob sie sich in Kathmandu angefreundet hätten, wenn Carl kein Down Syndrom hätte.«

Ich zucke die Achseln, klettere vorsichtig von seinem Schoß und setze mich neben ihn.

»Wir werden es nie erfahren, Noah, und es hat auch keine Bedeutung. Wichtig ist doch nur, wie wichtig Freundschaft ist. Familie. Und beides hast du doch reichlich. Menschen, die dich lieben und an dich glauben.«

Er nimmt meine Hand, küsst behutsam meine Fingerspitzen.

»Es ist etwas passiert, von dem ich dir erzählen muss.«

Noah betrachtet niedergeschlagen meine Hände.

Es muss mit uns zu tun haben, mit uns als Paar. Er war bei Lidwin zu Hause. Ist es das, was ihm solche Sorgen macht?

Noah und ich stehen doch erst am Anfang. Wir wollen es langsam angehen lassen.

Was muss er mir sagen? Was betrübt ihn so, dass er nicht gleich damit herausrückt, es erzählt, mich Teil der Geschichte sein lässt?

Will er, dass mit uns Schluss ist?

Wie soll etwas zu Ende sein, das noch nicht einmal einen richtigen Anfang hatte.

»Lidwin und ich haben uns ausgesprochen.«

Noah wirft mir einen bedeutsamen Blick zu und mir tut es weh, in seinen schwarzen Augen so viel Traurigkeit zu entdecken.

Ich höre ihm einfach schweigend zu, lasse die Hand in seiner liegen. Ich hoffe so sehr, dass er das leichte Zittern nicht bemerkt.

Er küsst meine Hand und legt sie sanft zu mir zurück.

»Wir haben uns endlich ausgesöhnt, Sylvie. Wir hatten da im Krankenhaus viel Zeit, und die gemeinsame Sorge um unseren Sohn hat uns die Vergangenheit wieder näher gebracht. Hilfreich war auch, dass Lids Mann noch in Südkorea ist. Wir haben über die Tage gesprochen, als ich nach meiner Schussverletzung verzweifelt und hilflos war. Dass sie mich verließ, als ich sie am Nötigsten brauchte. Das kann ich nicht vergessen, auch nicht, dass mich meine Jungs im Stich gelassen haben.

Wenn Gis wieder gesund ist, wird es notwendig sein, dass wir uns an einen gemeinsamen Tisch setzen und reden.

Überleg mal, wir als Familie, mit ganz normalen Höhen und Tiefen, und plötzlich ist alles aus, weil ich im Rollstuhl sitze.«

Er zuckt die Achseln, sieht nach draußen ins dünner werdende Geäst der Fliederbüsche.

Das Schweigen zwischen uns vergrößert sich, und als er sich wieder umwendet, trifft mich sein dunkler Blick voller Erwartung.

Ich bemühe mich jetzt, die Hände nicht vor der Brust zu verschränken, es wäre zu offensichtlich, dass ich völlig ratlos und sogar wütend bin.

Um Himmels willen, nicht weil sie sich

wieder versöhnen oder ausgesprochen haben. Das war ja längst überfällig, aber Noah scheint vergessen zu haben, dass Lidwin ihn verlassen hat, dass Lidwin sich von ihm scheiden ließ und einen anderen Mann heiratete.

Einen gesunden anderen Mann.

Sie kam mit den Symptomen der Paraplegie nicht klar und Noah akzeptierte zwangsläufig ihren Wunsch nach Trennung.

Es gab doch einen Grund, warum er sich nach Salzburg versetzen ließ.

Noah meinte doch noch, wie froh er ist, dass so viele Kilometer zwischen ihm und seiner Exfrau liegen.

»Ich finde in einem Verhältnis, wie wir es haben, ist es wichtig, einander nicht anzulügen, offen miteinander zu sein, nichts zu verheimlichen.«

»Das ist richtig«, sage ich gelassener, als ich mich fühle.

Wir schweigen und es ist kein gutes Schweigen, wir schweigen uns an, so als ob wir uns Böses an den Kopf geworfen hätten und jetzt in tiefem Groll mit der nächsten seelischen Verletzung rechnen.

Ich denke an die vielen schönen Dinge, die

ich durch Noah erfahren habe, und finde, es ist jetzt an der Zeit, ihm etwas zurückzugeben.

»Noah«, sage ich und halte ihn kurz am Oberarm fest, »es ist alles so, wie es sein soll.

Du und Lidwin, ihr seid Eltern von zwei Söhnen.

Eines eurer Kinder hätte ja auch sterben können, wenn sich der Unfall anders entwickelt hätte.

So ist es doch gut.

Ihr konntet euch trösten. Ihr habt euch versöhnt, das ist für alle Beteiligten das Beste.

Eure Söhne werden es euch danken und Lidwins Ehemann wird damit klarkommen.«

Noah starrt mich mit eigenartigem Gesichtsausdruck an.

»Was?«, frage ich leicht genervt.

»Du hast meiner Exfrau verziehen?«

Ich schüttele den Kopf. Es wird mir zu kalt im Zimmer. Entweder weil die Temperatur leicht gefallen ist, immerhin wenden wir uns dem Abend zu, oder ich fröstle, weil mir dieses Gespräch überhaupt nicht behagt.

»Nein, Noah. Erstens kann ich ihr nichts verzeihen, sie ist nicht mit mir verwandt.

Und wenn sie meine Exfrau wäre, wäre ich noch immer stinksauer auf sie.

Ich glaube an das Eheversprechen, man ist zusammen, bis dass der Tod uns scheidet. Aber sie war nach der Diagnose, Paraplegie, total überfordert.

Ja, ihr habt gemeinsame Kinder. Ja, eine gute Ehe bricht deshalb noch lange nicht auseinander, aber es ist ein extrem einschneidender Moment, wenn man realisiert, mein Partner ist querschnittgelähmt. Und zwar für immer.

Sie hat sich vielleicht euer gemeinsames Leben anders vorgestellt. Du hattest einen guten Job, ihr hattet vermutlich ein sicheres, geregeltes Leben mit Verwandten, Freunden und Urlauben. Alles, was eben so dazugehört.«

Ich setze mich so, dass ich seine beiden Hände berühren kann, und schaue ihm tief in die Augen.

»Ich bin eine geschiedene Frau, Noah, ich weiß also, von was ich spreche. Ich wurde auch verlassen, weil er wegwollte, weil es für ihn eine Jüngere gab! Weil ich ihm zu alt wurde.«

Noah starrt auf unsere Hände.

»Vielleicht mache ich mir auch was vor.« Er

wedelt mit der rechten Hand vor seinen Augen.

»Was immer das ist, Noah, was du dir vormachst, oder nicht vormachst, du hast Freunde.

Wenn ich das richtig verstanden habe, kannst du mit ihnen über alles reden.

Du hast ihnen allen geholfen. Sie lieben dich und vertrauen dir, und jetzt ist es an der Zeit, dass du dir von ihnen allen helfen lässt. Sie warten darauf.«

Er wirft mir einen eigenartigen Blick zu, den ich nicht zuordnen kann.

»Tue ich das nicht? Mit meiner Freundin sprechen?«

Ich denke kurz darüber nach, was ich sagen soll, denn es ist nicht das Gleiche, ob man mit einer »Freundin« spricht oder ob die Freundin einen liebt. Ich weiß auch nicht, ob das Liebe ist, was ich für Noah empfinde, aber eines weiß ich genau, es ist mehr, viel mehr als einfach nur Freundschaft.

Ich beuge mich leicht vor, küsse ihn sanft.

»Geh heim, Noah. Du bist müde. Da passiert es leicht, dass man das Falsche sagt. Oder denkt.

Du hast das Richtige gemacht. Das Wichtigste für euch ist doch, dass euer Sohn wieder gesund wird. Alles andere wird sich mit der Zeit finden.«

Ich stehe auf, hole für Mol einen Streifen dünnes Knäckebrot, bringe ihre Lederleine und lasse sie auf Noahs Schoß fallen.

Molly ist glücklich, es geht los. Sie will spazieren gehen.

Noah küsst mich leicht, rollt zur Terrassentür und winkt mit der Hand.

Ich schließe die Türe hinter den beiden, die Bogenfenster, lasse aber die Vorhänge geöffnet.

Ich suche im Schrank nach einer Flasche Roten, bringe Glas und geöffneten Wein ins Wohnzimmer, setze mich aufs Sofa, gieße mir das Glas randvoll und rufe Edith am Smartphone an.

Viel lieber würde ich jetzt mit Evi sprechen, sogar Max wäre mir recht, oder Carl, denn sie alle kennen Noah besser als Edith.

Aber das darf ich nicht. Wenn Noah etwas mit seinen Freunden besprechen will, wird er das tun. Ich darf mich da nicht einmischen.

Gute Freunde spüren immer, wenn etwas nicht passt.

Ich erzähle Edith alles. Meine Gefühle, Noahs Bedenken, sein Eingeständnis. Ich kann aus seinen Worten sehr wohl heraushören, dass er mit Lidwin noch nicht fertig ist, vielleicht einen Neubeginn für möglich hält. Er hat das noch nicht laut ausgesprochen, aber er fühlt die Sehnsucht nach ihrem alten Leben, das sie als Paar hatten.

»Sie haben keine Chance«, sagt Edith ruhig, »da ist zu viel kaputtgegangen. Wie du ihn mir geschildert hast, war er unsagbar verletzt, als ihn seine Frau verlassen hat, denn da hat er sie am nötigsten gebraucht. Für sie war er krank, behindert, kein richtiger Mann mehr.

Das kann also nichts mehr werden zwischen den beiden.

Ja, sie sind gerade dabei, seine damalige Schussverletzung und die Folgeerscheinung gemeinsam aufzuarbeiten.

Und das ist auch gut so. Das war schon lange fällig. Aber er ist noch immer Paraplegiker und sie ist noch immer nicht bereit, ihre Lebensplanung dem unterzuordnen.«

Edith zuckt mit den Achseln.

Draußen vermischt sich das helle Grau des Abends mit dem violetten Blau der Nacht.

Ich stehe hastig auf und ziehe alle Vorhänge mit einem heftigen Ruck zu.

»Ah ja, da lauert der nächste Stalker«, stellt Edith spitzbübisch fest.

Sie sieht dabei aus wie ein kleiner Faun, das zarte Gesicht in fröhliche Falten gelegt, die dunklen Augen blitzen vor Vergnügen.

Sie hat keine Angst. Nicht vor dem Alleinsein, möglichen Einbrechern oder gar vor dem Tod.

Ihr Mann starb vor einem Jahr an Demenz und davor war er beruflich so viel unterwegs, dass sie sich eigentlich nie an den Status der Zweisamkeit gewöhnen konnte.

Aber Edith ist keine Fatalistin. Von ihrem Vater hat sie gelernt, wie man Schusswaffen benützt, und sie hat noch Pfefferspray im Haus.

Von Edith habe ich meinen ersten Taser geschenkt bekommen und gelernt, wie eine Elektroschockpistole funktioniert. Nur griffbereit sollte man sie haben.

»Du machst das schon«, sagt sie zum Abschied und wirft rasch hinterher, »mach dir keine Sorgen. Dein Noah ist nicht blöd. Vergiss eines nicht: Gebranntes Kind scheut das Feuer. In dem Fall heißt das eben: Lidwin.«

Ich bin tatsächlich ein wenig beruhigt.

Ich nahm meinen Wein mit in den Garten.

Es ist so still hier, bis es raschelt.

Die Nachbarskatze, hurtig wie ein kleines Gespenst, rutscht durch die Blätter des großen Fliederbuschs und kommt auf meiner Mauer zu stehen. Sie funkelt mich an.

Wie sie so mit rundem Rücken dahockt, sieht sie ein bisschen wie eine fröhliche Meerkatze aus, und als sie wieder weghüpft, wirkt sie in der Düsternis wie ein Kapuzineräffchen.

Ein kurzer Sprung und sie taucht ins Gebüsch meines Gartens ein. Katzen sind verspielte Jäger.

Ja, es gibt hier noch viele Haus- und Feldmäuse. Es sind kleine, wieselflinke Zwerge mit putzigen, feinen Bärten.

Sie haben sich eine eigene Villa gebaut. Oben haben sie Untermieter, die ihnen als Mietzins Vogelfutter hinunterwerfen, und unten bewohnt Familie Maus die komfortable Belle Etage. Das kleine Keramikbad ist für alle da. Seit meiner Kindheit gibt es Vogelhaus und Vogeltränke.

Als Kind konnte ich mich kaum sattsehen, wenn ich hinter unseren Bogenfenstern hockte und staunte.

Jahraus. Jahrein. Winter, Frühling, Sommer, Herbst.

Meine Großmutter hat immer mit dem Vorwurf leben müssen, dass man Wildvögel nicht füttert, wenn sie ein ganzes Feld zur Verfügung haben.

Aber im Winter haben wir bitterböse Stürme, schneereiche Tage, an denen es sicher keinem Vogel gelingen kann, Futter und Wasser zum Überleben zu finden.

Also ist es Tradition bei uns, dass wir ganzjährig Futter anbieten, damit sich die Tiere an die Plätze gewöhnen.

Wir halten das nicht für Tierquälerei oder so, und sollte das unvernünftig sein, ist es unser Problem und nicht Ihres.

Bevor ich es vergesse zu erwähnen: Kaffee!!

Ich werde mich im Internet ein wenig schlau machen, wie man am besten Filterkaffee zubereitet. Die Sache mit Noahs japanischer Handmühle ist mir viel zu zeitaufwendig.

Meine Großmutter ließ sich Kaffee von der Köchin mit der Hand filtern, meine Eltern übernahmen den Brauch, niemand in der Familie konnte Kaffee kochen.

Wie ich ihn trinke, weiß man bereits: Mikrowelle, heißes Wasser, Kaffee in Pulverform aus dem Glas, ein guter Schuss Sahne, und ich werde unleidig, wenn man keinen Zucker im Haus hat.

Es gibt eine Filtermaschine, die angeblich die beste unter all den Filtermaschinen sein soll. Ich muss Noah fragen, er kennt den Namen der holländischen Firma bestimmt.

»Einen Moment, Madame. Warte, ich muss mir erst auf die Schulter klopfen. Eine Sekunde Geduld, ich lege dich kurz auf die Seite.«

Er legt das Smartphone auf die Tischplatte, sodass ich ihn noch sehen kann. Er zeigt auf seine Schulter, grinst frech und gibt sich einen leichten Klaps. Er rollt ein bisschen mit den Augen. Etwas zu hämisch, wie ich finde.

»Okay«, sage ich ein wenig beleidigt. »Wenn du damit fertig bist, kannst du dir ja Gedanken machen, was es dir wert ist, auch bei mir guten Kaffee zu bekommen. Deine Empfehlung ist nicht mit Gold, sondern mit Kaffeebohnen aufzuwiegen.

Wie heißt die altbewährte holländische Filtermaschine und welche Kaffeebohnen kauft man sich dazu?«

»Kann man so nicht sagen. Da gibt es viele Möglichkeiten!«

Da das Smartphone noch immer auf der Tischplatte liegt und auf einen gestapelten Berg schmutzigen Geschirrs weist, vermute ich mal, dass er ein wenig abgelenkt ist.

Er hat meinen spöttischen Blick bemerkt und schiebt hastig das Smartphone aus meinem Blickfeld.

»Mea culpa!« Er lacht mich leicht genervt an. »Ich hatte noch keine Zeit, die Spülmaschine einzuräumen!«

»Mir ist egal, wann du spülst, putzt oder kochst. Das habe ich mir schon bei meinen Söhnen abgewöhnt. Spätestens als der Große während der Schulzeit auf die Idee kam, Ratten zu züchten«, lenke ich vom Geschirrberg ab.

»Ratten?«, fragt Noah skeptisch.

»Ja. Es fing mit einem winzigen weißen Rattenmädchen namens Fudji an, dann wurde ein zweites Tier geholt. Dann waren es plötzlich viele. Und diese kleinen Kerlchen durften sein Zimmer frei benützen. Keine Käfige.«

»Wie groß war sein Zimmer?« Noah wirkt belustigt.

»Normal groß, würde ich sagen. Ist ja auch egal. Meine Devise war, sein Zimmer, seine Ratten!«

Noah kann sich denken, was passiert, wenn man kleine Nager frei herumflitzen lässt. Und wir sprechen jetzt nicht einmal vom Geruch.

»Wie viele hat er seinem Bruder abgegeben?«

»Keines«, sage ich lachend, »mein jüngerer Sohn hatte eine Katze!«

Noah weiß genau, was ich damit sagen will. Es stört mich nicht, wie es bei anderen Leuten aussieht.

»Ich habs kapiert, Gräfin«, Noah wirft mir einen Kuss zu.

»Wenn du ein bisschen Geduld hast, komme ich abends nach dem Dienst bei dir vorbei. Molly würde sich freuen. Dann zeige ich dir ein paar wirklich gute Filtermaschinen aus dem Katalog.«

Wir machen eine Uhrzeit aus, denn ich bin heute mit dem Aufräumen und Sichten des oberen Stockwerks beschäftigt.

Auf die Minute pünktlich wetzt Mol zur Terrassentür herein.

Noah folgt ihr schnell und legt zuerst einen alten Rucksack auf dem Küchentisch ab.

Er küsst mich auf die Wange und Mol wedelt wie verrückt, während sie die Keksbüchse anstiert.

Sie wird gezaust, mit einem Hundekeks belohnt und dann plumpst sie matt unter den Küchentisch.

Sie beginnt sofort zu schnarchen.

»Was macht Mol da?« Erstaunt beobachte ich, wie ihre Barthaare im Traum zu zucken beginnen.

»Wir haben beide eine lange Runde hinter uns«, Noah deutet vage zum offenen Küchenfenster und zieht den Teller mit der Kerze näher zu sich heran.

»Wenn wir Licht machen, zieht das Mücken an«, sage ich leichthin, stehe rasch auf und schließe die Bogenfenster.

Ich drücke Noah das Feuerzeug in die Hand, damit er Licht machen kann.

»Wie wärs zusätzlich mit einer kleinen Lampe«, sagt Noah grinsend, »mit Elektrizität«, und holt ein gefaltetes Stück Papier aus seiner Brusttasche. Er legt es vor sich auf den Tisch und streicht es behutsam glatt.

»Filtermaschinen«, erklärt er und klopft mit dem Finger auf ein großes buntes Foto. Darunter stehen viele Worte auf Flämisch.

Trotz des Kerzenstumpens wird es rasch dunkler in der Küche. Ich schalte eine kleine Deckenleuchte dazu und setze mich neben Noah.

»Ich brauche nicht speziell zu erwähnen, dass echte Genießer ihre Bohnen mit der Hand mahlen?«

Der alte Kerzenstumpen wirft flackerndes Licht auf Noahs Gesicht.

»Nein«, ich reiße spielerisch meine Augen auf. Und klimpere übertrieben mit den Wimpern. »Wirklich? Das musst du mir jetzt aber erklären.«

Ich stütze die Hände auf den Tisch, um wenigstens ein My an Aufmerksamkeit zu demonstrieren.

»Banausin«, sagt Noah gut gelaunt und fährt mir rasch über meinen Kopf. »Du bist nicht der erste Mensch auf der Welt, der sich über meine japanische Handmühle lustig macht.« Er wartet ab, damit ich ihn höflich korrigieren kann, aber als nichts von mir kommt, werde ich mit tanzenden

Augenbrauen bedacht. »Und auch nicht der letzte.«

Mein Schweigen ermuntert ihn.

»Frisch gemahlenes Kaffeepulver, eine mit heißem Wasser vorgewärmte Kanne, sprudelnd heißes Wasser langsam in den Filter mit dem Pulver gegossen und so lange brühen, bis der Kaffee fertig ist.«

Und dann ist der Stein der Weisen entdeckt! Der Heilige Gral gefunden!

Noah ist von seinem Monolog begeistert, er merkt nicht einmal, dass meine Mundwinkel krampfhaft zucken und ich die Lachtränen kaum noch zurückhalten kann.

»Die richtige Wahl der Kaffeebohnen ist natürlich immens wichtig, und dass du enthärtetes Wasser nimmst.«

Ich schlucke meinen Impuls rasch hinunter und denke hastig an etwas Ekliges.

Große, behaarte Spinnenbeine, gefährlich funkelnde Augen. Schlagartig vergeht mir das Lachen.

»Ich weiß jetzt, wo ich die Maschine bestellen kann«, ich klopfe mit dem Zeigefinger auf das flämische Prospektblatt, »aber welche Rösterei soll ich nehmen?«

Noah lächelt. Dieses Gespräch behagt ihm. Er mag guten Kaffee und jetzt ist der richtige Zeitpunkt gekommen, mich in die Reihen der kultivierten Kaffeekocher aufzunehmen.

»Ich schicke dir zu dem Thema einen Link. Meine erste Wahl ist eine kleine Privatrösterei, gleich in der Nähe von Rosenheim. Du wirst sehen, du bekommst jede Menge kostenloser Informationen dazu.«

Mit tiefernster Miene öffnet er seinen Rucksack und fischt nach seiner Japanmühle und diversem Zubehör.

Dann breitet er alles auf dem Küchentisch aus und erinnert mich mit dieser salbungsvollen Geste an den Priester eines fremdartigen Volkes.

Schweigend, als würde es sich um wahre Magie handeln, nimmt er ein Tütchen mit Kaffeebohnen und wirft es schwungvoll in den Trichter der Mühle.

Fast erwarte ich einen Knall, Rauchschwaden und gemurmelte Zauberformeln, aber Noah fängt nur an, den Arm der Mühle stetig kreiseln zu lassen.

»Auf einen Liter Wasser brauchst du normalerweise 60 g Kaffeebohnen«, doziert Noah völlig konzentriert und mahlt. Dabei entsteht ein quietschendes Geräusch. Ich spare mir die Frage nach japanischem Motoröl und werde mit weiterer Ausfertigung belohnt.

»Ich habe die AeroPress mitgenommen«, sagt Noah ungerührt und arbeitet seelenruhig weiter. Vielleicht gibt es das Geräusch kostenlos dazu. »Da brauchen wir bedeutend weniger.«

»Du hast tolle Muskeln«, anerkennend beobachte ich das Spiel seines Oberarms.

Natürlich weiß ich, dass das von seinem täglichen »Work-out« herrührt. Sein Rollstuhl wird manuell betrieben, darum sieht Noah durch die viele Bewegung so gesund aus.

Mol schiebt sich schlaftrunken unter dem Tisch hervor, schüttelt sich ein wenig und tappt zum Wassernapf. Wie immer ist ihr Wasser frisch und kühl und wird auch sofort mit großer Geste weggeputzt. Sie wirft uns einen aufmunternden Blick zu und trabt zur Terrassentür.

»Während du sie rauslässt«, bestimmt Noah großzügig, »mache ich alles für die AeroPress fertig. Ich warte solange auf dich. Wenn du wiederkommst, zeige ich dir das Procedere.«

Ich winke großzügig ab.

»Du kannst ihn gerne fertig machen«, ich werde mich hüten, Noahs männliche Seele zu verletzen, »so ein Tässchen frisch gebrühter Kaffee wird uns jetzt schmecken.«

Ich halte Molly rasch die Türe auf und hole mir Schlappen. Abends ist das Gras schon recht kühl an den nackten Füßen.

Ein großer Schrei.

»Evi?« Alarmiert schnappe ich mir die Hundeleine und laufe hinter Mol her. Fast wäre ich in der Dunkelheit über eine Wurzel gestolpert, ich kann mich gerade noch fangen.

Ich höre mein schmiedeeisernes Tor im Schloss leise quietschen und knacken.

Mol steht hinter dem Zaun und wedelt mir fröhlich zu, als ich näher komme.

»Kannst du das Vieh nicht einsperren«, sagt Evi von außen und spielt an ihren beleuchteten Rädern herum.

»Geht nicht«, sage ich lachend, »sie war zuerst da.«

»Justin«, schreit sie in die Dunkelheit, »wir fahren wieder. Noah ist da. Noah mit Hund ist da.«

Während Evi kräftig anschiebt, mir etwas

beleidigt zuwinkt, höre ich, wie Justins Auto angelassen wird.

Molly drängt sich in der Dunkelheit dicht an mich. Wir drehen eine Runde im Garten und gehen dann zu Noah ins Haus zurück.

Noah ist gerade wieder dabei, alles in seinem Rucksack zu verstauen.

»Ich fahre jetzt lieber nach Hause«, er wirkt fast froh, als er seiner Armbanduhr einen kurzen Blick zuwirft.

»Evi wird dich heute wegen der Vernissage noch anrufen wollen.«

Er hat sich sein Life-Paint-Spray bereitgelegt und fängt an, seine Jacke zu besprühen.

»Das habe ich von Lid«, sagt Noah und schiebt es wieder in den Rucksack zurück.

»Die Farbe leuchtet in der Dunkelheit. Du musst das Zeug nur nach einer Woche wieder erneuern.«

Ich hole Mols Leuchthalsband in der Farbe Eisblau, schalte es ein und streife es über ihren Kopf.

»Sie hat mir das vom Geschäft ihres Mannes mitgebracht, der hat das ganze Equipment für Rollis.«

Ich zucke die Achseln. Ich bin enttäuscht.

Ich hatte gehofft, dass wir uns aussprechen können.

Dass wir Kaffee trinken, reden, und bei mir übernachten.

»Wir holen das ein andermal nach«, sagt Noah aufgeräumt, schnappt sich Mollys Leine und legt sich den Rucksack auf die Knie.

Er küsst mich rasch auf die Wange und fährt los. Mol setzt sich wartend neben mich, hört Noahs Pfiff von draußen und rennt wie ein kleiner Blitz hinter ihm her.

Noah ist schon am Eingangstor.

Er hat die Batterie seiner LEDs für die Reifen eingeschaltet, winkt mir zu und fährt gut sichtbar los.

Ich halte die Tränen zurück.

»Du bist so ein alter Esel«, schimpfe ich laut und meine natürlich mich selbst damit.

Ich gehe ins Haus zurück, sperre die Fenster und Türen ab, schalte vereinzelte Lampen ein und schicke Evi eine SMS, dass ich mich morgen bei ihr melde.

Lass jetzt nicht zu, dass du dich verletzt, unsicher und abgelehnt fühlst, sage ich leise und stelle mich vor den hohen Spiegel im Flur.

Was sehe ich?

Ich sehe eine Frau mit 49 Jahren. Ich habe grüne Augen und Haar weiß wie der Schnee.

Ich bin schlank und gut in Form und ich fühle, dass ich Noah liebe.

Er hat mich aus der Einsamkeit entführt. Er hat mich aus der Nutzlosigkeit gerissen, kampflos, durch seinen Mut, durch seinen Lebenswillen, weil er stark, ehrlich und treu ist.

Gegenüber seiner Familie, seinen Freunden, sich selbst.

Das ist mein Noah, der mir Freunde geschenkt hat. Freundschaft.

Ich öffne einen Vorhang, ein Fenster und atme die Herbstluft ein.

Da draußen passiert etwas mit uns, das sich Noahs und meiner Kontrolle entzieht.

Aber wir sind Menschen mit eigenem Willen.

Für uns, oder gegen uns, als Paar, gegen eine mögliche Liebe.

Noah Ben Haller. Wenn du gehen willst, geh. Wenn du mich verlassen willst, dann soll es eben so sein.

Ich habe gelebt vor einer Zeit mit dir und ich werde auch leben ohne dich, weil du mich stark gemacht hast für eine unberechenbare Zukunft.

Es ist zu früh, um »Adieu« zu sagen.
Aber es ist zu früh, um frei zu sein.

II. Teil

Alles, was wir lieben

Wilde Seide wischt großspurig über den alten Holzfußboden.

Ich höre meine tappenden Füße, mein raschelndes Seidenkleid, das über den Fußboden wirbelnd entlangfegt.

Ich spähe vorsichtig durch halb geöffnete Lider, umschattet von langen dunklen Wimpern, die eigentlich schon weiß sein müssten, wie das restliche Haar.

Ein großer Raum mit hoher Decke. Bogenfenster, die von den Ästen einer betagten Kastanie gepeitscht werden.

Das Geräusch der wilden Seide auf dem alten Parkett war nur das Rauschen der Blätter im heftigen Herbststurm.

Jetzt bin ich vollends wach. Ich liege im großen Bett meines alten Kinderzimmers.

Draußen ist noch diffuses Morgenlicht.

Ich gebe mir einen leichten imaginären Stups, damit ich aus dem Bett steige. Aber der Boden ist klamm, die Luft in meinem Zimmer ist noch kühl. Es ist noch viel zu früh, um aus der Geborgenheit der warmen Daunendecke zu entfliehen.

Das Gesicht meines Großvaters taucht auf.

Ihre Schlafzimmer liegen neben meinem, auf diesem oberen Stockwerk.

Unsere Türen stehen offen, vermutlich hatte ich einen Albtraum, ich weiß es nicht mehr, ich war noch ein Kind.

Vielleicht war meine Großmutter auch auf Konzertreise, jedenfalls war sie nicht bei uns, und mein Großvater wollte noch bevor der Tag graut aus dem Bett steigen.

Ich höre noch, wie er sich beim Aufrappeln abmüht. Er hat eine alte Kriegsverletzung in den Gelenken, die ihm schwer zu schaffen macht, aber wie immer, schiebt er alles dem feuchten Herbstwetter zu.

Aber anstelle zu fluchen, oder zu jammern, macht er sich selber Mut.

Ich höre noch diesen ganz bestimmten Tonfall in seiner Stimme, wenn er sich dabei einen Befehl erteilt, der da lautet: »Junge, steh auf!«

Nach dem Stand der Sonne ist es noch sehr früh!

Welche Sonne, denke ich belustigt und

wälze mich auf die andere Seite. Ich bin alleine in diesem riesigen, alten Kasten mit seinen vielen vollgestopften Räumen.

Und ich erteile mir die Erlaubnis liegen zu bleiben.

Ich kann dösen, sogar ein Nickerchen halten, wenn mich das Smartphone, das nebenan auf dem Nachttisch liegt, nicht ständig mit einem »Ping« nerven würde.

Fraglich, ob in Salzburg, Österreich, noch Telefonleitungen existieren, oder ob in den letzten Jahren, oldschool, zu den altbewährten Mitteln der Rauchzeichen gegriffen wird, statt des Smartphones, versteht sich.

Ich ignoriere das »Ping« jetzt einfach, drehe mich wohlig schnaufend zur Wand.

Betrachte die winzigen, leicht vergilbten Röschen auf der Tapete, so als ob ich ernsthaft damit rechne, eine verschlüsselte Botschaft darin zu erkennen.

»Steh auf, Faulpelz«, so in etwa könnte der Rosenbuchstabensalat bedeuten.

Menschen mit vollbrachten 49 Jahren sollten doch ihre Neugierde zügeln können und nicht Diener ihres Smartphones sein.

Ich schiebe verlangend eine Hand aus der Decke.

Unbekannter Anrufer.

Na fein! Irgendein Mensch hat meine Nummer weitergegeben, denn seit dem Ende meiner Karriere grassieren meine Kontaktdaten nur mehr in diversen Freundeslisten.

Besser, ich nehme Abschied von meinem Bett und stelle mich der rauen, kalten Welt da draußen.

Ich schaffe es sogar, mich zu duschen, anzuziehen und gähnend dem feinen Duft von Kaffee in der Küche zu folgen, als an der Haustüre geläutet wird. Ein Klopfen mit den Fingerknöcheln folgt auffordernd.

Ich luge durch einen kleinen Spalt des Vorhangs.

Ein Pferd.

Da steht tatsächlich ein glänzender Rappe in meinem Garten.

Das Tier untersucht neugierig die trockenen Grasbüschel, die durch den Wind wie eine zerzauste Klobürste aussehen.

Klopf, klopf!

Ich öffne die Haustüre und stehe Max' Dad gegenüber.

Er trägt graue Reithosen, Handschuhe aus genopptem Leder und eine feuerrot gesteppte Jacke.

Er senkt begrüßend den Kopf und deutet verlangend in den düsteren Hausflur.

Wie ein Vampir, denke ich belustigt und starre in sein blasses Gesicht. Ich werde ihn wohl erst in mein Haus bitten müssen, bevor er einen Fuß über die Schwelle setzen darf.

»Ihnen auch einen schönen, guten Morgen«, sage ich spitz, schnappe mir den dicken Pullover von der Garderobe, drücke mich an ihm vorbei, steige leichtfüßig die kalten Stufen hinunter und nähere mich dem rupfenden Pferd.

Der starke Wind wirft ihm seine lange, seidige Mähne mitten ins Gesicht.

Er schüttelt sich, weniger nervös als sichtlich genervt. Er wirft mir einen neugierigen Blick zu, das Grasbüschel hängt ihm schlaff rechts und links aus seinem Maul.

Ich trete leicht an ihn heran, flüstere sanft, klopfe ihm behutsam seinen biegsamen Hals. Keine Ahnung, ob er mein Deutsch versteht, aber dass er mir zuhört, merke ich daran, dass sich seine Ohren spielerisch hin und her bewegen.

Ich fange Mr. Kauustos lachenden Blick ein. Er lehnt locker an meiner Hausmauer, wedelt mit einem Katalog, als müsste er viele kleine Fliegen verscheuchen. Es ist ein MoMA, und ich weiß schon jetzt, dass sich Evi darüber sehr freuen wird.

»So sorry«, sagt Max' Vater mit leichtem finnischem Akzent, »ich wollte das persönlich in Ihr Haus tragen. Ich habe Ihre Telefonnummer gerufen.«

Darauf gehe ich nicht ein. Weder auf sein eigenartiges Deutsch, noch auf seine leichte Kritik. Ich möchte, dass er mir aus der Küche einen Apfel bringt, ich will diesem Tier eine Freude machen.

»In der Küche ist Obst«, sage ich daher rasch, »dort am Tisch, in einer Holzschale. Bringen Sie mir bitte einen Apfel.«

Zuerst reagiert er leicht fassungslos, aber dann nickt er, mehr zu sich selbst, und betritt mein Haus.

Das Pferd schiebt sich jetzt das trockene Gras in die mahlenden Backen und gibt meiner Schulter einen sanften Stups.

Hinter dem Bogenfenster taucht ein Gesicht auf.

Es sieht aus, als würde ein verschmitzter Faun, die Backen in fröhliche Falten drapiert, zu mir heraus lachen.

Für mich ist das eine seltsame Erfahrung. Ich bin es nicht gewohnt, fremde Menschen hinter meinen Fenstern zu sehen. Vor allem dann nicht, wenn ich als Beobachter draußen bin.

Er hat den Apfel gefunden, denn es dauert keine Minute, bis er zu uns dazustößt.

Ohne sich Gedanken darüber zu machen, beißt er von der roten Frucht ab. Erst jetzt bemerkt er meinen Blick, versteht meinen stummen Wink, dass dieser Apfel seinem Pferd gehört.

Etwas widerwillig trennt sich Herr Kauusto von dem saftigen Obst und hält es seinem Tier unter die Nase.

»Kann ich ihm Wasser holen?«, sagt Max' Dad und deutet mit dem Daumen hinter sich.

»Wir sind schnell über das Feld gelaufen.«

»Sie schließen das Einfahrtstor ab«, schlage ich vor, »ich hole Wasser.«

Wie ein Paar, das sich lange kennt, oder wie

Schauspieler, die ihr Stück gerade einstudieren, geht jeder, wie auf ein Stichwort hin, seiner Wege. Ich ins Haus, er mit dem Pferd zum Tor.

Ich fülle einen Eimer mit kühlem Leitungswasser und er führt sein Pferd am langen Zügel zum Haus zurück.

»Wenn Sie auf einen Kaffee bleiben«, sage ich und deute vage in meinen Garten, »nehmen Sie ihm besser Zaumzeug und Sattel ab. Hinter dem Haus steht eine Gartenbank für Ihre Sachen.«

Wir nicken uns wortlos zu.

Ich lasse die Haustüre für Max' Dad offen stehen und krame im Schrank nach einer Packung Kekse, die wir zum frisch gebrühten Kaffee essen könnten.

Die Tassen stehen wie immer auf dem Küchentisch, aber es gibt keine Kekse.

Max' Dad bringt mir den leeren Eimer aus dem Garten mit, hält ihn wackelnd hoch.

»Stellen Sie ihn einfach auf den Boden«, sage ich und deute auf den Platz neben dem Kühlschrank, »es war ja nur Wasser, keine bakteriell verseuchte Substanz.«

Er ringt sich ein Lächeln ab, zuckt wortlos

die Achseln und wirft sich auf einen der leeren Stühle.

Ich habe vorhin rasch die Vorhänge in der Küche geöffnet, aber die Bogenfenster bleiben zu, denn es ist in dieser frühen Morgenstunde noch frisch.

Wir schauen beide stumm aus dem Fenster.

Ein Pferdekopf taucht hinter dem Fliederbusch auf, wirft einen verschmitzten Blick durch das dürrer werdende Blattwerk und stapft gemächlich weiter zur Kastanie.

»Er ist im Garten Eden gelandet«, sagt Max' Dad lachend und wackelt mit den Augenbrauen.

Jetzt wieder einwandfreies Deutsch, stelle ich fest, nicht akzentfrei, der singende Tonfall ist da, aber die Grammatik passt.

»Sie sollten ein Pferdehotel bauen.«

»Tja«, sage ich sinnend, »die linke Remise hat Nordlicht. Nicht nur ein Paradies für Pferde, sondern auch für Künstler. Evi möchte dort gerne ein Atelier haben.«

Ich hole mir frischen Kaffee aus der Glaskanne, gieße Sahne dazu und werfe einige Zuckerwürfel in meinen Keramikbecher.

Max' Dad beobachtet mich, rührt sich aber nicht vom Fleck.

»Sie trinken nichts?«, frage ich und halte meine dampfende Tasse hoch.

»Sehr gerne«, sagt Max' Dad lachend und wirft mir einen aufmunternden Blick zu.

»Fühlen Sie sich wie zu Hause«, sage ich freundlich, deute auf die Kaffeekanne und schenke ihm ein Zwinkern.

Er betrachtet mich aus schräg geneigtem Kopf und erinnert mich an Mol, wenn sie mich nicht verstehen will.

Fast höre ich die Gedankenrädchen in seinen Gehirnwindungen kreisen.

Kaffee. Selber. Holen.

Wo man doch gewohnt ist, dass die Leute freiwillig durch einen brennenden Reifen springen, damit er jeden Wunsch erfüllt bekommt.

Er hat zwei gesunde Füße. Er kann sich vom Küchenstuhl erheben, den Weg zur Theke nehmen und mit einer leichten Bewegung der Hand, rechte oder linke, heißen Kaffee in seinen Becher gießen.

Wir haben hier ganz klar eine Patt-Situation. Ich hole ihm keinen Kaffee und er wartet auf den First-Class-Service.

(Er hat mir immerhin einen MoMA geschenkt! Aus New York!)

Bevor ich diesen Umstand vergesse, ihm etwas an den Kopf werfe, mir fällt im Moment nur die kleine Bürste ein, mit der ich gewohnt bin meine Gläser zu spülen, versuche ich es noch einmal mit dem Geist der höheren Diplomatie.

»Hier in meinem Haus«, sage ich mit dünnem Lächeln, »in meiner Küche, dürfen Sie sich gerne selber bedienen.«

Mikka Kauusto starrt mich an. Seine Miene wirkt eingefroren.

Er sitzt ein wenig steif da und wirkt wie der griesgrämige Bewohner eines Altenheimes, der, den Spazierstock zwischen die Knie geklemmt, am langen Flurgang, einsam und alleine, auf seine Suppe wartet.

Für den Bruchteil einer Sekunde empfinde ich so etwas wie Mitleid für den armen Millionär in seinen frühen Sechzigern.

Mit einer flüchtigen Bewegung seiner langen, schmalen Finger tippt er sich an die Stirn.

»Keine Konventionen«, sagt Max' Dad nickend, steht aber auf und holt sich Kaffee.

Was er wirklich meint, ist, keine Manieren,

aber er hat mein flüssiges Deutsch in verständliches Finnisch übersetzt, und das ist gut so.

Er nimmt Platz auf seinem Stuhl.

Wir sitzen da, stumm starren wir in unsere Tassen und rühren.

Die Luft zwischen uns ist merklich abgekühlt.

Wie wir so an meinem Küchentisch hocken und mit dem kleinen Löffel in der Tasse im Kreis quirlen, fällt mir Mikka Kauustos berechnender Blick auf.

Er wirkt wie ein Zauberer mit spitzem Hut, schräg auf den Scheitel geschoben, der murmelnd und salbadernd in einem bauchigen Kupferkessel rührt. Jetzt fehlen noch die geeigneten Zaubersprüche dazu, um mich in ein kleines Säugetier, beispielsweise eine Maus, zu verwandeln.

Aber es ist nur die untrügliche Stille eines alten Ehepaars, das sich nicht mehr wirklich viel zu sagen hat.

Er durchbricht unser ungemütliches Schweigen, indem er mit den Fingern der rechten Hand auf der bunten Tischdecke einen kleinen Tanz trommelt.

»Ich habe in New York an Sie gedacht«, sagt Max' Dad. Seine Stimme hat eine dunkle Färbung angenommen, die ich nicht einordnen kann. »Da habe ich Ihnen einen MoMA gekauft.«

Wieso betont er MoMA so übertrieben akzentuiert? Er sagt:

Mo...MA...

Vielleicht spricht man das in Finnland so aus. Mit diesem speziellen singenden Tonfall.

»In New York City besuche ich immer das Museum of Modern Art«, erkläre ich schulterzuckend.

Er nickt und lässt seine Augen aufblitzen.

»Was hat Ihnen bis jetzt am besten gefallen?«

Ich muss jetzt nicht lange überlegen. Mein innerer Blick fällt auf das Foto von Dorothea Lange.

»The Family of Man: Migrant Mother 1936«, sage ich ernst, »eines der berühmtesten Fotos der Ausstellung.«

Er applaudiert gekünstelt mit den Fingerspitzen.

»Ich sehe«, sagt Max' Dad und windet sich mit einer flüssigen Bewegung, wie ein Schlangenmensch aus dem Zirkus, unter dem Küchentisch hervor, »Sie haben Ihre Hausaufgaben gemacht.«

Er stellt seinen leeren Becher in die Spüle. Nicht schlecht, denke ich friedlicher gestimmt, also hat auch er seine Lektion gelernt.

Er tippt flüchtig auf meine Schulter, dann sanft auf die Wange und ist zielstrebig an der Tür.

»Schade, dass Sie mich nicht mit Evi in Helsinki besuchen konnten.«

Ich winke lässig ab und öffne die schwere Eingangstüre.

Max' Dad lugt ins Freie, wirft einen Pfiff in den Garten und steigt über die Schwelle des Hauses.

Das Pferd kommt aus einem Gebüsch angetrabt und bleibt am Fuße der Stufen stehen.

Mit dieser flüssigen Bewegung, dass sich Edgar Degas von Eadweard Muybridge, in der Kenntnis der fotografischen Bewegungsstudie, hätte inspirieren lassen.

»Am Freitag ist Evis Vernissage. Ich werde da sein und sie spielen hören.«

Ich nicke beiläufig, er hat mir keine Frage gestellt. Ohne mich anzusehen, springt er leichtfüßig die paar Stufen in den Garten (Alter Angeber!), streichelt über die samtweiche Nase seines Pferdes (sympathisch) und spaziert gemächlich los, um aufzusatteln.

Ein paar Minuten später kommen sie zurück. Ich habe für die beiden das Tor weit geöffnet.

»Danke für den Katalog«, ich streiche dem Pferd über den glänzenden Hals und ignoriere Mikka Kauustos tiefen Blick.

Er zuckt fast gleichgültig mit den Schultern, steigt auf, zieht den Sattelgurt nach und beugt sich rasch zu mir herunter.

Sein Kuss auf die Wange ist rasch und schon vorbei, bevor ich überhaupt reagieren kann, aber seine Augen messen mich fast durchtrieben.

»Ich freue mich auf Ihr Spiel«, sagt er lachend und natürlich kann ich seine Doppeldeutigkeit erkennen.

Er nimmt die Zügel locker auf.

»Das nächste Mal reiten Sie ihn, ich bestehe darauf.«

Ich winke ihm zu und beobachte, wie er sein Pferd über den gekiesten Weg der Allee ins Feld führt und leicht mit den Fersen den Befehl zum Traben gibt.

Ja, ich muss zugeben, sie sehen gut aus, wie sie in dieser eleganten Bewegung dahingleiten.

Ich gehe nach Hause, greife nach Schlüssel und Smartphone, mache mich auf den Weg zu Noahs Haus.

Es ist noch sehr früh am Morgen, also wird Noah noch beim Frühstück sitzen.

Wie ich ihn kenne, hört er sich die Nachrichten im Radio an, die Zeitung liegt aufgeschlagen auf dem Küchentisch.

Wir sind so vertraut miteinander, dass ich mich nicht extra bei ihm anmelden muss, aber ich klopfe trotzdem jedes Mal an die Haustüre.

»Guten Morgen«, rufe ich in den langen Flur und bleibe stehen, damit Molly um die Ecke zu mir wetzen kann.

Unser altes Ritual: Ich beuge mich zu ihr, auf Augenhöhe, zause ihre Hängeohren, fische einen Hundekeks aus der Hosentasche, lasse sie den Keks vorsichtig aus meiner Hand ziehen und spaziere mit ihr zu Noah in die Küche.

Er lacht mir entgegen, rollt zu mir her und holt sich seinen Kuss.

»Wir waren vorhin gerade im Garten«, Noah deutet zum Fenster hinaus, »da trabte Max' Dad vorbei.«

»Ja«, sage ich eine Spur zu leicht, »er hat mir einen MoMA gebracht. Ich denke, Evi wird sich darüber freuen.«

Noah zuckt mit den Achseln und rollt zur Küchentheke zurück.

Wir werden erst einmal gemeinsam frühstücken, bevor wir uns ernsteren Themen zuwenden.

Ich weiß, dass er für ein paar Tage nach Wien reist.

Lidwins neuer Mann ist geschäftlich unterwegs und Gis Zwillingsbruder ist bei einer Freundin in Paris. Lidwin hat Noah zu sich nach Hause eingeladen. So können sie beide ihren Sohn im Krankenhaus besuchen.

Die Gefahr, dass Gis vom Unfall bleibende Schäden davontragen könnte, ist glücklicherweise vorbei, das Leben geht weiter.

So muss es sein. In der Not hält die Familie zusammen.

Ja, denke ich, so hätte es sein sollen, als Noah mit seinem neuen Leben im Rollstuhl zu kämpfen hatte.

Seine Söhne waren zu jung, um die volle Tragweite der Tragödie zu erkennen, aber Lidwin?

»Eifersüchtig?«, fragte gestern Evi.

Nein. Ich glaube nicht.

Aber mit Bestimmtheit kann ich das nicht sagen.

Lidwin ist Jahre jünger als ich und eine schöne, interessante Frau.

Dass etwas so Wunderbares, was Noah und ich gefunden haben, so schnell zum Stillstand kommen kann, das macht mich traurig.

Wer weiß, vielleicht haben wir uns schon verloren, vielleicht gibt es für uns keine Zukunft mehr.

Noah meinte einmal, dass der Altersunterschied zwischen uns keine Rolle spielt.

Das sagt sich so leicht.

Ich werde bald 50 Jahre. Und ich bin nicht die Grande Dame einer europäischen Nation, die auf eine Liebe zurückblicken kann, die vor vielen Jahren ihren Anfang nahm.

Noahs Rollstuhl war von Anfang an kein Problem für mich, denn ich durfte schon früh in seine Seele blicken, um zu sehen, wie wunderbar er ist.

Ja, es macht mich traurig, dass er nie wieder gehen kann.

Dass er tagtäglich mit Schmerzen zu kämpfen hat.

Die Millionen kleinen Dinge, die das Leben so großartig machen, aber für Noah nie mehr existieren werden – aufstehen – gehen, aufstehen – rennen.

Aufstehen!

Alleine, ohne Hilfe.

Ich bewundere Noah, denn er hat Mut und Charakter, und wie oft findet man das noch bei Männern, obwohl sie gesund und munter sind.

Das Wichtige an meiner Liebe zu Noah ist unsere gegenseitige Freiheit.

Und wenn es so ist, dass Noah und Lidwin wieder ein Paar werden, dann ist das eben so.

»Schläfst du mit Molly hier, oder bei dir drüben?«

Noah stupst mich an, weil er sieht, dass ich in Gedanken weit weg bin.

»Über Nacht bleiben wir hier.«

Noah nickt zur Antwort, räumt die Reste vom Frühstück in den Kühlschrank, ich ver-

staue das schmutzige Geschirr in der Spülmaschine.

Noah wischt den Tisch mit einem feuchten
Lappen sauber, ich gehe mit Mol rasch vor die
Türe.

Noah bringt den Müll in die trennbaren
Tonnen, ich hole Mols Futtersack aus Noahs
Auto und verstaue die 12 Kilo Trockenfutter
im Speiseraum hinter der Küche.

Wir sind ein gut eingespieltes Team.

»Und wenn sie nicht gestorben sind, dann
leben sie noch heute«, oder: »Sie lebten vergnügt bis an ihr Ende.«

Aber wie so oft im Leben kommt es anders
als man denkt.

Gut, dass Noah und ich das noch nicht wissen.

Noah packt noch rasch ein paar Sachen in
seinen Rucksack und Mol legt sich neben den
Küchentisch. Dem eilig herumsausenden
Rollstuhl geht sie lieber aus dem Weg.

Unterhosen, die in einen Rucksack gestopft
werden, interessieren sie nicht sonderlich.

Die Katzen meiner Großmutter lagen vor jeder Reise in der Mitte des Koffers. Missmutig,
sie wussten, dass die Reise ohne sie stattfand.

»Ich fahre jetzt noch kurz bei Evi vorbei«, sagt Noah, beugt sich rasch zu Mol und zaust ihr Ohr, »ich bringe ihr deinen amerikanischen Kunstkatalog.«

»Gute Idee«, sage ich eine Spur zu fröhlich, »wir treffen uns bei mir.«

Da ich Abschiede, wie kurz sie auch sein mögen, hasse, küsse ich ihn rasch auf den Mund und wünsche ihm eine gute Reise.

Ich werde Noah noch etwas Schokolade für die lange Fahrt einpacken und suche ein paar Tafeln Fazer aus der Schublade mit der eisernen Reserve.

Er ist schnell.

Er wartet mit laufendem Motor vor meinem Gartentor.

»Freitag bin ich zurück«, sagt er lachend, spitzt die Lippen, damit ich ihn durchs Autofenster küssen kann, nimmt mir rasch die Sachen ab, wirft sie auf den Rücksitz und braust davon.

Als ich zurückgehe, höre ich das Telefon in der Küche leise läuten.

Auf dem Display kann ich keine Nummer erkennen, nur »Unbekannter Anrufer«.

Ich sage »Hallo« und werde von einem Schwall Finnisch überflutet. Es ist eine helle Stimme. Sehr atemlos. Sehr aufgeregt.

»Sprechen Sie Deutsch, oder Englisch?«

»Ja«, sagt sie etwas ruhiger auf Deutsch. »Ich bin Sirkka. Ist Mikka noch bei dir?«

Wie ich in Finnland oft erlebt habe, auch in Schweden, vergiss das »Sie«.

»Nein«, sage ich gleichmütig, »er ist bestimmt schon eine Stunde weg.«

Sie beendet grußlos unser Gespräch. Ich hätte sie gerne gefragt, woher sie meine Nummer hat, aber ich vermute, dass Max etwas locker mit meinen Kontaktdaten umgeht. Ich stopfe die paar Sachen für die Nacht in eine kleine Reisetasche und drehe mich kontrollierend im Kreis. Die Fenster im oberen Stockwerk sind alle sicher verriegelt.

Das Erdgeschoss. Gesichert. Im Souterrain stehen sie immer offen, mit stabilen Gittern davor.

Das Hallenbad besitzt zwar eine automatische Lüftung, aber die Feuchtigkeit braucht regelmäßigen Durchzug, damit es in den Räumen nicht zu schimmeln beginnt.

Was waren das noch für angenehme Zeiten,

als ich alle Türen und Fenster unverschlossen lassen konnte, aber seit es in meinem Leben einen Menschen gibt, der mir übel nachstellt, wage ich das nicht mehr.

Die Antwort auf seinen damaligen »Überfall« sind fachmännisch eingebaute, einbruchsichere Kellerfenster.

Mol lungert in ihrem großen Hundekorb. Sie nagt eifrig an einem riesigen Kauknochen und wedelt verhalten. Na ja, um ehrlich zu sein, sie bewegt etwas sanft ihr muskulöses Hinterteil hin und her.

Vielleicht ist sie beleidigt, weil Noah jetzt ohne sie gefahren ist. Mol liebt Auto fahren. Sie weiß nicht, dass er eine lange Reise vor sich hat.

Ich gehe zurück in den Flur, schnappe die lange Lederleine vom Haken und stoße einen kurzen Pfiff aus. Zuerst knarzt der große Hundekorb, dann hört man sie schnaufend aufstehen, eine Minute später lugt sie neugierig um die Ecke.

Das weiße zerfledderte Bein hängt vor Speichel triefend aus der rechten Ecke ihres großen Mauls.

Ich gebe ihr ein knappes Handzeichen. Sie setzt sich, lässt ihre Beute aber nur widerwillig auf den Boden plumpsen.

Ich hake die Leine an ihrem Halsband fest und so spazieren wir Seite an Seite zur Türe hinaus.

Ich habe bei meinem letzten Besuch hier ein altes, verstaubtes Damenrad in der Garage entdeckt. Mol und ich werden jetzt eindeutig mobiler sein als vorher.

Da ich Rechtshänderin bin, ist es für mich bequemer, sie auf der rechten Seite zu führen, während die linke Hand das Fahrrad hält.

Mol ist gut trainiert. Sie zieht nicht, zerrt nicht, läuft locker an der Leine, mit raumgreifendem Schritt.

Wir kommen flott voran.

Vorne beim Schloss, an der Abzweigung zum Kreuzhofweg, steht ein schwarzes Pferd.

Max' Dad hat sich an die hohe Steinmauer gelehnt. Obwohl wir noch ziemlich weit entfernt sind, kann ich sehen, dass Mikka Kausto Hilfe braucht. Wir bremsen ein paar Meter von ihm entfernt ab, fahren rechts auf die Alleeseite, und ich steige rasch vom Rad.

Mol bekommt den Befehl, sich zu setzen, und ich werfe das Rad gegen einen Baum.

Das Pferd bleibt völlig ruhig stehen, aber Mikka Kauusto atmet schwer.

Ohne nachzudenken, rufe ich ihm noch beim Hinlaufen zu, dass ich einen Rettungswagen rufe.

Er sagt nichts, nickt nur und hält seine Hände auf den Bauch.

Ich wähle den Notruf auf meinem Smartphone und erzähle kurz, was ich sehe.

»Sie sind sofort da«, sage ich mit zittriger Stimme, denn es macht mir Angst, dass Mikka Kauustos Gesicht immer fahler wird.

Ich läute rasch an der Pforte. Die Nonne steckt ihren Kopf aus dem Pförtnerhaus und kommt mit einem Becher Wasser zurück.

Ich nehme die Zügel des Pferdes, umschlinge vorsichtig die schmale Hüfte des Mannes und spreche ihn beruhigend an.

Es geht alles sehr schnell und trotzdem wie in Zeitlupe.

Mikka Kauusto lässt sich langsam auf den Boden sinken, entgleitet meinen verschwitzten Händen.

Sein Gesicht ist jetzt wie frische Asche, ganz hellgrau.

Ich drücke der Nonne die Zügel des Pferdes in die Hand und fühle nach Mikka Kauustos Puls.

Schwach.

Er sagt kein Wort, aber ich finde, es ist ein gutes Zeichen, dass er Blickkontakt zu mir sucht.

Er nimmt meine Hand zwischen seine eiskalten Finger und drückt sie leicht.

»Was ist passiert?«, flüstere ich fast.

Er schüttelt nur den Kopf.

Wir hören eine Sirene näher kommen.

Da ich nicht weiß, wie das Pferd bei einem heranrasenden Wagen reagieren wird, schubse ich Nonne und Pferd durch die Pforte und schließe das Tor. Den Wasserbecher muss sie mitgenommen haben, ich hätte jetzt gerne einen Schluck getrunken.

Ich beuge mich zu Mikka Kauusto und sehe nach Mol. Sie sitzt gehorsam da und beobachtet uns aus dunklen, riesigen Augen.

Mit spritzenden Reifen und blauen blinkenden Lichtern bleibt der Rettungswagen vor uns stehen.

»Ich kümmere mich um die Tiere«, sage ich leise und mache mich von Mikka Kauustos klammen Fingern behutsam los.

Ein junger Sanitäter läuft mit einem Notfallrucksack auf uns zu.

»Herr Kauusto spricht sehr gut Deutsch«, rufe ich ihm entgegen, informiere ihn in knappen Sätzen, was ich weiß.

»Kiitos todellakin hyvin paljon«, sagt Herr Kauusto leise zu mir und wendet sich dann erschöpft ab.

Sein Gesicht ist schweißnass, und ich bin froh, dass der RTW so schnell kommen konnte.

Ich mache den Weg frei und stelle mich an Mols Seite, um Max zu verständigen.

Carl begrüßt mich. Ich erfahre, dass Max nicht in der Galerie ist. Ich berichte in kurzen Sätzen. Auch, dass Mikka Kauustos Pferd bei mir ist und wie ich die Situation um Max' Dad einschätze.

»Ich vermute, dass es eine Appendizitis ist, da er starke Unterbauchschmerzen hat.«

»Ich kümmere mich sofort darum«, sagt Carl ruhig, »ich schicke dir Max.«

Ich gebe Mol die Order, bei mir zu bleiben,

klinke sie von der Leine und vertraue darauf, dass sie ein perfektes Gehorsamstraining hinter sich hat. Die einzige Reaktion, die sie zeigt, ist, dass ihre schwarze Nase die Witterung der vielen fremden Menschen aufnimmt.

Bevor ich an der Pförtnertür klopfen kann, wird sie von innen einen Spalt breit geöffnet. Ein kleines, runzliges Gesicht blickt mir entgegen.

»Grüß Gott«, sage ich leise zur alten Nonne und gehe mit Mol zu dem Rappen. Er hat die kurze Wartezeit dazu genutzt, sich etwas Gras in die Backen zu schieben.

Pferd und Hund werfen sich zur Begrüßung einen geringschätzigen Blick zu.

Ich schnappe mir die Zügel, mache mich zum Aufsteigen bereit, ziehe rasch den Sattelgurt nach, verkürze die Steigbügel auf meine Länge und spaziere mit Pferd und Mol zum Tor. Die Nonnen schieben es langsam für uns zur Seite. Ich bedanke mich und reite nach draußen.

Mikka Kauusto liegt im Rettungswagen, mit einer Kanüle im Arm, ein Sanitäter sitzt neben ihm und hält einen Infusionsbeutel fest. Die Türen des Rettungswagens werden gerade geschlossen und der Wagen fährt zügig los.

Ich bin dankbar, dass kein Martinshorn eingeschaltet wird, nur die Blaulichter rotieren am Dach, denn ich weiß ja nicht, wie das Pferd reagiert hätte.

Wir erregen großes Aufsehen bei den herumstehenden Leuten. Nachdem sich viele auf die Seite der Allee gestellt haben, um den Sanitätern bei ihrem Job zuzusehen, kommen wir quasi als Nachschlag hinzu: Reiter, Pferd, großer Hund.

Ich gehe grüßend an den Menschen vorbei.

Ich halte die Zügel ganz locker, lasse dem Pferd volle Freiheit bei seinem raumgreifenden Schritt.

Mol geht neben uns. Sie wedelt bei jedem Schritt ein bisschen.

Die ungewohnte Situation, dass wir jetzt ein Pferd dabeihaben, macht ihr großen Spaß.

Kurze Zeit später sind wir bei meinem Gartentor angelangt. Ich springe aus dem Sattel, schließe auf und werfe die schmiedeeiserne Türe hinter uns zu. Gerade als ich dem Pferd den Sattel abnehmen will, hören wir quietschende Reifen.

Max, der Cayenne und ein silberfarbener Pferdeanhänger.

Daneben eine junge Frau mit langem weißblondem Haar. Ihr Blick ist umwölkt.

Ich mache meinen Job zu Ende, ziehe die Steigbügel hoch, öffne den Sattelgurt und werfe Max wortlos den glänzenden Ledersattel über den Arm.

»Wo ist Mikka?« Sie nimmt mir die Zügel aus der Hand.

Ich zucke die Achseln, da ich nicht weiß, in welche Klinik sie ihn gebracht haben.

Ich betrachte sie nur mit ruhigem Blick.

»Ruft in der Notfallzentrale an. Die werden wissen, wo sie ihn hingebracht haben. Kann ich euch irgendwie helfen?«

Sie winkt mir mit offener Handfläche zu, sagt aber kein Wort, stapft mit dem Pferd zum Auto.

Max rollt genervt mit den Augen.

»Danke«, sagt er schnell und läuft mit dem Sattel über dem Arm hinter den beiden nach.

Ich höre die polternden Schritte des Pferdes im Anhänger, dann fahren sie los.

Mol drückt sich an mich und wirft einen sanften Blick in mein Gesicht, so als wollte sie sagen: Unhöflichkeit ist auch auf Finnisch nicht besser. So what?

»Na, Mol, jetzt holen wir uns Noahs altes Fahrrad zurück.«

Kurz bevor wir zum Schloss kommen, hören wir sirrende Räder.

Mol stutzt, bleibt stehen und wittert mit der feuchten Nase.

Das Geräusch kennt sie, nicht aber den dazu passenden Geruch.

Wie ein Wesen aus einer anderen Welt kommt ein schnittiges Gefährt die Allee entlanggesaust.

Es ist flach, silbrig glänzend, wirkt nicht wie ein herkömmlicher Rollstuhl.

Wenn ich es nicht besser wüsste, hätte ich den Verdacht, dass ein unbekanntes Wesen einer fernen Galaxie nur gelandet ist, um sich sofort wieder senkrecht nach oben ins All abzusetzen, nachdem es mich kurz als uninteressante Spezies beäugt hat.

Ich bin sicher, dass auf fernen Planeten ein altes Fahrrad aber etwas Besonderes darstellt. Man hört immer wieder von wilden Gerüchten, dass hilflose Menschen in kleine Raumschiffe gesaugt werden, damit man sie dort oben genauestens unter die Lupe nehmen kann.

Mol und ich staunen, wie schnell das Gefährt bei uns ist.

»Danke«, sage ich lachend, als er an uns vorbeirauschen will.

Es wird gebremst.

»Wie meinen?«

Seine Stimme ist heiser, sie kratzt fast, passt nicht zu dem jugendlichen Gesicht.

»Das ist mein Rad«, sage ich und zucke mit den Achseln.

»Kann jeder sagen«, er betrachtet mich misstrauisch.

»Kann«, sage ich amüsiert, »ist aber nicht. Sie haben das Rad an einem Baum gefunden. Dort beim alten Schloss.«

Er nickt, hält es mir wortlos aufmunternd hin.

»Wohin wollten Sie denn damit?«, frage ich aus reiner Neugier.

Er rollt langsam näher, dabei wirft er einen skeptischen Blick auf Mol.

»Dorthin, zum Parkplatz.«

Er nickt mit dem Kinn in eine vage Richtung.

»Sie wollten es mitnehmen«, stelle ich fest, »dort beim Parkplatz steht Ihr Auto und Sie wollten dieses Rad klauen.«

»Fast«, sagt er lachend, »dort beim Parkplatz steht mein Freund und sitzt im Auto und hätte das Rad transportiert. Ich wäre mit meinem elektrischen Rollstuhl die Allee zurückgefahren, nach Nonntal.«

»Pech«, sage ich, »Sie haben mein Rad gefunden und dafür möchte ich mich nochmals bedanken, aber Sie können doch nicht einfach ein fremdes Rad mitnehmen.«

»Wir kommen so nicht weiter«, sagt er mit dieser heiseren Stimme, die aber gut zu seinem ruppigen Äußeren passt.

Er hat dunkle Haare, fast so schwarz wie Noahs, aber es ringelt sich im Nacken, es ist länger. Sein Teint ist dunkel, südländisch, dafür hat er Augen in der Farbe von rauchigem Grau.

Er winkt mit lockerer Hand zum Abschied und zischt wortlos weiter.

Ich steige auf das Rad, klinke Mols Leine fest, schlinge mir das schmale Lederband um die Hand und trete langsam in die Pedale.

Wir biegen in Noahs Weg ein, ich möchte Molly nach Hause bringen.

Das Rad lasse ich vor der Garage stehen. Wenn es bis jetzt noch nicht geklaut worden ist, wird es die nächste Zeit auch niemand mehr brauchen.

Im Haus trabt Mol zu ihrem Wassernapf und leert ihre Schüssel. Klar, wir haben gerade die Wüste Gobi durchquert und jetzt, nach Tagen, sind wir in der Zivilisation angelangt.

Sie erinnert sich an ihren fallen gelassenen Kauknochen und nimmt ihn wedelnd in ihr Bett mit.

Ich setze mich an Noahs Küchentisch und rufe Evi an.

Justin grinst ins Smartphone, winkt mir zu und spaziert mit mir gemeinsam in ein Zimmer, das wie ein kleines Atelier anmutet.

Überall gequetschte Tuben mit Farben. Eine Leinwand auf einer Staffelei. Das Fenster ist weit geöffnet. Wie beim ersten Mal erkenne ich den überdimensionierten Schriftzug eines Supermarkts.

»Ich störe dich beim Arbeiten«, sage ich lachend zu Evi, aber ohne allzu zerknirscht darüber zu sein.

Ich kenne das aus meiner Zeit als Pianistin.

Entweder man geht in Klausur, oder die Familie hat das Recht, einen zu stören.

Evi winkt lachend ab.

»Jetzt ist es bald so weit«, sie deutet auf ein Kalenderblatt an der Wand. Der Freitag ist mit roter Farbe eingekreist.

Sie freut sich auf ihre Vernissage.

»Stell dir vor, was heute passiert ist ...«

Ich erzähle ihr alles. Von Anfang an. Max' Dad, der den MoMA bringt, Noah, der sich so auf seine Exfrau freut. Mikka Kauusto im RTW. Sirkka und Max, die das Pferd bei mir abholen.

Evi hört aufmerksam zu, nickt voller Interesse an den richtigen Stellen.

»Sirkka ist umwerfend«, Evi winkt ab, »genauso schön wie blöd!«

»Ich kenne sie zu wenig.« Mol schiebt sich neben mich und bringt mir das angenagte, glitschige Bein.

Ich packe es mit zwei spitzen Fingern und bringe es in ihren Hundekorb.

Evi wischt sich die Augen.

»Dann ist es ja gut«, sage ich leicht pikiert, »dass du so viel Spaß hast.«

Justin beugt sich über ihre Schulter und

winkt fröhlich mit einem Kochlöffel aus Holz.

»Mangiare?«

»Im Ernst«, sagt Evi grinsend, »warum kommst du nicht zum Essen zu uns«, sie deutet mit dem MoMA hinter sich, vermutlich liegt dort die Küche, zumindest höre ich lautes Geschirr klappern.

»Justin kocht immer für eine ganze Armee. Vermutlich liegt das daran«, sie lacht ihn an, weil er wieder um die Ecke biegt, »dass er beim Militär als Koch gearbeitet hat.«

Er wedelt mit den losen Schürzenbändern und zwinkert mir zu.

Essen klingt gut. Ich sage sofort zu.

Ich rufe Otti an. Vielleicht ist eines seiner Taxis in meiner Gegend.

Er freut sich, dass ich von mir hören lasse, und sagt, dass er selber kommt. Ich werde Otti zum Parkplatz entgegengehen.

Heute ist ein Wochentag und ich sehe kaum ein Auto auf dem Parkplatz. Da kommt ein knalliger Porsche um die Ecke gesaust.

Er ist feuerrot. Glänzend, frisch mit der

Lackdose besprüht. Das Original würde matter sein, eine typische Patina aufweisen.

Otti strahlt mir aus dem schmalen Fenster des Sportwagens entgegen.

Er lässt die Reifen quietschen, bremst hart und kurbelt sein Fenster herunter.

Otti wedelt mit seinen dicken Fingern in der Luft.

»Sorry, dass ich nicht aussteige«, er patscht auf seinen runden Kugelbauch, der feist hinter dem Lederlenkrat eingeklemmt ist, »ein bisschen mühsam jedes Mal. Der Wagen«, er deutet auf das graue Straßenband unter sich, »liegt sehr tief.«

Ich spare mir jeglichen Kommentar.

Spontan fällt mir nur ein, dass Otti vielleicht in einer mild schaukelnden Sänfte besser aufgehoben wäre als hinter einem Porschemotor.

»Steig ein«, sagt mein Freund aus Kindertagen nonchalant.

Ich öffne die schwere Türe und lasse mich neben ihn auf den alten Ledersitz plumpsen.

»Als ich klein war«, Otti küsst mich kurz auf die Wange, »hat mich dein Dad jedes Mal ein Stück mitgenommen. Das hat bei mir einen bleibenden Eindruck hinterlassen.«

Ein Trommelwirbel von fröhlichen Würstchen aufs Armaturenbrett aus altem Leder.

»Seit dieser Zeit wollte ich nur noch Porsche fahren.«

Otti macht plötzlich laute Schnüffelgeräusche, grunzt ein bisschen auffällig. Wie die Igel, die jede Nacht zum Fressen in meinem Garten herumstromern.

»Riechst du das?«

Ich möchte ja nicht unhöflich sein. Vielleicht erwartet er ja jetzt, dass ich ihm zum Wechseln seines Deos rate.

»Leder!« Vergnügt reibt er sich strahlend die Hände.

»Sehr schönes altes Leder«, sage ich ein bisschen genervt, denn ich möchte, dass er endlich losfährt.

Ich bin mit Porsche aufgewachsen. Es ist ein Auto!

»Wie gefällt dir die Farbe?«

Otti legt den ersten Gang ein und röhrt los.

»Rot«, sage ich diplomatisch.

»Ja«, sagt Otti lachend, »er war Copper-Brown, die Farbe gefiel mir nicht.«

»Ich brauche keine Probefahrt, danke«, ich

tippe konzentriert in mein Smartphone und schreibe Evi eine kurze Nachricht.

Ottis Miene ist ausdruckslos. Er ist enttäuscht.

Lehen, eine Seitenstraße der Ignaz-Harrer-Straße. Hier wohnt Evi, und ein paar Straßen weiter, beim Lehener Park wohnt Noah.

Wir fahren durch die Stadt und Otti bleibt vor Evis Wohnblock in der zweiten Spur stehen.

»Du hast was gut bei mir, Otti«, sage ich und steige rasch aus dem tief gelegenen Fahrzeug aus.

Ich blicke an der rosafarbenen Hausfassade von Evis Adresse hoch und winke Otti zum Abschied zu.

Evi wohnt im dicht besiedelsten Teil Salzburgs, aber dadurch, dass es eine Seitenstraße der Ignaz-Harrer-Straße ist, hält sich der Lärm in Grenzen. Vereinzelte Hupgeräusche dringen wie ein summender Motorstrahl bis zum Hauseingang von Evis Mietshaus.

Man kann sogar ein paar fröhliche Spatzen tschilpen hören, als ich die barrierefreie Auffahrt englanggehe.

Es ist eines der typischen Häuser, hier in Lehen. Hoch, mit schmalen Fenstern. Der obligatorische Balkon liegt wie eine Bienenwabe auf der anderen Straßenseite, nach Süden hin.

Auf dem Klingelbrett stehen viele Namen und die wenigsten sind deutschsprachigen Ursprungs.

Die schwere Glastüre ist aufgeschlossen und fest im Linoleumboden des langen Flurs verankert.

Da ich von Evi weiß, dass sie barrierefrei im Erdgeschoss wohnt, gehe ich einfach den düsteren, langen Flur entlang, bis ich zu ihrer leicht geöffneten Holztüre gelange.

Klopf, klopf, mit den Fingerknöcheln.

»Fein«, Evi rollt zu mir heraus, »du hast uns gefunden.«

Ich wische ihr sanft über den glänzenden Haarhelm und beuge mich zu ihrer hingehaltenen Wange.

Justin, verkleidet als Koch, kommt mir entgegen.

»Ich hoffe«, sagt er grinsend und drückt mich begeistert an sich, »du magst Lasagne.«

Justin hat sich in der kurzen Zeit, seit wir uns kennen, verändert.

Aus dem dünnen, stillen Jungen ist ein etwas rundlicher, sprachgewandter Mann geworden.

Sie rollt den langen Flur der großen Wohnung entlang, Justin und ich folgen in gebührendem Abstand.

Evi bleibt in einem quadratischen Raum hängen und schiebt sich vor einen kleinen Esstisch, der eine Seite der Wand begrenzt.

»Nach dem Essen zeige ich dir die Wohnung«, Evi deutet auf einen bunten Lloyd-Loom-Stuhl und rollt zum Fenster der Küche, um es weit zu einem schmalen Balkon hin zu öffnen.

Die Atmosphäre ist so fröhlich, wie ich sie mir immer bei meiner eigenen Familie gewünscht habe. Gefüllte Teller, Besteck klappert, während Menschen ihr Essen genießen, zwangloses Geplauder, fröhliches Lachen.

Justin räumt die leeren Teller ab und bringt einen Kuchen auf den Tisch.

»Gugelhupf«, sagt er grinsend und verbeugt sich leicht.

»Selbst gemacht?«, frage ich zweifelnd.

»Klar«, Justin setzt sich an den Tisch und schneidet ein großes Stück vom zart gebräunten Zuckerberg ab.

»Frag den Bäcker da vorne an der Straße, da habe ich ihn geholt. Evi liebt Kuchen.«

»Seit wann essen wir mit der Hand«, sagt Evi lachend, rollt zum winzigen Küchenbord und schnappt sich bunte Plastikteller.

Ich stehe auf, um zu helfen.

»Gabeln?«

Sie deutet vage nach Süden.

Ich schiebe ungefragt ein paar überquellende Schubladen auf.

Ganz im Eck einer Schublade mit Strohhalmen finde ich Gezinktes.

Justin schneidet den Bäckerkuchen in gleich große Teile und häuft auf jeden Teller zwei großzügig bemessene Stücke dieses duftenden Gebäcks.

Vanille. Haselnüsse. Rosinen.

»Ich liebe Gugelhupf«, sagt er mampfend und haut so richtig rein.

Wie schafft er es, so dünn zu bleiben.

Zwei Portionen Lasagne. Ein Hügel von fein geriebenem Parmesan.

Jetzt den Teller, angehäuft mit Backwerk.

Vermutlich würde ich jetzt röchelnd den Mönchsberg hinabrollen.

Justin reibt sich nach einer kurzen Distanz, die er für das Essen gebraucht hat, den Bauch.

»Lecker«, sagt er mit leicht gerötetem Gesicht.

Evi berührt sanft seinen Handrücken.

»Danke«, sie wirft ihm einen lachenden Blick zu.

»Das benutzte Geschirr und so«, sie deutet auf die überfüllte Spüle und winkt mir, »machst du bestimmt gleich.«

Sie lässt die Augenbrauen hüpfen.

»Wir fahren in mein Atelier. Kommst du?«

Hinter der Küche, auf der gegenüberliegenden Seite des Flurs, ist der Raum mit dem Nordlicht.

Die Fenster sind alle geöffnet und wir können das Ambiente, Lehen in Action, genießen.

Das Gebäude vor dem Fenster sieht aus wie ein flachgezogener Strudel.

Wir sehen Autos, die gemächlich, im Sekundentakt, in dieser schmalen Straße herumschleichen, sie suchen einen Parkplatz.

Ein kleiner Knödel mit winzigem Hund steht am Bordstein und wirft uns einen neugierigen Blick zu.

»Das ist die Effie Berg«, sagt Evi freundlich, »sie führt Cookie spazieren.«

Sie wedelt mit der Hand nach draußen.

Cookie wirft uns einen fragenden Blick zu.

»Schönes Wetter heute«, sagt Effie Berg mit hoher Stimme.

»Ein sehr schöner Herbsttag«, sagt Evi und rollt vom Fenster weg.

»Ihr Mann ist letztes Jahr verstorben. Seitdem ist sie alleine«, sagt sie unvermindert laut.

Ich beuge mich aus dem Fenster, um zu sehen, ob Effie Berg Evis letzten Satz mitbekommen hat, aber die rundliche Frau schaut ihrem kleinen Hund nur dabei zu, wie er das Beinchen an einem kleinen Stein hebt.

Dann biegen sie um die Hausecke und verschwinden aus meinem Blickfeld.

»Die Aussicht«, ich betrachte das Sarkophag ähnliche Einkaufszentrum, gegenüber von Evis Mietshaus, »ist nett.«

»Noah wohnt dort drüben«, sie deutet nach Osten.

Dort liegt viel.

Russland. Wien. Der Baikalsee. Helsinki?

»Beim Park, gleich gegenüber. Also wenn wir mit dem Rollstuhl um die Wette sausen, und wir machen das oft, sind das Luftlinie«, sie zeigt mit dem Finger prüfend nach oben, »geschätzte eintausend Meter.«

»Ich kenne seine Wohnung nicht.«

»Aber den Lehener Park kennst du?«

»Nur aus der Schulzeit, wenn wir Wandertag hatten. Dann sind wir die Salzach entlang am Kai bis nach Lehen getrampt. Im Park haben wir dann ein Picknick gehabt.«

»Wenn Noah aus Wien zurückkommt«, (wenn er jemals wieder zurückkommt, großes Fragezeichen), »dann besuchen wir ihn. Er hat ein Auto, er muss doch nicht immer beim Hund seiner Schwester kleben.«

Ich erspare mir jeglichen Kommentar.

Evi hat Angst vor Hunden, weil Evis Körper Abwehrmechanismen einsetzt. Schwellungen, gerötete Augen, Atemnot.

Wie also soll man einen Menschen mit großer Angst vom Gegenteil überzeugen?

»Bei anderen Tieren reagierst du nicht allergisch«, sage ich beiläufig und betrachte die gequetschten Farbtuben, die auf einem stabilen Holztisch aufgereiht sind.

Derzeit scheint Evi die »Blaue Phase« zu haben.

»Kobalt« ist fast ausgequetscht, »Azur« ist zweimal vorhanden, einmal fast leer, einmal ganz neu, während die Farben »Bergbraun«, »Sonnenlicht«, »Herbstschimmer« kaum benutzt wurden.

»Ich habe Angst vor großen Tieren«, sagt Evi ein wenig mürrisch.

Sie schiebt einen Blätterhaufen, den ich vorhin nicht einmal bemerkt habe, vorsichtig auf die Seite.

»Große Tiere? Im Sinne von: Löwen, Nashörnern, Riesenspinnen, Monsterhunden?«

Ich kann mir ein Lachen nicht verkneifen.

Evi rollt zu mir her und patscht mir auf den Oberarm.

»Ach du«, sagt sie grinsend, »du weißt genau, was ich meine. Ich bin vor dem Flugzeugabsturz von einem Hund gebissen worden, seitdem fürchte ich mich einfach.«

Ohne Psychologin sein zu müssen, vermute ich, dass Evis Gedächtnis Hund – Flugzeugabsturz im Gesamtkonsens sieht.

»Es gibt hervorragende Medikamente«, gebe ich zu bedenken, »Therapien!«

»Ja«, sagt Evi und rollt zum Zeichentisch zurück, »hab ich auch schon gehört. Mol ist nun mal da, und es ist so schade, dass ich Noah nie besuchen kann bei euch in Hellbrunn.«

Sie dreht sich zum Zeichentisch, fasst vorsichtig in den kleinen Blätterberg und zieht ein weißes Papier heraus.

Sie betrachtet es kurz und hält es mir dann wortlos hin.

Eine Bleistiftzeichnung.

Eine Frau, die auf dem Boden sitzt. Im Gras eines weitläufigen, völlig menschenleeren Parks. Daneben ein weißer Hund. Bewegungslos. Riesig. Schlappohren, ein Lächeln im Gesicht.

Die Frau hat Haare wie frisch gefallener Schnee. Augen, schräg gestellt, wie bei einer Katze, oder einer Chinesin. In hellstem Grün. Fast wie aus Glas. Herzförmiges Gesicht. Eine kleine Nase. Ein üppiger, großer Mund, der viel zu groß wirkt für das zarte Gesicht.

Sie lächelt still in sich hinein. Sie hat einen schmalen Arm locker um den kräftigen Hals des riesigen Hundes gelegt.

Molly und ich.

»So also siehst du uns«, sage ich lächelnd. Ich gebe ihr das Papier zurück. Es ist typisch für Evis Stil, kräftig und einfühlsam zugleich.

Sehr fotografisch. Klare Linien, klare Striche. Perfekt in der Komposition.

»Na«, sagt Evi und schaut aus dem Fenster, weil hohe Quietschlaute bis zu uns herauf dringen: Wiff, wiff – Pause – wiff, wiff!

Morsezeichen für kleine Hunde: Hau ab. – Hau ab.

»Ja, halten Sie doch Ihren Hund fest.«

Effie Berg hat Cookie hochgenommen.

Cookie zappelt ein wenig aufgeregt auf Mamis Arm.

Sie ist jetzt ein großer, gefährlicher, aufgeplusterter Klobesen.

Vor beiden sitzt ein Tier.

Wollig, wedelnd, freundlich.

Kein ganz Großer, eher so mittel, bis zum Knie reichend.

»Ha-allo!«, schreit Effie Berg erbost. »Wo gibt's denn sowas. In Lehen ist Leinenzwang.«

Ein alter Mann winkt lächelnd mit seinem Stock und bleibt vor Effie Berg stehen.

»Entschuldigung. Der Peter ist mir wieder davongelaufen. Wissns«, er fischt eine kurze Leine aus seiner speckigen Jackentasche, »er bleibt sonst immer ganz brav neben mir. Ich vermute, er hat Ihren Hund gerochen. Ist das ein Mäderl?«

Effie Berg nickt ganz gravitätisch.

»Cookie ist ein Mäderl, aber Ihr Hund gehört an die Leine.«

Sie dreht sich um und segelt auf den Hauseingang zu.

Peters Halsband wird mit einer Leine geschmückt, die am anderen Ende an der faltigen Hand des alten Mannes geschlungen ist.

»Nix für ungut, Gnädigste«, sagt er mit sanfter Stimme und humpelt langsam mit Peter davon.

Sie spazieren gemächlich am Supermarkt vorbei und folgen jetzt dem kleinen Weg, der zur Kirche führt.

Da wird Peter vermutlich vor dem hohen Portal abgesetzt, bis sein Herrchen im Gotteshaus ein rotes Teelicht angezündet hat.

»Hier pulsiert das Viertel«, sage ich und deute aus dem Fenster.

Ich mache eine weitreichende Bewegung beider Hände.

Evi zuckt die Achseln, greift behutsam nach dem Blätterberg und fächert ihn kartengleich auf.

Exakt sechs Blätter.

Ich stelle mich neben Evi, um zu sehen, was sie gemacht hat.

Molly. Ich.

In unterschiedlichsten Bewegungsabläufen.

So, als ob Evi mit einer Kamera neben uns hergefahren ist, um uns zu beobachten. Fast andächtig schaue ich mir die Bilder genau an.

Wir sind in Hellbrunn. Spazieren die Wege entlang, unter hohen Eichenbäumen. Wir umkreisen die Fischteiche, spähen über das Eingangstor zum Hellbrunner Zoo. Im Steintheater sitze ich auf einem großen Brocken, Mol steht daneben. Bei der Orangerie spähe ich durchs hohe Glas.

Das letzte Bild hat sie mir zuerst gezeigt.

»Hab ich für Noah gemacht«, grummelt Evi und rollt zu den Farbtuben.

Sie quetscht ein bisschen dran herum, sortiert sie nach einem Farbmuster, das nur sie im Kopf hat.

Als mein Smartphone klingelt, bin ich nicht einmal erstaunt.

Noahs Gesicht lacht mir entgegen.

»Ich seh schon«, sagt er grinsend, »du bist bei Evi.«

»Ja«, sage ich, »und habe Lasagne und Gugelhupf bekommen.«

»Dort drüben«, er deutet nach Osten, »wohne ich. Warum fahrt ihr nicht mal rüber und gießt meinen Kaktus?«

»Mach ich morgen«, sagt Evi aus dem »Off«.

»Ich fände es toll«, sagt Noah freundlich, »wenn Sylvie meine Wohnung zu sehen bekäme. Du hast doch einen Schlüssel.«

»Du«, sage ich, »danke schön für die Einladung, aber ich muss wieder zu Mol zurück.«

Noah zuckt die Achseln.

Eine Frau taucht hinter ihm auf und fährt ihm schnell übers kurze schwarze Haar.

Noah dreht sich ein wenig ungehalten um.

»Ich komme gleich, Lidwin, dann können wir ins Krankenhaus fahren.«

Sein Gesicht ist ein wenig eingefroren.

Als er in die Kamera schaut, entspannt er sich und winkt uns zu.

»Bis dann, ihr Süßen«, sagt er an Lidwins Schulter vorbei, die wie eine kleine Biene um ihn herumschwirrt.

Evi und ich ersparen uns einen Kommentar.

Evi schüttelt genervt den Kopf.

Sie greift behutsam nach den Blättern.

»Ich lasse sie für ihn rahmen.«

Sie deutet auf ihr rechtes Handgelenk mit der klobigen Armbanduhr.

»Wenn du noch Zeit hast, zeige ich dir seine Wohnung.«

»Schade«, sage ich, »ich bin wirklich neugierig, wie Noah lebt, aber ich muss zu Mol. Wenn du Noahs Wohnungsschlüssel hast«, ich fische mein Smartphone aus der Hosentasche, »können wir doch jederzeit seinen Kaktus gießen.«

»Was machst du da, du wirst dir doch kein Taxi rufen. Justin kann dich doch fahren.«

Ich streiche ihr sanft über den Oberarm.

»Vielleicht ist Otti unterwegs.«

Evi schüttelt den Kopf und fährt in den Flur.

»Juuuuustiiiin!«

Sein fröhliches Gesicht lugt um die Ecke.

Er hält eine nasse Gabel in der Hand.

»Gleich fertig, Schatz.«

»Syl muss zu Molly, fährst du sie?«

Justin nickt und wischt die Gabel mit dem blau karierten Küchentuch ab, das über seiner Schulter hängt.

»Gerade fertig geworden. Bin sofort wieder da.«

»Der Rest der Wohnung«, sagt Evi und deutet in den Flur.

Die Türen sind alle breit, sodass Evi genau mit dem Rollstuhl durchpasst.

»Das ist mein Schlafzimmer«, sie deutet auf ein penibel gemachtes Bett.

Auf einem kleinen Nachttisch ist eine Konsole angebracht.

Evi hat meinen Blick bemerkt.

»Damit kann ich jederzeit bei den verschiedenen Rettungsdiensten anrufen. Auch bei Justin natürlich. Es ist stimmaktiv. Ich muss es nicht selbst bedienen. Es ist auch hilfreich, weil ich damit Türen steuern kann, Jalousien und Fensterläden.«

Sie rollt ins nächste Zimmer.

»Das ›Kleine Wohnzimmer‹. Der Architekt hat Wände entfernt, sonst wäre es mir mit dem Rollstuhl zu schmal geworden. Unsere Wohnküche kennst du. Das Bad sparen wir uns. Es ist nur ein Klo und eine Dusche. Barrierefrei.«

Evis Wohnung ist vor allem geräumig, sauber, weiß.

Fast alles ist weiß. Die Wände, der Kleiderschrank im Flur, die Küchenmöbel.

Gut gelöst, denn Farbe würde den Raum optisch verkleinern.

Es wirkt vielleicht ein wenig steril, aber Evi ist Malerin, sie gleicht das aus, indem sie Blumenvasen auf Sideboards platziert. Da eine bunte Schale aus schillerndem Glas mit Obst, dort ein Bilderrahmen mit Fotos aus ihrer Kindheit in leuchtenden Farben.

Als Justin mit der Küche fertig ist, holt er mich aus dem Atelier ab.

Ich bedanke mich bei Evi für das wunderbare Essen.

Bei mir zu Hause gibt es Tiefkühlkost.

Ich lebe alleine, was soll ich groß kochen.

Als die Kinder klein waren und zur Schule gingen, hatte ich eine Köchin in meinem Haushalt in Bonn.

Es ist so schade, aber ich habe einfach kein Händchen fürs Kochen.

Mein Mann hat sich mit dem unmöglichen Satz: »Sie schafft es sogar, Wasser im Topf anbrennen zu lassen«, nicht gerade als feinsinniger Partner erwiesen.

Wir waren beide berufstätig, hatten beide gute Jobs und waren beide für unsere Familie verantwortlich.

Erwachsene können sich immer selbst versorgen. Mit Kindern trägt man Verantwortung.

Gemüse, Salate der Saison, Fleisch nur von Tieren artgerechter, fairer Haltung.

Unser Haus in Bonn war groß, aber der Garten total verwildert. Dreißig hohe Bäume, die sich über und unter den Boden verwurzelt hatten, aber ich hätte es nie über mich gebracht, diese herrlichen Riesen zu opfern, nur um zu versuchen, Gemüse anzubauen.

Mit Anpflanzungen in Tontöpfen kenne ich mich aus.

Erde. Pflanze. Wasser. Fertig.

Hier in Salzburg stehen uralte, riesige Bäume und Büsche in meinem Garten.

Ab und zu kommt der Nachbar mit seiner Heckenschere, zwickt da ein Blatt ab oder stutzt dort einen Busch, aber ansonsten ist noch nie etwas auf meinem weitläufigen Grundstück gemacht worden.

Wozu auch, denn Salzburg ist in einem optimalen Wettergebiet.

Sprich: Es regnet viel, darum sind die meisten Bäume und Hecken gut mit Wasser versorgt.

Evi begleitet uns auf die Straße, denn Justin steht auf Evis Behindertenparkplatz.

»Das nächste Mal kommt ihr zu mir zum Essen.«

Ich beuge mich zu ihr und gebe ihr einen kleinen Kuss auf die Wange.

»Gleich nach meiner Vernissage, versprochen«, sagt Evi und reibt sich die Hände, »ich freue mich schon wie ein Kind darauf. Max und Carl haben viele andere Künstler eingeladen, wir machen das oft so. Gemeinsam feiern, essen, trinken.«

»Meinst du Noahs und deine Gruppe, oder Künstler überhaupt?«

»Unsere Freunde der Gruppe sind sowieso da, nein, wir Künstler besuchen uns gegenseitig. Und damit meine ich, dass wir alle die eine oder andere Behinderung haben.«

Justin winkt, dass ich ins Auto kommen soll.

Ich winke Evi und sehe, dass ein großer Jeep hinter Justin darauf wartet, den frei werdenden Parkplatz zu bekommen.

Durch die Windschutzscheibe erkenne ich Max.

Evi hat ihn noch nicht bemerkt. Ich berühre kurz ihre Schulter.

»Da ist Max«, sage ich und deute auf den Jeep.

»Wo?«, fragt Evi und rollt neben Justins Auto.

»Kann Justin bitte endlich fahren?«, Max' Augen sind hinter einer Pilotenbrille versteckt, aber an seiner Stimme erkennt man, dass er nervös ist.

Ich winke ihm zu, er deutet zum Fenster und ich gehe schnell zu ihm.

»Alles in Ordnung?«, frage ich statt einer Begrüßung.

Max schüttelt den Kopf.

»Nein, meinem Vater gehts nicht gut. Ich komme gerade aus der Klinik. Ich wollte nur kurz zu Evi, dann fahre ich wieder ins Krankenhaus.«

»Richtest du ihm bitte meine Grüße aus, machst du das für mich?«

»Er wird sich freuen, du kannst ihn auch morgen besuchen.«

»Mach ich«, sage ich mit klammer Stimme und wedel ein bisschen mit den Händen in seine Richtung.

Justin hat mir von innen die Türe geöffnet und ich steige schnell ein.

»Was ist los?«, Justin biegt aus der Parklücke und macht für Max' Wagen Platz.

Er hupt kurz und winkt Evi. Ihr Gesicht hat einen traurigen Gesichtsausdruck angenommen, sie hat gehört, was Max gerade zu mir gesagt hat.

Justin kutschiert uns mit einem Affenzahn durch die breiten Straßen von Lehen.

Der Stadtteil hier hat sich verändert. Früher protzte ein riesiges Fußballstadion an dieser Stelle des Viertels, jetzt gibt es stattdessen grauen Sportklotz aus Beton, eine sanfte Grünoase, die neue, moderne Stadtbibliothek, gekrönt durch die überaus beliebte Sky Bar.

Ich betrachte Justin von der Seite.

Der Mann kann einen mit der stoischen Art wahnsinnig machen, denn er strahlt eine Ruhe aus, als ob eine jüngere Ausgabe des Buddha neben einem ruhen würde.

Evi ist ein Temperamentsbündel, sie strahlt eine Hitze an Energie aus, die es einem schwer macht, dagegenzuhalten und Gelassenheit zu bewahren.

Aber ist Justin in seiner Wesensart nur langweilig oder durch seine Liebe zu Evi einfach nur glücklich und zufrieden?

Er summt vor sich hin und lenkt das alte Auto bis zu mir heim, ohne dass wir überhaupt noch ein Wort wechseln.

So gesehen hat ihn Evi vermutlich genötigt, damit er mich mit dem Auto heimbringt.

Wir schütteln uns kurz die Hände und er braust wieder über den Parkplatz zurück nach Morzg.

Ich schließe mein Eingangstor auf und spaziere in meiner geschlungenen Auffahrt zum alten Haus zurück.

Ich will nur schnell ein paar Fenster öffnen, ein bisschen frische Luft durchziehen lassen, bevor ich zu Mol gehe.

Vor ihrem Abendessen werden wir in den Hellbrunner Park spazieren, den lauen Abend genießen.

Auf dem Anrufbeantworter, neben dem alten Festnetztelefon, sehe ich zehn Nachrichten.

Es sind alle von ein und derselben Person: Mikka Kauusto!

Ich gehe nach oben in den ersten Stock. Eigenartigerweise riecht es nicht muffig, obwohl viele Stunden nicht gelüftet wurde.

Alte Häuser haben einen ganz besonderen Geruch.

Es ist, als ob alle Menschen, die je hier gelebt haben, ihre Duftnote hinterlassen haben.

Ich schließe sämtliche Fenster im Erdgeschoß wieder zu.

Mikka Kauusto rufe ich sicher gleich zurück, aber erst nachdem ich mit Mol eine Runde im Park gedreht habe.

Sie freut sich wie ein kleines Mädchen.

Der Büffelhautknochen, in der Größe eines Elefantenbeins, ist zusammengeschrumpft und hängt Mol wie ein nasser kleiner Socken aus dem Maul.

»Na Süße«, begrüße ich sie und fische nach der ledrigen Hundeleine.

Braves Mädchen setzt sich. Wischt den Steinboden zügig mit ihrem langen Schwanz.

Wedelt so begeistert wie ein Hubschrauber für Hundezwerge und rollt so glücklich mit den Augen, als hätte ich sie in einer Hundekeksfabrik eingeschlossen.

Im Hellbrunner Park sind kaum noch Menschen.

Die Schreie der afrikanischen Savannentiere, von oben aus dem Zoo, veranlassen Molly, näher an mein Bein zu rücken.

Hyänen sind Wildtiere und Mol kennt das von den wilden Pumas ihrer Heimat.

Dazu ist sie konditioniert und trainiert worden.

Pumas sind fast lautlos, aber immer tödlich.

Molly war sicher noch sehr klein, ein tapsiger Welpe, als sie Argentinien verließ, aber sie hat das im Blut, diesen Schutz- und Jagdinstinkt.

Dieses ausgeprägte soziale Verhalten inmitten einer Meute, denn das müssen sie, miteinander verträglich sein, während der Jagd.

Da darf es keinerlei Rangeleien inmitten eines Hunderudels geben. Dogo Argentino sind ruhig, ausgeglichen und verlässlich für Mensch und Artgenossen.

Sie lieben ihre Familie und ihre Familie muss sich auf sie verlassen können.

Ich kenne Dogo Argentino von meinen Freunden, die weltweit mit diesen Hunden leben und arbeiten.

Molly ist trotzdem etwas Besonderes.

Wunderbar in ihrer Feinsinnigkeit, absolut loyal, verspielt und zärtlich, und ich denke, ich gebe sie nicht mehr her.

Natürlich ist das Wunschdenken.

Noah wird nach Hause kommen. (Vielleicht!)

Er wird bei Molly so lange im gleichen Haus leben, bis seine Schwester ihr Sabbatical beendet hat.

Vielleicht kann ich Mol noch eine Weile sehen, aber irgendwann wird es bedeuten, Abschied zu nehmen, denn ich bin ihr früher nie in Hellbrunn begegnet, obwohl wir nur Minuten entfernt voneinander wohnen.

Zu Hause bekommt sie ihr Trockenfutter, frisches Wasser und ich ein Glas Wein.

Ich mache es mir auf dem Sofa bequem und Mol zieht sich in ihren riesigen Weidenkorb zurück.

Ich wähle Mikka Kauustos Nummer, aber niemand hebt das Telefon ab.

Sekunden später ruft mich Max zurück.

»Sorry, Sylvie, aber mein Vater ist gerade eingeschlafen.«

»Weißt du, warum er mich so oft angerufen hat?«

»Nein, keine Ahnung, aber er hat von dir gesprochen und ich habe ihm versichert, dass du ihn morgen besuchst. Es bleibt doch dabei?«

»Ganz sicher«, sage ich lächelnd, »ich bin ihm doch etwas schuldig. Er hat mir einen MoMA gebracht. Natürlich besuche ich ihn. Bitte, richte ihm meine Grüße aus.«

Max verspricht im gedämpften Ton, dass er im Krankenhaus bleibt, bis sein Vater aufgewacht ist.

Noah ruft nicht an, und ich hüte mich, allzu gluckenhaft zu wirken, außerdem habe ich Lidwins Geste nicht vergessen, wie sie Noah über das kurze schwarze Haar gestrichen hat.

Am nächsten Morgen läutet das Smartphone, noch bevor ich aufgestanden bin.

Max.

»Sorry, dass ich dich so früh wecke. Sie haben meinen Vater noch in der Nacht notoperiert. Ich rufe dich an, sobald du ihn besuchen kannst.«

Max' Stimme klingt völlig anders.

Angespannt, rau, beherrscht.

An diesem Tag darf ich Mikka Kauusto nicht sehen, auch die anderen Tage nicht.

Am Freitagmorgen ruft mich ein sehr aufgekratzter Noah an.

»Ich bin schon in Mondsee«, sagt er fröhlich. »Ich bringe frische Semmeln mit. Die Raststätte hier ist gut.«

Ein paar Stunden später liegen wir uns in den Armen.

Noah ist zu mir zurückgekehrt.

»Süße«, sagt er zärtlich, »ich habe dich so vermisst.«

Molly freut sich, aber nicht so, wie Noah eigentlich erwartet hat.

Sie wedelt verhalten, knallt sich sofort wieder in ihren Korb und fängt an zu schnarchen.

»Du dumme Kuh«, sagt Noah und zaust ihr Hängeohr.

Sie schickt ihm einen kurzen Blick und schläft weiter.

»Sagt man so in Wien, ja? Dumme Kuh?«

Noah erzählt mir beim Frühstück, dass es mit Lidwin zu einer Einigung kam.

Sie hat ihre vielen Fehler eingesehen, ihn in seiner größten Not im Stich gelassen zu haben, und Noah möchte, dass er zu seinen Söhnen weiterhin Kontakt haben kann.

Gis ist auf dem Weg, völlig gesund zu werden. Er ist jung, die Reha wirft positive Ergebnisse ab, denn Gis arbeitet wunderbar mit.

Physiotherapie und Sport helfen dem Jungen, an sein altes Leben anzuknüpfen.

Lidwin hat gemerkt, dass sie ihrem zweiten Mann vertrauen und ihn lieben kann, und dass sie ihre neue Familie nicht gefährden darf.

Noah und Lidwin haben sich ausgesöhnt und werden Freunde bleiben, schon der Kinder wegen.

Die Vernissage ist Evis wahr gewordener Traum, denn sie sieht alle Freunde wieder, bekommt neue dazu und ihre Bilder werden sofort verkauft und hoch gehandelt.

Ich spiele Klavier.

Noah hilft Carl bei allen Vorbereitungen zu Evis großem Fest, denn Max bleibt bei seinem Vater.

Noah, seine Freunde und alle aus der Gruppe helfen gemeinsam mit, dass diese Vernissage ein großer Erfolg wird.

Noah und seine Freunde planen schon das nächste Fest, denn es soll ein lustiger Tag werden, mit allen, die ihre Hunde mitbringen können, es wird Geld gesammelt für einen Blindenhund, den ein kleiner Junge bekommen soll. Nächste Woche wird an diesem Plan gemeinsam gearbeitet.

Mikka Kauusto wird nach Helsinki geflogen.

Ich habe ihn nicht mehr persönlich sehen dürfen, denn sein Zustand war unverändert.

Mikka Kauusto liegt im Koma.

Die »Verrückten Tage« bei Stockmann werden diesen Herbst ohne Evi und mich stattfinden, denn weder Max noch Evi noch ich möchten Spaß haben, wenn Mikka Kauusto im Sterben liegt.

Darüber bin ich sehr traurig, denn Mikka Kauusto war ein sehr netter Mann, der mit Max gemeinsam einen Weg finden wollte, wieder eine Familie zu werden.

Noah und ich sehen uns fast jeden Tag.

Einmal übernachte ich bei ihm, den anderen Tag kommen er und Molly zu mir in mein altes Haus.

Mit dem Aufräumen und Aussortieren des alten Krempels meiner Lieben bin ich tatsächlich fertig geworden.

Das Haus sieht fast leer aus, aber wenigstens ist es jetzt aufgeräumt.

Meine Söhne skypen jetzt öfters mit mir und ich glaube, es liegt daran, dass jeder der Jungs eine sehr nette, junge Frau fürs Leben gefunden hat.

Meinen Exmann sollte ich noch erwähnen.

Er wird wieder Papa, und so hat er im Alter zwei kleine Kinder, die ihm sein Leben als ältlicher Mann erhellen.

Max' Vater, Mikka Kauusto, erwacht nicht mehr aus dem Koma und stirbt, kurz nach Weihnachten.

Max bleibt in Helsinki, denn sein Vater hat ihm die Galerie dort hinterlassen.

Zwei Dinge sind trotz der Trauer, die ich um Mikka Kauusto eigenartigerweise empfinde, passiert: Max und Carl haben mich gebeten, in die Galerie »Vice Versa« als Teilhaberin einzutreten, und ich freue mich schon auf einen Neuanfang.

Ich bin immer Künstlerin gewesen und werde immer Künstlerin sein, so wie Noah Ben Haller immer Polizist sein wird.

Kurz vor Weihnachten kommt ein silberner Pferdeanhänger zu meinem Haus. Max und Sirkka springen aus dem Porsche Cayenne und läuten an meinem schmiedeeisernen Einfahrtstor.

»Alles Liebe von meinem Vater«, sagt Max mit glänzenden Augen. »Er wollte, dass du sein Pferd bekommst. Er hat das in seinem Testament festgelegt.«

»Wie heißt er denn?«, frage ich mit Tränen in den Augen und spähe in den Pferdeanhänger.

Max und Sirkka zucken die Achseln.

»Kissa«, sagen beide aus einem Mund.

Ich weiß, dass das »Kätzchen« bedeutet.

Kissa zieht für ein paar Monate bei meinem Nachbarn ein, denn der führt ein formitables Pferdehotel.

Ich lasse die linke Remise auf meinem alten Grundstück sofort in einen warmen Pferdestall umbauen.

Niemand kann sich vorstellen, oder auch

nur erahnen, wie ich mich darauf freue, mit Kissa und Molly die Hellbrunner Allee entlangzuspazieren.

Ach ja, bevor ich das vergesse: Evi und Justin heiraten tatsächlich im Monat Mai, und Noah und ich haben kurz nach Weihnachten, still und heimlich, geheiratet.

Wir beide haben gelernt, dass man das Glück festhalten muss und nicht loslassen darf.

Das Leben ist viel zu kostbar, um es achtlos zu behandeln.

Noah hat erlebt, wie schnell das Leben zu Ende sein kann, und ich habe es gesehen, als ich meine Mutter verloren habe.

Ja auch, weil Max seinem Vater von einem zum anderen Tag »Vale« sagen musste.

Wie glücklich, dass Mol vor so langer Zeit die Hellbrunner Allee entlangkam, voller Angst, weil sie das Sirren von Noahs Rollstuhl so beängstigend fand.

Wie glücklich, dass ich genau an diesem Tag zu Hause war und für diesen wunderbaren Hund die Türe geöffnet habe.

Wie glücklich, dass ich Noah Ben Haller kennenlernte, und wie glücklich, dass ich von diesem Moment an viele neue Freunde bekam.

Welt, ich danke dir, ich liebe das Leben!

LARS HÖLLERER

Die Umschlaggestaltung und das Cover von »Rollstuhl auf Rabenflügeln« stammen von Lars Höllerer.

Er ist Vollmitglied der Vereinigung: Mund und Fußmalenden Künstler aller Welt e.V - VDMFK, ist Mundmaler und seit vielen Jahren erfolgreicher, freischaffender Künstler.

Er lebt und arbeitet in Deutschland.

»Der freche Engel Karl« und »Kurti und der Geburtstag« sind zwei seiner Kinderbücher.

Die lustigen Texte und farbenfrohen Bilder sind von ihm gestaltet.

Erhältlich sind die Bücher im MFK - Verlag (https://www.mfk-verlag.de/) Verlag der Mund und Fußmalenden Künstler.

MARY ARTECUS

Autorin und freiberufliche Journalistin.

Sie stammt aus Österreich, hat aber in vielen europäischen Städten gelebt und gearbeitet.

Heute fühlt sie sich als Europäerin.

Von ihr stammt: »Ein Rollstuhl auf Rabenflügeln«, ein teilbiographischer Roman und »Der Sausende Schnuller« - ein heiteres, lustiges All Age Buch.